rororo

Harold Pinter – Dramatiker, Lyriker, Drehbuchautor, Schauspieler, Regisseur und nicht zuletzt politischer Aktivist – ist mit seinen rund 30 Theaterstücken schon heute ein moderner Klassiker.

Der vorliegende Band vereint seine wichtigsten Stücke und liefert so einen fundierten Überblick über Pinters Werk – von «Die Geburtstagsfeier», «Der Hausmeister» und «Die Heimkehr», die hier in neuen Übersetzungen vorliegen, über «Betrogen» bis hin zu seinem jüngsten Theaterstück, «Celebration», das zum ersten Mal auf Deutsch erscheint. Im Rowohlt Tachenbuch Verlag sind außerdem veröffentlicht: «An anderen Orten» (rororo 12371); «Mondlicht und andere Stücke» (rororo 22795) und «Die Zwerge» (rororo 13265).

«Aus der Verschlingung von Geheimnis und Politik entsteht Pinters unverwechselbarer Ton. Seine Stücke gehören immer noch zum Besten der britischen Gegenwartsdramatik.» (Die Welt)

Harold Pinter | Theaterstücke

Die Geburtstagsfeier | Der Hausmeister | Die Heimkehr | Betrogen | Celebration

Rowohlt Taschenbuch Verlag

2. Auflage Oktober 2005

Deutsche Erstausgabe | Veröffentlicht im Rowohlt Taschenbuch Verlag, Reinbek bei Hamburg, Oktober 2005 | Umschlaggestaltung any.way, Cathrin Günther | Satz Swift, FranklinGothic PostScript bei KCS GmbH, Buchholz/Hamburg | Druck und Bindung Clausen & Bosse, Leck | Printed in Germany | ISBN 3 499 24003 3

INHALT

Die Geburtstagsfeier | The Birthday Party

Deutsch von Michael Walter

Die Uraufführung von *Die Geburtstagsfeier* war am 28. 4. 1958 am Cambridge Arts Theatre, anschließend im Lyric Opera House, Hammersmith/London (Regie: Peter Wood).

Die deutschsprachige Erstaufführung war am 10. 12. 1959 am Staatstheater Braunschweig (Regie: Helmut Geng).

Personen: PETEY (Mitte 60), MEG (Mitte 60), STANLEY (Ende 30), LULU (Mitte 20), GOLDBERG (Mitte 50), MCCANN (30)

ERSTER AKT

Das Wohnzimmer eines Hauses in einem Seebadeort. Vorne rechts führt eine Tür auf den Flur. Hinten rechts der Hinterausgang und ein kleines Fenster. In der Mitte hinten die Durchreiche zur Küche. Hinten links die Küchentür. Tisch und Stühle in der Bühnenmitte.

PETEY kommt mit einer Zeitung durch die rechte Tür herein und setzt sich an den Tisch. Er beginnt zu lesen. Man hört MEGS Stimme durch die Durchreiche zur Küche.

MEG Bist du's, Petey? (Pause.) Petey, bist du's? (Pause.) Petey?

PETEY Was?

MEG Bist du's?

PETEY Ja, ich bin's.

MEG Was? (Ihr Gesicht erscheint in der Durchreiche.) Bist du wieder da?

PETEY Ja.

MEG Deine Cornflakes sind fertig. (Sie verschwindet und taucht wieder auf.) Hier, deine Cornflakes.

Er steht auf, nimmt ihr den Teller ab, setzt sich an den Tisch, baut die Zeitung vor sich auf und beginnt zu essen. MEG kommt durch die Küchentür herein.

MEG Gut?

PETEY Sehr gut.

MEG Hab ich mir gedacht, dass sie gut sind. (Sie setzt sich an den Tisch.) Hast du deine Zeitung bekommen?

PETEY Ja.

MEG Ist sie interessant?

PETEY Nicht schlecht.

MEG Was steht drin?

PETEY Nichts Besonderes.

MEG Gestern hast du mir ein paar schöne Sachen daraus vorgelesen.

PETEY Ja, schon, aber die hier hab ich noch nicht durch.

MEG Sagst du's mir, wenn etwas Interessantes drinsteht?

PETEY Ja.

Pause.

MEG Hast du heute Morgen schon schuften müssen?

PETEY Nein. Hab bloß ein paar von den alten Stühlen aufeinander gestapelt. Bisschen sauber gemacht.

MEG Ist es schön draußen?

PETEY Sehr schön.

Pause.

MEG Ist Stanley schon auf?

PETEY Weiß nicht. Ist er auf?

MEG Weiß nicht. Ich hab ihn hier unten noch nicht gesehen.

PETEY Na, dann wird er kaum auf sein.

MEG Hast du ihn hier unten noch nicht gesehen?

PETEY Ich bin doch gerade erst reingekommen.

MEG Er schläft bestimmt noch.

Sie blickt sich im Zimmer um, steht auf, geht zur Anrichte und holt aus einer Schublade ein Paar Socken, nimmt Wolle und eine Nadel und geht zum Tisch zurück.

MEG Wann bist du heute früh aus dem Haus, Petey?

PETEY Wie immer.

MEG War's dunkel?

PETEY Nein, es war hell.

MEG (beginnt zu stopfen) Aber manchmal gehst du morgens raus, und es ist dunkel.

PETEY Das ist im Winter.

MEG Ach so, im Winter.

PETEY Ja, im Winter wird's später hell.

MEG Ach so. (Pause.) Was liest du denn?

PETEY Da hat gerade jemand ein Kind bekommen.

MEG Sag bloß! Wer denn?

PETEY Irgend so 'n Mädchen.

MEG Wer, Petey, wer?

PETEY Glaub nicht, dass du sie kennst.

MEG Wie heißt sie?

PETEY Lady Mary Splatt.

MEG Kenne ich nicht.

PETEY Eben.

MEG Was ist es denn?

PETEY (studiert die Zeitung) Äh – ein Mädchen.

MEG Kein Junge?

PETEY Nein.

MEG Ach, wie schade. Das fände ich nicht schön. Ich hätte viel lieber einen kleinen Jungen.

PETEY Ein kleines Mädchen ist doch nicht schlecht.

MEG Ich hätte viel lieber einen kleinen Jungen.

Pause.

PETEY Ich hab die Cornflakes aufgegessen.

MEG Hat's gut geschmeckt?

PETEY Sehr gut.

MEG Ich hab noch was für dich.

PETEY Schön.

Sie steht auf, nimmt seinen Teller und geht in die Küche. Dann erscheint sie in der Durchreiche mit einem Teller, auf dem zwei geröstete Brotscheiben liegen.

MEG Für dich, Petey.

Er steht auf, holt sich den Teller, betrachtet ihn und setzt sich an den Tisch. MEG kommt zurück.

MEG Gut?

PETEY Hab noch nicht probiert.

MEG Ich wette, du weißt nicht, was das ist.

PETEY Doch.

MEG Nämlich?

PETEY Geröstetes Brot.

MEG Stimmt.

Er beginnt zu essen. Sie beobachtet ihn dabei.

PETEY Sehr gut.

MEG Hab ich mir gedacht.

PETEY (wendet sich ihr zu) Ach, Meg, gestern Abend haben mich am Strand zwei Männer angesprochen.

MEG Zwei Männer?

PETEY Ja. Sie haben sich erkundigt, ob wir sie für ein paar Nächte unterbringen könnten.

MEG Unterbringen? Hier?

PETEY Ja.

MEG Wie viele Männer?

PETEY Zwei.

MEG Was hast du ihnen gesagt?

PETEY Na ja, ich hab gesagt, ich weiß nicht. Und dann haben sie gesagt, sie kämen vorbei, um nachzufragen.

MEG Sie kommen vorbei?

PETEY Tja, haben sie jedenfalls gesagt.

MEG Sind wir ihnen empfohlen worden, Petey?

PETEY So wird's wohl gewesen sein.

MEG Ja, so muss es gewesen sein. Wir müssen ihnen als sehr gute Pension empfohlen worden sein. Stimmt ja auch. Dieses Haus steht auf der Liste.

PETEY Stimmt.

MEG Ich weiß, dass das stimmt.

PETEY Vielleicht kreuzen sie heute hier auf. Schaffst du das?

MEG Ach, ich kann sie in das schöne Zimmer einquartieren.

PETEY Du hast ein Zimmer fertig?

MEG Das Zimmer mit dem Sessel ist für Gäste tipptopp hergerichtet.

PETEY Ganz sicher?

MEG Ja. Meinetwegen können sie heute kommen.

PETEY Gut.

Sie packt die Socken usw. wieder in die Schublade der Anrichte.

MEG Ich geh jetzt mal den Jungen wecken.

PETEY Ins Palace kommt bald eine neue Truppe.

MEG Auf dem Pier?

PETEY Nein. Das Palace, in der Stadt.

MEG Wenn es auf dem Pier gewesen wäre, hätte Stanley mitwirken können.

PETEY Das ist ein normales Stück.

MEG Was heißt das?

PETEY Da wird nicht getanzt und gesungen.

MEG Was machen sie denn dann?

PETEY Die reden nur.

Pause.

MEG Ach.

PETEY Du hast es gern, wenn gesungen wird, was, Meg?

MEG Ich hab es gern, wenn das Klavier spielt. Ich hab Stanley immer gern beim Klavierspielen zugesehen. Gesungen hat er natürlich nicht. (Blickt zur Tür) Ich ruf den Jungen jetzt mal.

PETEY Hast du ihm denn seinen Tee nicht raufgebracht?

MEG Ich bringe ihm den Tee immer rauf. Aber das ist schon eine ganze Weile her.

PETEY Hat er ihn getrunken?

MEG Dafür hab ich gesorgt. Ich hab so lange daneben gestanden, bis er ihn ausgetrunken hatte. Ich ruf ihn jetzt mal. (Geht zur Tür) Stan! Stanny! (Horcht) Stan! Ich komm rauf und hol dich, wenn du nicht gleich runterkommst! Ich komm rauf. Ich zähle jetzt bis drei! Eins! Zwei! Drei! Ich komme!

Sie geht ab und die Treppe hinauf. Einen Augenblick später hört man STANLEY schreien und MEG lachen. PETEY bringt seinen Teller zur Durchreiche. Schreie. Gelächter. PETEY setzt sich an den Tisch. Stille. MEG kommt zurück.

MEG Er kommt runter. (Sie ist außer Atem und ordnet sich das Haar.) Ich hab ihm gedroht, wenn er sich nicht beeilt, kriegt er kein Frühstück.

PETEY Das hat gewirkt, was?

MEG Ich hol ihm seine Cornflakes.

MEG geht in die Küche. PETEY liest Zeitung. STANLEY kommt herein. Er ist unrasiert, hat noch seine Pyjamajacke an und trägt eine Brille. Er setzt sich an den Tisch.

PETEY Morgen, Stanley.

STANLEY Morgen.

Stille. MEG kommt mit einer Schüssel Cornflakes herein und stellt sie auf den Tisch.

MEG So, hat er's endlich geschafft, runterzukommen? Zum Frühstück hat er's also doch geschafft, runterzukommen. Dabei hat er gar keins verdient, was, Petey? (STANLEY starrt auf die Cornflakes.) Hast du gut geschlafen?

STANLEY Ich hab überhaupt nicht geschlafen.

MEG Du hast überhaupt nicht geschlafen? Hast du das gehört, Petey? Bist wohl zu müde, um zu frühstücken? Sei jetzt ein braver Junge und iss deine Cornflakes auf. Na los.

Er beginnt zu essen.

STANLEY Wie ist es denn heute draußen?

PETEY Sehr schön.

STANLEY Warm?

PETEY Na ja, es bläst ganz ordentlich.

STANLEY Kalt?

PETEY Nein, nein, kalt man das auch nicht unbedingt nennen.

MEG Wie schmecken die Cornflakes, Stan?

STANLEY Scheußlich.

MEG Diese Cornflakes? Diese köstlichen Cornflakes? Du bist ein Lügner, ein kleiner Lügner. Das sind Muntermacher. Steht auf der Packung. Für Spätaufsteher.

STANLEY Die Milch ist sauer.

MEG Ist sie nicht. Petey hat sie auch geschmeckt, stimmt's, Petey?

PETEY Stimmt.

MEG Na bitte.

STANLEY Was soll's, nehm ich eben gleich den zweiten Gang.

MEG Hat den ersten Gang noch nicht aufgegessen und will schon den zweiten!

STANLEY Ich will was Warmes.

MEG Da bist du bei mir an der falschen Adresse.

PETEY Gib's ihm schon.

MEG (setzt sich links an den Tisch) Kommt nicht in Frage.

Pause.

STANLEY Kein Frühstück. (Pause.) Ich hab die ganze Nacht von diesem Frühstück geträumt.

MEG Ich denke, du hast nicht geschlafen.

STANLEY 'n Tagtraum. Die ganze Nacht. Und jetzt tischt sie mir nichts auf. Nicht mal einen Kanten Brot. (Pause.) Na, ich seh schon, ich muss wohl in eines dieser schicken Hotels an der Strandpromenade gehen.

MEG (steht rasch auf) Da kriegst du auch kein besseres Frühstück als hier.

Sie geht in die Küche. STANLEY gähnt herzhaft. MEG erscheint mit einem Teller in der Durchreiche.

MEG Bitte schön. Das wird dir schmecken.

PETEY steht auf, holt den Teller, bringt ihn zum Tisch, stellt ihn vor STANLEY hin und setzt sich.

STANLEY Was ist das denn?

PETEY Geröstetes Brot.

MEG (kommt herein) Wetten, du weißt nicht, was das ist.

STANLEY Aber sicher weiß ich das.

MEG Nämlich?

STANLEY Geröstetes Brot.

MEG Er weiß es.

STANLEY Tolle Überraschung.

MEG Damit hast du nicht gerechnet, was?

STANLEY Kannst du laut sagen.

PETEY (steht auf) Also, ich geh dann mal.

MEG Wieder an die Arbeit?

PETEY Ja.

MEG Dein Tee! Du hast deinen Tee noch nicht getrunken!

PETEY Lass mal. Keine Zeit mehr.

MEG Steht schon fix und fertig in der Küche.

PETEY Nein, schon gut. Bis später. Tschüs, Stan.

STANLEY Tschüs.

PETEY geht rechts ab.

Ts, ts, ts, ts.

MEG (rechtfertigt sich) Was soll das heißen?

STANLEY Du bist eine schlechte Ehefrau.

MEG Bin ich nicht. Wer behauptet so was?

STANLEY Machst deinem Mann keinen Tee. Schrecklich.

MEG Er weiß, dass ich keine schlechte Ehefrau bin.

STANLEY Stattdessen kriegt er saure Milch vorgesetzt.

MEG Die war nicht sauer.

STANLEY Eine Schande.

MEG Kümmer du dich um deinen eigenen Kram.

STANLEY isst.

Du wirst nicht viele Ehefrauen finden, die besser sind als ich, das kann ich dir sagen. Ich führe ein sehr hübsches Haus, und ich halte es sauber.

STANLEY Huuuuuh!

MEG Jawohl! Und dieses Haus ist allgemein bekannt als sehr gute Gästepension.

STANLEY Als Gästepension? Weißt du, wie viele Gäste du gehabt hast, seit ich hier bin?

MEG Wie viele?

STANLEY Einen.

MEG Wen?

STANLEY Mich! Ich bin dein Gast.

MEG Du bist ein Lügner. Dieses Haus steht auf der Liste.

STANLEY Jede Wette.

MEG Ich weiß es.

Er schiebt den Teller weg und nimmt die Zeitung.

Hat's gut geschmeckt?

STANLEY Was?

MEG Das geröstete Brot.

STANLEY Knackig.

MEG So was sagt man nicht.

STANLEY Was?

MEG Das Wort, das du eben gesagt hast.

STANLEY Was, knackig –?

MEG Du sollst es nicht sagen!

STANLEY Was ist damit?

MEG So etwas sagt man nicht zu einer verheirateten Frau.

STANLEY Tatsache?

MEG Ja.

STANLEY Das wär mir neu.

MEG Ist aber so.

STANLEY Wer hat dir denn das erzählt?

MEG Das geht dich gar nichts an.

STANLEY Also, wenn ich es zu einer verheirateten Frau nicht sagen kann, zu wem denn dann?

MEG Du bist ungezogen.

STANLEY Wie wär's mit einer Tasse Tee?

MEG Du möchtest eine Tasse Tee? (STANLEY liest Zeitung.) Dann sag bitte.

STANLEY Bitte.

MEG Sag zuerst Entschuldigung.

STANLEY Zuerst Entschuldigung.

MEG Nein. Bloß Entschuldigung.

STANLEY Bloß Entschuldigung.

MEG Übers Knie legen sollte man dich.

STANLEY Wehe!

Sie nimmt seinen Teller und verstrubbelt ihm im Vorbeigehen die Haare. STANLEY schreit auf und stößt ihren Arm weg. Sie geht in die Küche. Er reibt sich unter der Brille die Augen und greift wieder zur Zeitung. Sie kommt zurück.

MEG Ich hab gleich die ganze Kanne mitgebracht.

STANLEY (abwesend) Ich weiß gar nicht, was ich ohne dich machen würde.

MEG Verdient hast du's ja nicht.

STANLEY Wieso nicht?

MEG (schenkt den Tee ein, geziert) Du weißt schon. Mich so zu nennen.

STANLEY Wie lange ist der Tee schon in der Kanne?

MEG Das ist guter Tee. Guter, starker Tee.

STANLEY Das ist kein Tee. Das ist Pampe.

MEG Nein.

STANLEY Ach, erzähl mir doch nichts, du knackige alte Wachtel.

MEG Bin ich nicht! Und selbst wenn, hast du noch lange kein Recht, mir so was zu sagen!

STANLEY Und du hast kein Recht, zu einem Mann ins Schlafzimmer zu kommen und – ihn zu wecken.

MEG Stanny! Magst du's denn nicht, dass ich ihn dir morgens hochbringe – deinen Tee?

STANLEY Dieses Gesöff ist ungenießbar. Hat dir denn noch niemand gesagt, dass man die Kanne wenigstens vorwärmen sollte?

MEG Das ist einfach ein guter, starker Tee.

STANLEY (stützt den Kopf in die Hände) Mein Gott, bin ich müde.

Stille. MEG geht zur Anrichte, holt ein Staubtuch und wischt im Zimmer flüchtig Staub, während sie STANLEY beobachtet. Sie kommt an den Tisch und staubt ihn ab.

STANLEY Lass den verdammten Tisch in Ruhe!

Pause.

MEG Stan?

STANLEY Was?

MEG (schüchtern) Findest du mich wirklich knackig?

STANLEY Na, und ob. Du bist mir doch tausendmal lieber als ein Schnupfen.

MEG Das sagst du bloß so.

STANLEY (heftig) Hör zu! Warum räumst du hier nicht endlich mal auf? Ist ja der reinste Schweinestall. Und wo wir schon dabei sind: Was ist mit meinem Zimmer? Das muss dringend ausgefegt werden. Und frisch tapeziert. Ich brauche ein neues Zimmer!

MEG (streichelt seinen Arm, sinnlich) Aber Stan, das ist ein schönes Zimmer. Ich habe schöne Nachmittage in diesem Zimmer erlebt.

Er zuckt angewidert vor ihrer Hand zurück, steht auf und geht rasch durch die Tür rechts ab. Sie nimmt seine Tasse und die Teekanne und bringt beides zur Durchreiche. Die Haustür fällt laut ins Schloss. STANLEY kommt zurück.

Scheint die Sonne?

Er geht zum Fenster, zieht eine Zigarette und Streichhölzer aus seiner Pyjamajacke und zündet sich die Zigarette an.

Was rauchst du da, Stan?

STANLEY Eine Zigarette.

MEG Bekomme ich auch eine?

STANLEY Nein.

MEG Ich mag Zigaretten.

Er steht am Fenster und raucht. Sie schleicht sich hinter ihn und kitzelt ihn im Nacken.

MEG Kille, kille.

STANLEY (stößt sie weg) Bleib mir vom Leib.

MEG Gehst du aus dem Haus?

STANLEY Nicht mit dir.

MEG Ich muss aber gleich zum Einkaufen.

STANLEY Geh doch.

MEG Du wirst einsam sein, so ganz allein.

STANLEY Meinst du?

MEG Ohne deine alte Meg. Ich muss ein paar Besorgungen machen für die beiden Herren.

Pause. STANLEY hebt langsam den Kopf. Er spricht, ohne sich umzudrehen.

STANLEY Welche beiden Herren?

MEG Ich erwarte Gäste.

Er dreht sich um.

STANLEY Was?

MEG Jetzt bist du platt.

STANLEY Was redest du denn da?

MEG Zwei Herren haben Petey gefragt, ob sie hier ein paar Tage übernachten können. Ich erwarte sie jeden Augenblick. (Sie nimmt das Staubtuch und staubt die Tischdecke ab.)

STANLEY Das glaube ich nicht.

MEG Stimmt aber.

STANLEY (geht zu ihr) Das sagst du jetzt absichtlich.

MEG Petey hat's mir heute Morgen erzählt.

STANLEY (drückt energisch die Zigarette aus) Wann war das? Wann hat er sie getroffen?

MEG Gestern Abend.

STANLEY Wer sind sie?

MEG Keine Ahnung.

STANLEY Hat er dir nicht gesagt, wie sie heißen?

MEG Nein.

STANLEY (tigert durchs Zimmer) Hierher? Sie wollten hierher kommen?

MEG Ja, allerdings. (Sie zieht die Lockenwickler aus dem Haar.)

STANLEY Wieso?

MEG Dieses Haus steht auf der Liste.

STANLEY Aber wer sind sie?

MEG Wirst du schon sehen, wenn sie kommen.

STANLEY (bestimmt) Sie werden nicht kommen.

MEG Warum nicht?

STANLEY (rasch) Ich sag dir doch, die kommen nicht. Wenn sie kommen wollten, warum sind sie dann nicht schon gestern Abend gekommen?

MEG Vielleicht haben sie im Dunkeln nicht hergefunden. Das Haus ist im Dunkeln nicht leicht zu finden.

STANLEY Sie werden nicht kommen. Das Ganze ist ein Jux. Vergiss die Sache. Das ist blinder Alarm. Blinder Alarm. (Er setzt sich an den Tisch.) Wo ist mein Tee?

MEG Den hab ich abgeräumt. Du wolltest ihn ja nicht.

STANLEY Was soll das heißen, du hast ihn abgeräumt?

MEG Ihn abgeräumt eben.

STANLEY Wie kommst du dazu, ihn abzuräumen?

MEG Du wolltest ihn ja nicht!

STANLEY Wer sagt, dass ich ihn nicht wollte?

MEG Du!

STANLEY Wer hat dir das Recht gegeben, meinen Tee abzuräumen?

MEG Du wolltest ihn ja nicht trinken.

STANLEY starrt sie an.

STANLEY (leise) Was glaubst du eigentlich, mit wem du redest?

MEG (verunsichert) Was?

STANLEY Komm her.

MEG Was soll das?

STANLEY Komm hierher.

MEG Nein.

STANLEY Ich möchte dich etwas fragen.

MEG zappelt nervös herum. Sie geht nicht zu ihm.

Wird's bald. (Pause.) Na schön. Ich kann genauso gut von hier fragen. (Gezielt) Verraten Sie mir, Mrs. Boles, wenn Sie mich ansprechen, überlegen Sie sich da überhaupt, mit wem genau Sie eigentlich reden? Hm?

Stille. Er stöhnt, sein Oberkörper kippt vornüber, sein Kopf fällt in die Hände.

MEG (kleinlaut) Hat dir das Frühstück nicht geschmeckt, Stan? (Sie nähert sich dem Tisch.) Stan? Wann spielst du mal wieder Klavier? (STANLEY grunzt.) So wie früher? (STANLEY grunzt.) Ich hab dir immer so gern beim Klavierspielen zugesehen. Wann spielst du mal wieder Klavier?

STANLEY Das kann ich doch nicht, oder?

MEG Warum nicht?

STANLEY Habe ich etwa ein Klavier?

MEG Nein, ich meine, wie du noch aufgetreten bist. Auf *dem* Klavier.

STANLEY Geh endlich einkaufen.

MEG Aber du müsstest doch nicht weggehen, wenn du wieder eine Anstellung bekämst? Du könntest ja auf dem Pier Klavier spielen.

STANLEY (sieht sie an und sagt dann leichthin) Ich … äh … ich habe tatsächlich ein Job-Angebot bekommen.

MEG Was?

STANLEY Ja. Ich überlege gerade, ob ich den Job annehmen soll.

MEG Das meinst du nicht ernst.

STANLEY Ein sehr guter Job, übrigens. Ein Nachtclub. In Berlin.

MEG Berlin?

STANLEY Berlin. Ein Nachtclub. Als Klavierspieler. Fabelhafte Gage. Kost und Logis frei.

MEG Für wie lange?

STANLEY Wir bleiben nicht in Berlin. Anschließend gehen wir nach Athen.

MEG Für wie lange?

STANLEY Ja. Dann machen wir Stippvisite in … äh … wie heißt das doch gleich …

MEG Wo?

STANLEY Konstantinopel. Zagreb. Wladiwostok. Eine Welttournee.

MEG (setzt sich an den Tisch) Hast du da früher schon mal Klavier gespielt?

STANLEY Klavier gespielt? Ich habe bereits auf der ganzen Welt Klavier gespielt. Im ganzen Land. (Pause.) Ich habe mal ein Konzert gegeben.

MEG Ein Konzert?

STANLEY (nachdenklich) Ja. Ein gutes sogar. An dem Abend waren sie alle da. Kein Einziger hat gefehlt. Es war ein Riesenerfolg. Ja. Ein Konzert. In Lower Edmonton.

MEG Was hast du angehabt?

STANLEY (zu sich) Mein Anschlag war einmalig. Absolut einmalig. Hinterher sind alle zu mir gekommen. Sie sind alle zu mir gekommen und haben mir gedankt. An diesem Abend floss der Champagner in Strömen. (Pause.) Mein Vater wäre beinahe auch gekommen, um mich spielen zu hören. Ich habe ihm jedenfalls eine Postkarte geschickt. Aber ich glaube, er war verhindert. Nein, ich – ich hatte seine Adresse verloren, so war es. (Pause.) Ja. Lower Edmonton. Und weißt du, was sie danach gemacht haben? Sie haben mich in die Pfanne gehauen. Einfach in die Pfanne gehauen. Es war alles geplant. Mein nächstes Konzert. Das sollte irgendwo anders sein. Im Winter. Ich bin also zum Auftritt hingefahren. Als ich dort ankam, war der Saal abgeschlossen, der ganze Laden verrammelt, nicht mal ein Hausmeister da. Sie hatten alles dichtgemacht. (Er setzt die Brille ab und wischt sie sich an der Pyjamajacke sauber.) Linke Tour. Die haben mich voll gelinkt. Möchte nur mal wissen, auf wessen Konto das ging. (Bitter) Alles klar, Alter, ein Wink mit dem Zaunpfahl. Die wollen, dass ich auf dem Bauch angekrochen komme. Wie gesagt, 'n Wink mit dem Zaunpfahl, schon verstanden … (Er setzt die Brille wieder auf und sieht dann MEG an.) Schau sie dir an. Du bist doch nichts weiter als eine alte Trockenpflaume, stimmt's? (Er steht auf und beugt sich über den Tisch zu ihr.) Das bist du doch, stimmt's?

MEG Geh ja nicht wieder weg, Stan. Bleib hier. Hier geht's dir besser. Bleib du nur bei deiner alten Meg. (Er stöhnt und legt sich quer über den Tisch.) Fühlst du dich heute Morgen nicht wohl, Stan? Warst du heute schon auf dem Lokus?

Er versteift sich, richtet sich dann langsam auf, dreht sich zu ihr um und sagt leichthin und beiläufig:

STANLEY Meg. Weißt du was?

MEG Was?

STANLEY Hast du schon das Neueste gehört?

MEG Nein.

STANLEY Ich wette, doch.

MEG Nein. Bestimmt nicht.

STANLEY Soll ich's dir sagen?

MEG Was ist das Neueste?

STANLEY Du hast es noch nicht gehört?

MEG Nein.

STANLEY (geht auf sie zu) Sie kommen heute. Sie kommen mit einem Lieferwagen.

MEG Wer?

STANLEY Und weißt du, was sie in dem Lieferwagen haben?

MEG Was?

STANLEY Sie haben eine Schubkarre in dem Lieferwagen.

MEG (atemlos) Nein.

STANLEY O doch.

MEG Du bist ein Lügner.

STANLEY (nähert sich ihr weiter) Eine große Schubkarre. Und wenn der Lieferwagen hält, schieben sie sie raus und schieben sie den Gartenweg hoch, und dann klopfen sie an die Haustür.

MEG Tun sie nicht.

STANLEY Sie suchen jemand.

MEG Tun sie nicht.

STANLEY Sie suchen jemand. Eine gewisse Person.

MEG (heiser) Nein, tun sie nicht!

STANLEY Soll ich dir sagen, wen sie suchen?

MEG Nein!

STANLEY Ich soll es dir also nicht sagen?

MEG Du bist ein Lügner!

Es klopft plötzlich an der Haustür. LULUS Stimme: Hu-hu! MEG schiebt sich an STANLEY vorbei und nimmt die Einkaufstasche mit. MEG geht hinaus. STANLEY schleicht zur Tür und lauscht.

STIMME (durch den Briefkastenschlitz) Hallo, Mrs. Boles …

MEG Ach, ist es angekommen?

STIMME Ja, gerade eben.

MEG Also, das ist es?

STIMME Ja. Ich dachte mir, ich bringe es sofort vorbei.

MEG Ist es schön?

STIMME Sehr schön. Was soll ich damit machen?

MEG Tja, ich will nicht … (Sie flüstert.)

STIMME Nein, natürlich nicht … (Sie flüstert.)

MEG Na gut, aber … (Sie flüstert.)

STIMME Keine Sorge … (Sie flüstert.) Tschüs, Mrs. Boles.

STANLEY setzt sich rasch an den Tisch. LULU kommt herein.

LULU Oh, hallo.

STANLEY Ay-ay.

LULU Ich will das hier nur abstellen.

STANLEY Nur zu. (LULU geht zur Anrichte und stellt ein schweres, kompaktes Paket darauf ab.) Ganz schön sperrig.

LULU Sie dürfen es aber nicht anfassen.

STANLEY Warum sollte ich es anfassen wollen?

LULU Das ist jedenfalls streng verboten. (LULU geht nach hinten.) Warum machen Sie nicht mal die Tür auf? Es ist ganz stickig hier drin. (Sie öffnet die Tür des Hinterausgangs.)

STANLEY (steht auf) Stickig? Ich habe hier heute Morgen alles desinfiziert.

LULU (an der Tür) Aah, schon besser.

STANLEY Ich glaube, es wird heute regnen. Was meinen Sie?

LULU Na hoffentlich. Würde Ihnen nicht schaden.

STANLEY Mir! Ich war heute früh um halb sechs im Meer schwimmen.

LULU Ach ja?

STANLEY Ich bin noch vor dem Frühstück bis zur Landspitze rausgeschwommen und wieder zurück. Glauben Sie mir bloß nicht!

Sie setzt sich, zieht eine Puderdose hervor und pudert sich die Nase.

LULU (hält ihm die Puderdose hin) Möchten Sie mal einen Blick auf Ihr Gesicht werfen?

STANLEY entfernt sich vom Tisch.

'ne Rasur würde Ihnen auch nicht schaden, wissen Sie das?

STANLEY setzt sich links an den Tisch.

Gehen Sie denn nie aus?

STANLEY antwortet nicht.

Was machen Sie so den ganzen Tag, einfach nur hier im Haus rumhocken? (Pause.) Hat Mrs. Boles denn nicht schon genug um die Ohren, müssen Sie ihr auch noch den ganzen Tag im Weg rumstehen?

STANLEY Ich stelle mich immer auf den Tisch, wenn sie den Boden fegt.

LULU Warum waschen Sie sich nicht mal? Sie sehen schlimm aus.

STANLEY Waschen würde auch nichts ändern.

LULU (steht auf) Gehen Sie raus an die frische Luft. Ich krieg Depressionen, wenn ich Sie so sehe.

STANLEY Frische Luft? Ach, ich weiß nicht, ob das das Richtige für mich ist.

LULU Es ist schön draußen. Ich habe auch ein paar belegte Brote dabei.

STANLEY Was für Brote?

LULU Mit Käse.

STANLEY Ich bin aber ein starker Esser, wissen Sie.

LULU Kein Problem. Ich bin nicht hungrig.

STANLEY (unvermittelt) Hätten Sie Lust, mit mir von hier wegzugehen?

LULU Wohin?

STANLEY Nirgendwohin. Das sollte uns aber nicht daran hindern.

LULU Aber wohin könnten wir gehen?

STANLEY Nirgendwohin. Man kann nirgendwohin gehen. Bloß weg. Wohin spielt keine Rolle.

LULU Dann können wir genauso gut hier bleiben.

STANLEY Nein. Hier ist es nicht gut.

LULU Aber wo kann man denn sonst noch hin?

STANLEY Nirgendwohin.

LULU Na, das ist ja ein reizendes Angebot.

Er steht auf.

Müssen Sie eigentlich diese Brille tragen?

STANLEY Ja.

LULU Sie kommen also nicht mit raus auf einen Spaziergang?

STANLEY Ich bin momentan verhindert.

LULU Sie sind ein echter Blindgänger, was?

Sie geht rechts ab. STANLEY bleibt stehen. Dann geht er zum Spiegel und sieht hinein. Er geht in die Küche, nimmt die Brille ab und wäscht sich das Gesicht. Pause. Durch den Hintereingang kommen GOLDBERG und MCCANN herein. MCCANN trägt zwei Koffer, GOLDBERG eine Aktentasche. Sie bleiben im Türrahmen stehen und kommen dann nach vorn. STANLEY trocknet sich das Gesicht ab und erblickt sie durch die Durchreiche von hinten. GOLDBERG und MCCANN schauen sich im Zimmer um. STANLEY setzt die Brille auf und schleicht sich unbemerkt durch die Küchentür und zum Hinterausgang hinaus.

MCCANN Ist es hier?

GOLDBERG Hier ist es.

MCCANN Bist du sicher?

GOLDBERG Sicher bin ich sicher.

Pause.

MCCANN Was jetzt?

GOLDBERG Mach dich nicht verrückt, McCann. Setz dich.

MCCANN Und du?

GOLDBERG Was und ich?

MCCANN Setzt du dich auch hin?

GOLDBERG Wir setzen uns beide hin. (MCCANN stellt die Koffer ab und setzt sich rechts an den Tisch.) Lehn dich zurück, McCann. Entspann dich. Was ist bloß los mit dir? Ich fahre mit dir für ein paar Tage ans Meer. Mach Urlaub. Gönn dir was. Du musst lernen, dich zu entspannen, McCann, sonst wirst du es nie zu was bringen.

MCCANN Klar doch, ich versuch's ja, Nat.

GOLDBERG (setzt sich links an den Tisch) Das Geheimnis heißt Atmung. Ich gebe dir einen Tipp. Ist eine allgemein bekannte Tatsache. Einatmen, ausatmen, versuch's einfach mal, lass dich gehen, was riskierst du schon dabei? Sieh mich an. Als ich noch Lehrling war, McCann, da ist mein Onkel Barney jeden zweiten Freitag im Monat mit mir ans Meer gefahren, man konnte direkt die Uhr danach stellen. Brighton, Canvey Island, Rottingdean – Onkel Barney war nicht wählerisch. Nach dem Essen am Schabbes haben wir uns in ein paar Liegestühle gepflanzt – du weißt schon, solche mit Sonnendach –, dann sind wir ein bisschen planschen gegangen, haben Ebbe und Flut zugesehen und dem Sonnenuntergang – das waren goldene Tage, glaub mir, McCann. (Versonnen) Onkel Barney. Natürlich war er immer wie aus dem Ei gepellt. Einer von der alten Schule. Er besaß damals ein Haus etwas außerhalb von Basingstoke. Hoch angesehen in der ganzen Gemeinde. Bildung? Erzähl mir nichts von Bildung. Er war ein allseits gebildeter Mann, was hast denn du gedacht? Er war Kosmopolit.

MCCANN Heh, Nat …

GOLDBERG (nachdenklich) Ja. Einer von der alten Schule.

MCCANN Nat. Woher wissen wir, ob das hier das richtige Haus ist?

GOLDBERG Was?

MCCANN Woher wissen wir, ob das hier das richtige Haus ist?

GOLDBERG Wie kommst du auf die Idee, es könnte das falsche Haus sein?

MCCANN Ich habe keine Hausnummer am Gartentor gesehen.

GOLDBERG Ich habe auch nicht nach einer Nummer gesucht.

MCCANN Nein?

GOLDBERG (macht es sich im Sessel bequem) Weißt du, was mir Onkel Barney noch beigebracht hat? Onkel Barney hat mir beigebracht, dass das Wort eines Gentlemans genügt. Darum habe ich, wenn ich geschäftlich unterwegs sein musste, auch nie Bargeld dabei gehabt. Einer meiner Söhne hat mich immer begleitet. Er hatte stets etwas Kleingeld in der Tasche. Für ’ne Zeitung, um sich zu informieren, wie sich unser Kricketteam in Übersee schlägt. Ansonsten genügte mein guter Name. Außerdem war ich ein viel zu beschäftigter Mann.

MCCANN Du, Nat, findest du nicht, dass sich allmählich mal irgendwer blicken lassen sollte?

GOLDBERG Warum bist du bloß so nervös, McCann? Reiß dich am Riemen. Bei dir hat man neuerdings immer das Gefühl, du müsstest zu einer Beerdigung.

MCCANN Das ist wahr.

GOLDBERG Wahr? Natürlich ist das wahr. Das ist sogar mehr als wahr. Es ist eine Tatsache.

MCCANN Du könntest Recht haben.

GOLDBERG Was soll das, McCann? Vertraust du mir nicht mehr so wie früher?

MCCANN Klar vertraue ich dir, Nat.

GOLDBERG Warum bist du dann bloß so zappelig, bevor du einen Job in Angriff nimmst, und die Ruhe selbst, wenn du ihn erledigst?

MCCANN Keine Ahnung, Nat. Für mich ist alles okay, wenn ich weiß, was Sache ist. Wenn ich weiß, was Sache ist, ist für mich alles okay.

GOLDBERG Und du machst deine Sache sehr gut.

MCCANN Danke, Nat.

GOLDBERG Weißt du, was ich gesagt habe, als der Job hier anstand? Natürlich ist man mit der Bitte an mich herangetreten, mich darum zu kümmern. Und weißt du, wen ich angefordert habe?

MCCANN Wen?

GOLDBERG Dich.

MCCANN Das war sehr nett von dir, Nat.

GOLDBERG Ach, nicht der Rede wert. Du bist ein fähiger Mann, McCann.

MCCANN Das ist aber ein großes Kompliment von jemand in deiner Position, Nat.

GOLDBERG Ja, ich habe unleugbar eine gewisse Position.

MCCANN Und ob du die hast.

GOLDBERG Ich würde nie leugnen, dass ich eine gewisse Position habe.

MCCANN Und was für eine Position!

GOLDBERG Diesen Umstand würde ich nicht leugnen.

MCCANN Ja, das stimmt, du hast wirklich sehr viel für mich getan. Das weiß ich zu schätzen.

GOLDBERG Genug davon.

MCCANN Du warst immer ein echter Christenmensch.

GOLDBERG In gewisser Hinsicht.

MCCANN Also, ich wollte dir einfach nur sagen, dass ich das zu schätzen weiß.

GOLDBERG Wiederholungen sind deplatziert.

MCCANN Da hast du Recht.

GOLDBERG Vollkommen deplatziert.

Pause. MCCANN beugt sich vor.

MCCANN Du, Nat, da wär noch was …

GOLDBERG Was denn?

MCCANN Dieser Job – nein, hör doch mal –, dieser Job hier, haben wir so was Ähnliches schon mal gemacht?

GOLDBERG Ts, ts, ts.

MCCANN Nein, ich will nur das wissen. Nur das, und dann frage ich auch nicht mehr.

GOLDBERG seufzt, steht auf, tritt hinter den Tisch, überlegt, betrachtet MCCANN und spricht dann in ruhigem, flüssigem, offiziellem Ton.

GOLDBERG Das Hauptproblem ist ein singuläres Problem und unterscheidet sich deutlich von deinen früheren Aufgaben. Gewisse Elemente in der Vorgehensweise könnten jedoch einigen deiner früheren Aktivitäten annähernd gleichen. Alles hängt vom Verhalten unserer Zielperson ab. Auf jeden Fall kann ich dir versichern, McCann, dass der Auftrag ausgeführt und die Mission erfüllt werden wird ohne übermäßig großen Ärger für dich oder mich. Zufrieden?

MCCANN Klar. Danke, Nat.

MEG kommt rechts herein.

GOLDBERG Ah, Mrs. Boles?

MEG Ja?

GOLDBERG Wir hatten gestern Abend bereits mit Ihrem Gatten gesprochen. Vielleicht hat er es schon erwähnt? Wir hatten gehört, dass Sie freundlicherweise Zimmer an Herren vermieten. Da habe ich meinen Freund gleich mitgebracht. Wir waren nämlich auf der Suche nach einer netten Unterkunft. Darum sind wir zu Ihnen gekommen. Mein Name ist Goldberg, und das hier ist Mr. McCann.

MEG Sehr erfreut.

Sie geben sich die Hand.

GOLDBERG Das Vergnügen liegt ganz auf unserer Seite.

MEG Wie nett von Ihnen.

GOLDBERG Ganz recht. Wie oft trifft man schon jemand, den man mit Vergnügen kennen lernt?

MCCANN Nie.

GOLDBERG Aber heute ist es mal anders. Wie ist das werte Befinden, Mrs. Boles?

MEG Oh, danke, sehr gut.

GOLDBERG Ja? Wirklich?

MEG Aber ja, wirklich.

GOLDBERG Das freut mich. (Setzt sich links an den Tisch) Also, was meinen Sie? Können Sie uns unterbringen, Mrs. Boles, ja?

MEG Also, letzte Woche wäre es günstiger gewesen.

GOLDBERG Ach so, ja?

MEG Ja.

GOLDBERG Warum? Wie viele Gäste haben Sie denn im Augenblick?

MEG Im Augenblick nur einen.

GOLDBERG Nur einen?

MEG Ja. Nur einen. Bis Sie gekommen sind.

GOLDBERG Und Ihr Gatte natürlich?

MEG Ja, aber der schläft bei mir.

GOLDBERG Was arbeitet er denn, Ihr Gatte?

MEG Er ist Liegestuhl-Kontrolleur.

GOLDBERG Ah, schön für ihn.

MEG Ja, er ist bei Wind und Wetter draußen.

Sie packt ihre Einkäufe aus.

GOLDBERG Versteht sich. Und Ihr Gast? Ist das ein Mann?

MEG Ein Mann?

GOLDBERG Oder eine Frau?

MEG Nein. Ein Mann.

GOLDBERG Schon lange hier?

MEG Er ist jetzt ungefähr ein Jahr hier.

GOLDBERG Ach ja. Ein Dauergast. Wie heißt er?

MEG Stanley Webber.

GOLDBERG Ach ja? Arbeitet er hier?

MEG Er hat früher mal gearbeitet. Als Klavierspieler. Bei der Combo auf dem Pier.

GOLDBERG Ach ja? Auf dem Pier, hm? Spielt er schön Klavier?

MEG Wunderschön. (Sie setzt sich an den Tisch.) Er hat einmal ein Konzert gegeben.

GOLDBERG Ach? Wo denn?

MEG (stockend) In … einem großen Saal. Sein Vater hat ihm Champagner gebracht. Aber dann haben sie alles dichtgemacht, und er ist nicht mehr rausgekommen. Der Hausmeister war heimgegangen. Und er musste bis zum Morgen warten, bis er rauskonnte. (Mit Bestimmtheit) Alle haben sich überschwänglich bei ihm bedankt. (Pause.) Und dann wollten ihm alle einen Wink geben. Und den hat er auch verstanden. Und dann ist er in einen D-Zug gestiegen und hierher gekommen.

GOLDBERG Wirklich?

MEG Aber ja. Direkt hierher. (Pause.) Es wäre zu schön gewesen, er hätte heute Abend spielen können.

GOLDBERG Wieso heute Abend?

MEG Heute ist sein Geburtstag.

GOLDBERG Sein Geburtstag?

MEG Ja. Heute. Aber ich sag's ihm erst heute Abend.

GOLDBERG Weiß er denn nicht, dass er Geburtstag hat?

MEG Er hat keinen Mucks davon gesagt.

GOLDBERG (nachdenklich) Aha! Verraten Sie mir: Gibt's da eine Feier?

MEG Eine Feier?

GOLDBERG War denn etwa keine geplant?

MEG (mit großen Augen) Nein.

GOLDBERG Na, aber das muss doch gefeiert werden. (Er steht auf.) Wir organisieren eine Party. Was meinen Sie?

MEG Aber ja!

GOLDBERG Sehr schön. Wir geben eine Party für ihn. Überlassen Sie alles mir.

MEG Ach, das ist ja herrlich, Mr. Gold-

GOLDBERG Berg.

MEG Berg.

GOLDBERG Freuen Sie sich?

MEG Ach, ich bin ja so froh, dass Sie heute gekommen sind.

GOLDBERG Wenn wir heute nicht gekommen wären, dann wären wir eben morgen gekommen. Trotzdem bin ich froh, dass wir heute gekommen sind. Genau rechtzeitig zu seinem Geburtstag.

MEG Ich wollte auch eine Party geben. Aber für eine Party braucht man Leute.

GOLDBERG Und jetzt haben Sie McCann und mich. McCann ist ein richtiger Partylöwe.

MCCANN Was?

GOLDBERG Wie findest du das, McCann? Hier wohnt ein Herr, der ganz vergessen hat, dass heute sein

Geburtstag ist. Also werden wir ihn daran erinnern. Wir werden ihm eine Party geben.

MCCANN Ach, Tatsache?

MEG Heute Abend.

GOLDBERG Heute Abend.

MEG Ich werde mein Partykleid anziehen.

GOLDBERG Und ich besorge uns ein paar Flaschen.

MEG Und ich werde heute Nachmittag Lulu einladen. Ach, das wird Stanley richtig aufmuntern. Ganz bestimmt. Er hat in letzter Zeit nur Trübsal geblasen.

GOLDBERG Wir werden ihn schon auf Trab bringen.

MEG Hoffentlich sehe ich in meinem Kleid auch schön aus.

GOLDBERG Gnädige Frau, Sie werden wie eine Tulpe aussehen.

MEG Und die Farbe?

GOLDBERG Äh – also, dazu muss ich erst mal das Kleid begutachten.

MCCANN Könnte ich wohl auf mein Zimmer gehen?

MEG Ach, ich habe Ihnen beiden ein Doppelzimmer gegeben. Hoffentlich stört Sie ein Doppelzimmer nicht?

GOLDBERG Mich nicht. Und dich, McCann?

MCCANN Nein.

MEG Um wie viel Uhr soll die Party steigen?

GOLDBERG Um neun.

MCCANN (an der Tür) Geht's hier lang?

MEG (steht auf) Ich zeig's Ihnen. Wenn Sie bitte mit raufkommen.

GOLDBERG Mit einer Tulpe? Ist uns ein Vergnügen.

MEG und GOLDBERG gehen lachend ab, MCCANN folgt ihnen. STANLEY erscheint am Fenster. Er kommt durch den Hintereingang herein. Er geht zur Tür rechts, öffnet sie und lauscht. Stille. Er geht zum Tisch. Er bleibt stehen. Er setzt sich, als MEG hereinkommt. Sie geht durchs Zimmer und hängt ihre Einkaufstasche an einen Haken. Er zündet ein Streichholz an und beobachtet, wie es abbrennt.

STANLEY Wer war das?

MEG Die beiden Herren.

STANLEY Welche beiden Herren?

MEG Die sich angemeldet hatten. Ich habe sie gerade auf ihr Zimmer gebracht. Sie waren ganz begeistert davon.

STANLEY Sie sind also gekommen?

MEG Sie sind sehr nett, Stan.

STANLEY Warum sind sie gestern Abend nicht gekommen?

MEG Sie sind zufrieden mit den Betten.

STANLEY Wer sind sie?

MEG (setzt sich) Sie sind sehr nett, Stanley.

STANLEY Wer sie sind, will ich wissen.

MEG Zwei Herren, das habe ich dir doch gesagt.

STANLEY Ich habe nicht gedacht, dass sie kommen. (Er steht auf und geht zum Fenster.)

MEG Sind sie aber. Sie waren hier, als ich nach Hause kam.

STANLEY Was wollen sie hier?

MEG Sie wollen hier bleiben.

STANLEY Für wie lange?

MEG Das haben sie nicht gesagt.

STANLEY (dreht sich um) Aber warum hier? Warum nicht woanders?

MEG Dieses Haus steht auf der Liste.

STANLEY (kommt nach vorn) Wie heißen sie? Wie sind ihre Namen?

MEG Ach, Stanley, das weiß ich nicht mehr.

STANLEY Aber sie haben es dir doch gesagt. Oder nicht?

MEG Doch, sie …

STANLEY Also, wie heißen sie? Na los. Versuch dich zu erinnern.

MEG Warum denn, Stan? Kennst du sie?

STANLEY Woher soll ich wissen, ob ich sie kenne, solange ich ihre Namen nicht weiß?

MEG Also … er hat es mir gesagt, ich erinnere mich.

STANLEY Also?

Sie überlegt.

MEG Gold-soundso.

STANLEY Goldsoundso?

MEG Ja. Gold…

STANLEY Ja?

MEG Goldberg.

STANLEY Goldberg?

MEG Genau. So heißt der eine.

STANLEY setzt sich langsam an den Tisch rechts.

Kennst du sie?

STANLEY antwortet nicht.

Stan, sie werden dich nicht aufwecken, das verspreche ich dir. Ich sage ihnen, dass sie leise sein müssen.

STANLEY sitzt reglos da.

Sie werden nicht lange hier bleiben, Stan. Und deinen Morgentee bringe ich dir rauf wie immer.

STANLEY sitzt reglos da.

Du darfst heute nicht traurig sein. An deinem Geburtstag.

Pause.

STANLEY (verständnislos) Wie?

MEG Du hast heute Geburtstag, Stan. Das wollte ich dir eigentlich erst heute Abend verraten.

STANLEY Nein.

MEG Doch. Ich habe auch ein Geschenk für dich. (Sie geht zur Anrichte, nimmt das Paket und stellt es vor ihn auf den Tisch.) Hier. Na los. Pack's aus.

STANLEY Was ist das?

MEG Dein Geschenk.

STANLEY Ich habe heute nicht Geburtstag, Meg.

MEG Aber ja doch. Pack dein Geschenk aus.

Er starrt das Paket an, steht langsam auf und öffnet es. Er nimmt eine Kindertrommel heraus.

STANLEY (tonlos) Eine Trommel. Eine Kindertrommel.

MEG (zärtlich) Weil du doch kein Klavier hast.

Er starrt sie an, dann dreht er sich um und geht zur Tür rechts.

Bekomme ich denn keinen Kuss?

Er dreht sich abrupt um und bleibt stehen. Er geht langsam zu ihr zurück. Er bleibt vor ihrem Stuhl stehen und schaut auf sie hinunter. Pause. Er lässt die Schultern hängen, er beugt sich nach unten und küsst sie auf die Wange.

Da sind auch Trommelstöcke drin.

STANLEY sucht in dem Paket. Er nimmt zwei Trommelstöcke heraus. Er schlägt sie zusammen. Er blickt MEG an.

STANLEY Soll ich sie mir umhängen?

Sie beobachtet ihn unsicher. Er hängt sich die Trommel um den Hals und schlägt behutsam mit den Stöcken darauf, dann marschiert er um den Tisch und schlägt dabei im Takt regelmäßig die Trommel. MEG sieht ihm erfreut dabei zu. Er schlägt weiter regelmäßig im Takt die Trommel und beginnt eine zweite Runde um den Tisch. Auf halber Strecke wird der Trommelschlag unregelmäßig und unkontrolliert. MEG macht ein bestürztes Gesicht. Er kommt bei ihrem Stuhl an, hämmert auf die Trommel ein. Seine Miene und der Trommelschlag sind jetzt wild und besessen.

VORHANG

ZWEITER AKT

MCCANN sitzt am Tisch und reißt eine Zeitungsseite in fünf gleich breite Streifen. Es ist Abend. Einen Augenblick später kommt STANLEY von rechts herein. Als er MCCANN sieht, bleibt er stehen und beobachtet ihn. Dann geht er in Richtung Küche und bleibt stehen.

STANLEY 'n Abend.

MCCANN 'n Abend.

Man hört Gekicher durch die offene Hintertür.

STANLEY Sehr warm heute Abend. (Er wendet sich zur Hintertür und dreht sich dann wieder um.) Ist jemand da draußen?

MCCANN reißt noch einen Streifen Papier ab. STANLEY geht in die Küche und gießt sich ein Glas Wasser ein. Während er trinkt, schaut er durch die Durchreiche. Er stellt das Glas ab, kommt aus der Küche und geht schnell zur Tür rechts. MCCANN steht auf und versperrt ihm den Weg.

MCCANN Mir scheint, wir hatten noch nicht das Vergnügen.

STANLEY Nein.

MCCANN Ich heiße McCann.

STANLEY Bleiben Sie länger hier?

MCCANN Nicht sehr lange. Wie heißen Sie?

STANLEY Webber.

MCCANN Freut mich, Ihre Bekanntschaft zu machen, Sir.

Er streckt die Hand aus. STANLEY nimmt sie und MCCANN packt zu.

Herzlichen Glückwunsch zum Geburtstag.

STANLEY zieht die Hand weg. Sie stehen sich gegenüber.

Wollten Sie ausgehen?

STANLEY Ja.

MCCANN An Ihrem Geburtstag?

STANLEY Ja. Wieso denn nicht?

MCCANN Heute Abend soll hier aber eine Party für Sie steigen.

STANLEY Ach ja? Wie bedauerlich.

MCCANN Im Gegenteil. Das ist doch sehr schön.

Man hört durch die Hintertür Stimmen von draußen.

STANLEY Tut mir Leid. Aber mir ist heute Abend nicht nach einer Party zumute.

MCCANN Nein? Das tut mir Leid.

STANLEY Ja, ich gehe aus, um in aller Stille zu feiern, für mich allein.

MCCANN Schämen Sie sich.

Sie stehen einander gegenüber.

STANLEY Also, wenn Sie mich jetzt bitte vorbeilassen würden –

MCCANN Aber es ist doch schon alles arrangiert. Man erwartet Gäste.

STANLEY Gäste? Was für Gäste?

MCCANN Mich, zum Beispiel. Mir wurde die Ehre einer Einladung zuteil.

MCCANN pfeift das Lied «The Mountains of Morne».

STANLEY (geht auf Abstand) Als Ehre würde ich das nicht unbedingt auffassen. Das wird doch nur wieder ein Riesenbesäufnis.

STANLEY pfeift jetzt auch «The Mountains of Morne». Während der nächsten fünf Zeilen wird immer gepfiffen, solange der eine spricht, pfeift der andere, und dann pfeifen beide gemeinsam.

MCCANN Es ist mir aber eine Ehre.

STANLEY Ich finde, jetzt übertreiben Sie.

MCCANN O nein. Ich finde, es ist durchaus eine Ehre.

STANLEY Und ich finde es blöd.

MCCANN Aber nein.

Sie starren sich an.

STANLEY Wer sind die anderen Gäste?

MCCANN Eine junge Dame.

STANLEY Ach ja? Und …?

MCCANN Mein Freund.

STANLEY Ihr Freund?

MCCANN Genau. Es ist alles geplant.

STANLEY geht um den Tisch herum zur Tür. MCCANN fängt ihn ab.

STANLEY Pardon.

MCCANN Wo wollen Sie denn hin?

STANLEY Ich möchte ausgehen.

MCCANN Warum bleiben Sie nicht hier?

STANLEY wendet sich ab und tritt links an den Tisch.

STANLEY Sie machen hier also Urlaub?

MCCANN Kurzurlaub.

STANLEY nimmt einen Papierstreifen in die Hand. MCCANN tritt näher.

Vorsicht.

STANLEY Was ist das?

MCCANN Vorsicht. Finger weg.

STANLEY Ich habe das Gefühl, dass wir uns schon mal begegnet sind.

MCCANN Nein, bestimmt nicht.

STANLEY Sind Sie schon mal in der Gegend von Maidenhead gewesen?

MCCANN Nein.

STANLEY Da gibt's Fullers Teestube. Ich habe da immer Tee getrunken.

MCCANN Kenne ich nicht.

STANLEY Und Boots Leihbibliothek. Ich bringe Sie irgendwie mit der Hauptstraße in Verbindung.

MCCANN Ja?

STANLEY Eine reizende Stadt, finden Sie nicht?

MCCANN Ich kenne sie nicht.

STANLEY Na so was. Eine stille, blühende Gemeinde. Ich bin dort geboren und aufgewachsen. Ich habe ziemlich abseits der Hauptstraße gewohnt.

MCCANN Ja?

Pause.

STANLEY Sie sind nur kurz hier?

MCCANN Ganz recht.

STANLEY Sie werden es ausgesprochen erholsam finden.

MCCANN Finden Sie es erholsam?

STANLEY Ich? Nein. Aber Sie werden es erholsam finden. (Er setzt sich an den Tisch.) Es gefällt mir hier, aber ich werde bald wegziehen. Zurück nach Hause. Und dann bleibe ich auch dort. Es geht doch nichts über zu Hause. (Er lacht.) Ich bin auch nur aus geschäftlichen Gründen weggegangen. Das Geschäft ging vor, und ich musste für eine Weile fort. Sie wissen ja, wie das ist.

MCCANN (setzt sich rechts an den Tisch) Sie sind Geschäftsmann?

STANLEY Nein. Ich glaube, ich werde das Geschäft aufgeben. Wissen Sie, ich beziehe ein kleines, privates Einkommen. Ich glaube, ich werde es aufgeben. Ich bin ungern weg von zu Hause. Ich habe immer ein sehr ruhiges Leben geführt – Schallplatten gehört, mehr eigentlich nicht. Ich bekam alles ins Haus geliefert. Dann habe ich ein kleines privates Geschäft angefangen, in bescheidenem Rahmen, und das hat mich gezwungen, hierher zu ziehen – und ich musste länger bleiben als erwartet. Man gewöhnt sich nie so richtig daran, in einem fremden Haus zu wohnen. Finden Sie nicht? Ich habe so ein ruhiges Leben geführt. Was man gehabt hat, weiß man erst zu schätzen, wenn man es nicht mehr hat. So sagt man doch? Zigarette?

MCCANN Ich rauche nicht.

STANLEY zündet sich eine Zigarette an. Man hört Stimmen von draußen.

STANLEY Wer ist da draußen?

MCCANN Mein Freund und der Hausherr.

STANLEY Wissen Sie was? Wenn man mich so sieht, käme

man garantiert nicht auf die Idee, dass ich so ein ruhiges Leben geführt habe. Die Falten in meinem Gesicht, hm? Die kommen vom Alkohol. Hab ein bisschen dem Alkohol zugesprochen, seit ich hier bin. Ich will damit nur sagen … Sie wissen ja, wie das ist … fern der Heimat … völlig verkehrt natürlich … aber das wird schon wieder, wenn ich zurück bin … ich will damit nur sagen, so wie mich manche Leute anschauen, könnte man glatt meinen, ich sei ein ganz anderer Mensch geworden. Vermutlich habe ich mich verändert, aber ich bin immer noch der Alte geblieben. Ich meine, wenn man mich so sieht, käme man doch eigentlich nicht auf die Idee … eigentlich würde man mich doch kaum für einen Typen halten, der – Ärger macht?

MCCANN sieht ihn an.

Verstehen Sie, was ich meine?

MCCANN Nein.

STANLEY nimmt einen Papierstreifen.

Vorsicht.

STANLEY (rasch) Was wollen Sie hier?

MCCANN 'n Kurzurlaub.

STANLEY Dafür haben Sie sich aber eine seltsame Adresse ausgesucht. (Er steht auf.)

MCCANN Wieso?

STANLEY Weil das hier keine Pension ist. Und nie eine war.

MCCANN Aber gewiss doch.

STANLEY Warum haben Sie sich dieses Haus ausgesucht?

MCCANN Für ein Geburtstagskind machen Sie mir aber einen recht deprimierten Eindruck, Sir.

STANLEY (scharf) Warum sagen Sie «Sir» zu mir?

MCCANN Stört Sie das?

STANLEY (zum Tisch) Hören Sie. Sagen Sie nicht «Sir» zu mir.

MCCANN Natürlich nicht, wenn es Sie stört.

STANLEY (entfernt sich) Ja. Außerdem habe ich heute nicht Geburtstag.

MCCANN Nein?

STANLEY Nein. Erst nächsten Monat.

MCCANN Da hat mir die Dame aber etwas anderes erzählt.

STANLEY Die? Die ist doch verrückt. Übergeschnappt.

MCCANN Wie können Sie so etwas sagen.

STANLEY (zum Tisch) Haben Sie das etwa noch nicht spitzgekriegt? Sie wissen eine ganze Menge nicht. Ich glaube, irgendwer führt Sie an der Nase herum.

MCCANN Wer sollte so etwas tun?

STANLEY (beugt sich über den Tisch) Diese Frau ist wahnsinnig!

MCCANN Das ist eine Verleumdung.

STANLEY Und Sie wissen nicht, was Sie tun.

MCCANN Ihre Zigarette brennt gleich die Zeitung an.

Stimmen von draußen.

STANLEY Verflucht nochmal, wo bleiben die denn? (Drückt die Zigarette aus) Warum kommen die nicht rein? Was machen sie da draußen?

MCCANN Sie sollten sich mäßigen.

STANLEY geht zu ihm und packt ihn am Arm.

STANLEY (eindringlich) Passen Sie auf –

MCCANN Fassen Sie mich nicht an.

STANLEY Passen Sie auf. Hören Sie mir für einen Moment zu.

MCCANN Lassen Sie meinen Arm los.

STANLEY Passen Sie auf. Setzen Sie sich für einen Moment hin.

MCCANN (wütend, schlägt ihm auf den Arm) Lassen Sie das!

STANLEY weicht rückwärts aus und hält sich den Arm.

STANLEY Hören Sie. Sie haben genau gewusst, wovon ich vorhin gesprochen habe, stimmt's?

MCCANN Ich weiß absolut nicht, worauf Sie hinauswollen.

STANLEY Es ist ein Missverständnis! Verstehen Sie?

MCCANN Mann, Ihr Zustand ist wirklich nicht der allerbeste.

STANLEY (kommt flüsternd näher) Hat er Ihnen etwas verraten? Wissen Sie, weswegen Sie hier sind? Sagen Sie's mir. Sie brauchen keine Angst vor mir zu haben. Oder hat er Ihnen nichts verraten?

MCCANN Was verraten?

STANLEY (zischt) Verdammt nochmal, ich hab Ihnen doch erklärt, dass ich die ganzen Jahre, als ich in Basingstoke gelebt habe, nie aus dem Haus gegangen bin.

MCCANN Ich werde aus Ihnen wirklich nicht schlau.

STANLEY (vernünftig) Hören Sie. Sie machen mir einen anständigen Eindruck. Man hält Sie zum Narren, weiter nichts. Verstehen Sie? Wo kommen Sie her?

MCCANN Was glauben Sie?

STANLEY Ich kenne Irland sehr gut. Ich habe viele Freunde dort. Ich liebe das Land, und ich bewundere seine Einwohner und habe Vertrauen zu ihnen. Ich vertraue ihnen. Sie achten die Wahrheit und haben Sinn für Humor. Ihre Polizisten finde ich herrlich. Ich bin da gewesen. Ich habe noch nie solche Sonnenuntergänge gesehen. Haben Sie Lust, mit mir einen trinken zu gehen? In der Kneipe die Straße runter kriegt man Guinness vom Fass. Eine echte Seltenheit hier in der Gegend –

Er verstummt. Die Stimmen nähern sich. GOLDBERG und PETEY treten durch die Hintertür ein.

GOLDBERG (im Hereinkommen) So eine Mutter wie sie gibt's nicht nochmal. (Er sieht STANLEY.) Ah.

PETEY Hallo, Stan. Sie kennen Stanley noch nicht, oder, Mr. Goldberg?

GOLDBERG Ich hatte noch nicht das Vergnügen.

PETEY Also, darf ich vorstellen, Mr. Goldberg, Mr. Webber.

GOLDBERG Sehr erfreut.

PETEY Wir waren gerade im Garten, ein bisschen Luft schnappen.

GOLDBERG Ich habe Mr. Boles von meiner alten Mutter erzählt. Das waren noch Zeiten. (Er setzt sich links an den Tisch.) Ja. Als junger Spund bin ich freitags immer mit einem Mädchen aus meiner Straße am Kanal spazieren gegangen. Ein schönes Mädchen. Eine Stimme hatte die Kleine! Wie eine Nachtigall, mein Ehrenwort. Gut? Rein? Sie hat nicht umsonst in der Sonntagsschule unterrichtet. Jedenfalls habe ich ihr zum Abschied einen Kuss auf die Wange gehaucht – ich habe mir nie etwas herausgenommen – anders als die jungen Männer heutzutage. Wir wussten damals, was Respekt bedeutet. Also habe ich ihr ein Küsschen gegeben und mich dann wieder heimwärts getrollt. Summend ging ich am Kinderspielplatz vorbei, zog den Hut vor den Allerkleinsten, half ein paar streunenden Hunden, alles ganz selbstverständlich. Es kommt mir vor, als sei es gestern gewesen. Die Sonne, die hinter der Hunderennbahn untergeht. Ach! (Er lehnt sich zufrieden zurück.)

MCCANN Wie hinter dem Rathaus.

GOLDBERG Welches Rathaus?

MCCANN In Carrikmacross.

GOLDBERG Absolut kein Vergleich. Also, die Straße rauf, durchs Gartentor, zur Haustür rein, daheim. «Simey!», rief meine alte Mutter dann immer, «schnell, bevor es kalt wird.» Und was stand auf dem Tisch? Der leckerste gefilte Fisch, den man sich auf einem Teller nur wünschen kann.

MCCANN Ich dachte, du heißt Nat.

GOLDBERG Sie hat mich Simey gerufen.

PETEY Ja, wir denken alle gern an unsere Kindheit zurück.

GOLDBERG Wie wahr. Na, Mr. Webber, und Ihre Meinung

dazu? Kindheit. Wärmflaschen. Heiße Milch. Pfannkuchen. Seifenlauge. Das war ein Leben.

Pause.

PETEY (steht vom Tisch auf) Also dann, ich muss weg.

GOLDBERG Weg?

PETEY Zu meinem Schachabend.

GOLDBERG Sie bleiben nicht zur Party?

PETEY Nein. Tut mir Leid, Stan. Ich hab's gerade erst erfahren. Und das Spiel ist doch angesetzt. Ich sehe zu, dass ich früh wieder da bin.

GOLDBERG Wir heben Ihnen auch was zu trinken auf, ja? Ach, da fällt mir ein. Du gehst besser los und besorgst die Flaschen.

MCCANN Jetzt?

GOLDBERG Natürlich jetzt. Höchste Zeit dafür. Gleich um die Ecke, klar? Du brauchst nur meinen Namen zu erwähnen.

PETEY Ich habe denselben Weg.

GOLDBERG Sie schlagen ihn im Eiltempo, Mr. Boles, und dann kommen Sie wieder her.

PETEY Ich tue mein Möglichstes. Bis später, Stan.

PETEY und MCCANN gehen rechts ab. STANLEY tritt in die Bühnenmitte.

GOLDBERG Ein warmer Abend.

STANLEY (dreht sich um) Verarschen Sie mich nicht!

GOLDBERG Wie bitte?

STANLEY (kommt nach vorn) Es hat da bedauerlicherweise

ein Missverständnis gegeben. Wir sind ausgebucht. Ihr Zimmer ist schon besetzt. Mrs. Boles hat vergessen, Ihnen das mitzuteilen. Sie müssen sich woanders einquartieren.

GOLDBERG Sind Sie hier der Geschäftsführer?

STANLEY Ganz recht.

GOLDBERG Läuft der Laden?

STANLEY Ich führe das Haus. Bedauere, aber Sie und Ihr Freund müssen sich eine andere Bleibe suchen.

GOLDBERG (steht auf) Ach, ich muss Ihnen ja noch zum Geburtstag gratulieren, das habe ich ganz vergessen. (Streckt ihm die Hand hin) Meinen Glückwunsch.

STANLEY (ignoriert die Hand) Sind Sie taub?

GOLDBERG Nein, wie kommen Sie darauf? Im Gegenteil, ich bin in jeder Beziehung topfit. Nicht übel, was? Für einen Mann über fünfzig. Aber ich finde immer, so ein Geburtstag ist ein herrliches Ereignis, das heute viel zu selbstverständlich hingenommen wird. Eine herrliche Sache, die man da feiert – die Geburt! Das ist wie das Aufstehen am Morgen. Wunderbar! Es gibt Leute, die stehen morgens nicht gerne auf. Ich weiß, was die für Reden schwingen. Morgens aufstehen, sagen die, was ist das schon? Die Haut juckt, man muss sich rasieren, die Augen sind verklebt, der Mund ist ein Gully, die Hände sind verschwitzt, die Nase ist verstopft, die Füße stinken, man ist doch nicht mehr als eine Leiche, die darauf wartet, gewaschen zu werden. Ich bekomme immer gute Laune, wenn ich so etwas höre. Denn ich weiß, wie es ist, aufzuwachen bei Sonnenschein, zum

Geräusch des Rasenmähers, die vielen Vögel, das duftende Gras, Kirchenglocken, Tomatensaft –

STANLEY Raus.

MCCANN kommt mit den Flaschen herein.

Raus mit dem Alkohol. Dieser Betrieb hat keine Schankkonzession.

GOLDBERG Sie sind ja heute in katastrophaler Stimmung, Mr. Webber. Ausgerechnet an Ihrem Geburtstag, wo sich die nette Dame doch solche Mühe macht, eine Party für Sie zu geben.

MCCANN stellt die Flaschen auf die Anrichte.

STANLEY Raus mit den Flaschen, habe ich gesagt.

GOLDBERG Mr. Webber, setzen Sie sich mal einen Moment hin.

STANLEY Ich möchte – eines ganz klarstellen. Mich stören Sie nicht. Für mich sind Sie einfach nur ein mieser Witz. Aber ich trage Verantwortung für die Menschen hier im Haus. Sie leben schon zu lange hier. Sie haben ihren Riecher verloren. Ich nicht. Und solange ich hier bin, wird niemand diese Leute ausnutzen. (Etwas weniger energisch) Dieses Haus ist sowieso nichts für Sie. Hier gibt es nichts für Sie zu holen, aber auch gar nichts, in jeder Hinsicht. Also, warum verschwinden Sie nicht einfach wieder, ohne noch mehr Wirbel zu veranstalten?

GOLDBERG Mr. Webber, setzen Sie sich.

STANLEY Es bringt nichts, hier irgendwelchen Ärger zu machen.

GOLDBERG Setzen Sie sich.

STANLEY Warum sollte ich?

GOLDBERG Ehrlich gesagt, Webber, Sie gehen mir allmählich auf den Geist.

STANLEY Tatsächlich? Na, das ist –

GOLDBERG Setzen Sie sich.

STANLEY Nein.

GOLDBERG seufzt und setzt sich links an den Tisch.

GOLDBERG McCann.

MCCANN Nat?

GOLDBERG Bitte ihn, sich hinzusetzen.

MCCANN Jawohl, Nat.

MCCANN geht zu STANLEY.

Macht es Ihnen etwas aus, sich hinzusetzen?

STANLEY Ja, allerdings.

MCCANN Na ja, aber – es wäre besser, Sie täten es.

STANLEY Warum setzen Sie sich nicht?

MCCANN Nein, nicht ich – Sie.

STANLEY Nein, danke.

Pause.

MCCANN Nat.

GOLDBERG Was?

MCCANN Er will sich nicht hinsetzen.

GOLDBERG Dann bitte ihn darum.

MCCANN Das habe ich schon.

GOLDBERG Dann bitte ihn nochmal.

MCCANN (zu STANLEY) Setzen Sie sich.

STANLEY Warum?

MCCANN Das ist bequemer für Sie.

STANLEY Für Sie auch.

Pause.

MCCANN Na schön. Wenn Sie sich setzen, setze ich mich auch.

STANLEY Sie zuerst.

MCCANN setzt sich langsam rechts an den Tisch.

MCCANN Also?

STANLEY So. Jetzt, wo Sie beide sich ein wenig ausgeruht haben, können Sie von hier verschwinden!

MCCANN (steht auf) Das ist ein mieser Trick! Aus dem mach ich Hackfleisch!

GOLDBERG (steht auf) Nein! Jetzt stehe ich schon.

MCCANN Setz dich wieder hin!

GOLDBERG Wenn ich erst mal stehe, stehe ich.

STANLEY Dito.

MCCANN (geht zu STANLEY) Mr. Goldberg ist Ihretwegen aufgestanden.

STANLEY (mit erhobener Stimme) Kann ihm nur gut tun!

MCCANN Setzen Sie sich auf den Stuhl.

GOLDBERG McCann.

MCCANN Setzen Sie sich da auf den Stuhl!

GOLDBERG (geht zu STANLEY) Webber. (Ruhig) *Hinsetzen.*

Stille. STANLEY pfeift die Melodie von «The Mountains of Morne». Er schlendert lässig zu dem Stuhl am Tisch. Sie beobachten ihn. Er hört auf zu pfeifen. Stille. Er setzt sich.

STANLEY Ich warne Sie.

GOLDBERG Was hast du gestern gemacht, Webber?

STANLEY Gestern?

GOLDBERG Und vorgestern. Was hast du vorgestern gemacht?

STANLEY Was soll das?

GOLDBERG Warum vergeudest du anderer Leute Zeit, Webber? Warum bist du allen im Weg?

STANLEY Ich? Was wollen Sie –

GOLDBERG Ich sag dir was, Webber. Du bist eine Niete. Warum gehst du allen auf den Sack? Warum machst du die alte Dame völlig meschugge?

MCCANN Er hat Spaß dran!

GOLDBERG Warum benimmst du dich so ungezogen, Webber? Warum jagst du den alten Mann aus dem Haus und zwingst ihn zum Schachspielen?

STANLEY Ich?

GOLDBERG Warum behandelst du die junge Dame wie eine Aussätzige? Sie ist keine Aussätzige, Webber!

STANLEY Was zum –

GOLDBERG Was hast du letzte Woche angehabt, Webber? Wo bewahrst du deine Anzüge auf?

MCCANN Warum bist du aus der Organisation ausgestiegen?

GOLDBERG Was würde deine alte Mutter dazu sagen, Webber?

MCCANN Warum hast du uns verraten?

GOLDBERG Du hast mir wehgetan, Webber. Du spielst ein mieses Spiel.

MCCANN Das ist eine hieb- und stichfeste Tatsache.

GOLDBERG Für wen hält er sich eigentlich?

MCCANN Für wen hältst du dich eigentlich?

STANLEY Ihr seid auf dem falschen Dampfer.

GOLDBERG Wann bist du hierher gekommen?

STANLEY Letztes Jahr.

GOLDBERG Wo bist du hergekommen?

STANLEY Von woanders.

GOLDBERG Warum bist du hierher gekommen?

STANLEY Ich hatte wunde Füße!

GOLDBERG Warum bist du hier geblieben?

STANLEY Ich hatte Kopfschmerzen!

GOLDBERG Hast du was dagegen genommen?

STANLEY Ja.

GOLDBERG Was?

STANLEY Magenpulver!

GOLDBERG Marke Enos oder Andrews?

STANLEY En – An –

GOLDBERG Hast du's ordentlich umgerührt? Hat es gesprudelt?

STANLEY Langsam, langsam, Augenblick mal, Sie –

GOLDBERG Hat es gesprudelt? Hat es gesprudelt oder hat es nicht gesprudelt?

MCCANN Er weiß es nicht!

GOLDBERG Du weißt es nicht. Wann hast du das letzte Mal gebadet?

STANLEY Ich bade jede –

GOLDBERG Lüg nicht.

MCCANN Du hast die Organisation verraten. Ich kenne ihn!

STANLEY Tun Sie nicht!

GOLDBERG Was kannst du ohne Brille sehen?

STANLEY Alles.

GOLDBERG Nimm ihm die Brille ab.

MCCANN reißt ihm die Brille ab, und als STANLEY aufsteht und danach greift, schiebt er seinen Stuhl nach vorn vor den Tisch, sodass STANLEY stolpert, als er MCCANN verfolgen will. STANLEY hält sich am Stuhl fest und bleibt, über ihn gebeugt, stehen.

GOLDBERG Webber, du bist ein Heuchler. (Sie stehen links und rechts vom Stuhl.) Wann hast du das letzte Mal eine Tasse abgespült?

STANLEY Vorletzte Weihnachten.

GOLDBERG Wo?

STANLEY Im Lyons Corner House.

GOLDBERG In welchem?

STANLEY Marble Arch.

GOLDBERG Wo war deine Frau?

STANLEY In –

GOLDBERG Antworte.

STANLEY (dreht sich um, zusammengekauert) Welche Frau?

GOLDBERG Was hast du mit deiner Frau gemacht?

MCCANN Er hat seine Frau umgebracht!

GOLDBERG Warum hast du deine Frau umgebracht?

STANLEY (setzt sich mit dem Rücken zum Publikum) Welche Frau?

MCCANN Wie hat er sie umgebracht?

GOLDBERG Wie hast du sie umgebracht?

MCCANN Du hast sie erdrosselt.

GOLDBERG Mit Arsen.

MCCANN Das ist mir der Richtige!

GOLDBERG Wo ist deine alte Mutter?

STANLEY Im Sanatorium.

MCCANN Ja!

GOLDBERG Warum hast du nie geheiratet?

MCCANN Sie wartete am Kirchentor auf dich.

GOLDBERG Du bist vor der Hochzeit getürmt.

MCCANN Und du ließest sie im Stich.

GOLDBERG Du schobst ihr einen Braten ins Rohr.

MCCANN Sie harrte aus und weinte bitterlich.

GOLDBERG Webber! Warum hast du deinen Namen geändert?

STANLEY Den anderen habe ich vergessen.

GOLDBERG Wie heißt du jetzt?

STANLEY Otto Normalverbraucher.

GOLDBERG Du stinkst nach Sünde.

MCCANN Ich rieche sie förmlich.

GOLDBERG Erkennst du eine externe Macht an?

STANLEY Was?

GOLDBERG Erkennst du eine externe Macht an?

MCCANN Das ist die Frage!

GOLDBERG Erkennst du eine externe Macht an, die für dich verantwortlich ist, für dich leidet?

STANLEY Es ist spät.

GOLDBERG Spät! Spät genug! Wann hast du zuletzt gebetet?

MCCANN Er schwitzt!

GOLDBERG Wann hast du zuletzt gebetet?

MCCANN Er schwitzt!

GOLDBERG Ist die Zahl 846 möglich oder notwendig?

STANLEY Weder noch.

GOLDBERG Falsch! Ist die Zahl 846 möglich oder notwendig?

STANLEY Beides.

GOLDBERG Falsch! Sie ist notwendig, aber nicht möglich.

STANLEY Beides.

GOLDBERG Falsch! Warum glaubst du, die Zahl 846 sei notwendigerweise möglich?

STANLEY Es muss so sein.

GOLDBERG Falsch! Sie ist nur notwendigerweise notwendig!

Wir räumen die Möglichkeit erst nach anerkannter Notwendigkeit ein. Sie ist möglich, weil notwendig, aber keinesfalls notwendig aufgrund ihrer Möglichkeit. Die Möglichkeit lässt sich erst annehmen nach dem Erweis der Notwendigkeit.

MCCANN Richtig!

GOLDBERG Richtig? Natürlich ist das richtig! Wir haben Recht, und du hast Unrecht, Webber, auf der ganzen Linie.

MCCANN Auf der ganzen Linie!

GOLDBERG Wohin treibt dich deine Wollust?

MCCANN Dafür wirst du bezahlen.

GOLDBERG Du stopfst dich mit trockenem Toast voll.

MCCANN Du besudelst das ewig Weibliche.

GOLDBERG Warum bezahlst du die Miete nicht?

MCCANN Mutterschänder!

GOLDBERG Warum popelst du?

MCCANN Ich fordere Gerechtigkeit!

GOLDBERG In welcher Branche arbeitest du?

MCCANN Wie stehst du zu Irland?

GOLDBERG In welcher Branche arbeitest du?

STANLEY Ich spiele Klavier.

GOLDBERG Mit wie vielen Fingern?

STANLEY Keine Hände!

GOLDBERG Keine Gesellschaft würde mit dir etwas zu tun haben wollen. Nicht mal eine Baugesellschaft.

MCCANN Du entehrst die Geistlichkeit.

GOLDBERG Was trägst du beim Schlafen?

STANLEY Nichts.

GOLDBERG Du befleckst das Laken, auf dem du geboren wurdest.

MCCANN Was ist mit der Ketzerei der Albigenser?

GOLDBERG Wer hat das Kricketfeld in Melbourne gewässert?

MCCANN Was ist mit dem seliggesprochenen Oliver Plunkett?

GOLDBERG Mach's Maul auf, Webber. Warum ist das Huhn über die Straße gerannt?

STANLEY Es wollte – es wollte – es wollte …

MCCANN Er weiß es nicht!

GOLDBERG Warum ist das Huhn über die Straße gerannt?

STANLEY Es wollte – es wollte …

GOLDBERG Warum ist das Huhn über die Straße gerannt?

STANLEY Es wollte …

MCCANN Er weiß es nicht. Er weiß nicht, was zuerst da war!

GOLDBERG Was war zuerst da?

MCCANN Das Huhn? Das Ei? Was war zuerst da?

GOLDBERG & MCCANN Was war zuerst da? Was war zuerst da? Was war zuerst da?

STANLEY schreit.

GOLDBERG Er weiß es nicht. Kennst du dein eigenes Gesicht?

MCCANN Weck ihn auf. Bohr ihm eine Nadel ins Auge.

GOLDBERG Du bist eine Plage, Webber. Du bist eine Katastrophe.

MCCANN Du bist der schäbige Rest!

GOLDBERG Aber wir haben die Lösung für dich. Wir können dich sterilisieren.

MCCANN Was ist mit den Gräueln in Irland?

GOLDBERG Du hast keinen Biss mehr. Du stinkst schon.

MCCANN Du hast unser Land verraten.

GOLDBERG Du verrätst unsere Rasse.

MCCANN Wer bist du, Webber?

GOLDBERG Wieso glaubst du, dass du überhaupt existierst?

MCCANN Du bist tot.

GOLDBERG Du bist tot. Du kannst nicht leben, du kannst nicht denken, du kannst nicht lieben. Du bist tot. Du bist eine elende Plage. Du hast keinen Saft in den Knochen. Du bist bloß noch ein Haufen Gestank!

Stille. Sie stehen über ihn gebeugt. Er kauert auf dem Stuhl. Er sieht langsam auf und tritt GOLDBERG in den Magen. GOLDBERG geht zu Boden. STANLEY steht auf. MCCANN packt einen Stuhl und hebt ihn über den Kopf. STANLEY packt einen Stuhl und schützt damit seinen Kopf. MCCANN und STANLEY umkreisen sich.

GOLDBERG Pass auf, McCann.

STANLEY (kreisend) Aaaaaaaaaaaaaaaah!

MCCANN Gut gebrüllt, Judas.

GOLDBERG (steht auf) Pass auf, McCann.

MCCANN Na los!

STANLEY Aaaahhhh!

MCCANN Er schwitzt.

STANLEY Aaaahhhh!

GOLDBERG Sachte, McCann.

MCCANN Die dreckige Drecksau schwitzt.

Lauter Trommelschlag kommt von rechts die Treppe herab. GOLDBERG nimmt STANLEY den Stuhl weg. Sie stellen die Stühle hin. Sie verharren reglos. MEG tritt ein, sie trägt ein Abendkleid und hält die Trommelstöcke und die Trommel.

MEG Ich habe die Trommel mitgebracht. Und mich für die Party fein gemacht.

GOLDBERG Herrlich.

MEG Gefällt Ihnen mein Kleid?

GOLDBERG Herrlich. Überirdisch.

MEG Ich weiß. Mein Vater hat es mir geschenkt. (Sie stellt die Trommel auf den Tisch.) Macht sie nicht ein schönes Geräusch?

GOLDBERG Ein wirklich schönes Stück. Vielleicht spielt uns Stan ja nachher etwas darauf vor?

MEG Ach ja. Tust du das, Stan?

STANLEY Kann ich meine Brille haben?

GOLDBERG Natürlich.

Er streckt MCCANN die Hand hin. MCCANN gibt ihm die Brille.

Hier bitte.

Er hält sie STANLEY hin, der danach greift.

Hier bitte.

STANLEY nimmt sie.

Mal sehen, wie wir bestückt sind. Ausreichend, um einen Ozeandampfer zu versenken. Hier warten vier Flaschen Scotch und eine Flasche irischer Whiskey.

MEG Ach, Mr. Goldberg, was soll ich denn trinken?

GOLDBERG Gläser, erst mal die Gläser. Mach den Scotch auf, McCann.

MEG (bei der Anrichte) Hier drin sind meine allerbesten Gläser.

MCCANN Scotch trinke ich nicht.

GOLDBERG Du kriegst den irischen.

MEG (bringt die Gläser) Hier kommen die Gläser.

GOLDBERG Sehr schön. Stanley sollte uns jetzt für den Trinkspruch einschenken, finden Sie nicht, Mrs. Boles?

MEG Ach ja. Komm, Stanley.

STANLEY geht langsam zum Tisch.

Gefällt Ihnen mein Kleid, Mr. Goldberg?

GOLDBERG Ganz einzigartig. Drehen Sie sich doch mal kurz. Ich habe früher in der Branche gearbeitet. Gehen Sie mal ein paar Schritte.

MEG Nicht doch.

GOLDBERG Nur nicht schüchtern. (Er gibt ihr einen Klaps auf den Hintern.)

MEG Oooh!

GOLDBERG Schlendern Sie den Boulevard entlang. Lassen Sie sich mal anschauen. Was für eine Haltung. Was meinst du, McCann? Wie eine Gräfin, mindestens. Und jetzt, Madam, drehen Sie sich um und promenieren zur Küche. Nein, dieser Gang!

MCCANN (zu STANLEY) Und mir schenkst du den Irischen ein.

GOLDBERG Sie sehen aus wie eine Gladiole.

MEG Wie findest du mein Kleid, Stan?

GOLDBERG Einmal Whiskey für die Dame, einmal Whiskey für die Dame. Hier bitte, Madam, Ihr Glas.

MEG Danke.

GOLDBERG Erheben Sie Ihre Gläser, meine Damen und Herren. Wir bringen einen Toast aus.

MEG Lulu fehlt noch.

GOLDBERG Sie ist längst überfällig. Also – wer bringt den Trinkspruch aus? Mrs. Boles, dafür kommen nur Sie in Frage.

MEG Ich?

GOLDBERG Wer sonst?

MEG Aber was soll ich denn sagen?

GOLDBERG Geben Sie Ihren Gefühlen Ausdruck. Ihren ehrlichen Gefühlen.

MEG wirkt verunsichert.

Stanley hat Geburtstag. Ihr Stanley. Schauen Sie ihn an. Schauen Sie ihn einfach an, und alles Weitere findet sich schon. Augenblick noch, das

Licht ist zu hell. Sorgen wir für die angemessene Beleuchtung. McCann, hast du die Taschenlampe parat?

MCCANN (zieht eine kleine Taschenlampe hervor) Hier.

GOLDBERG Knips das Licht aus und mach die Taschenlampe an.

MCCANN geht zur Tür, schaltet das Licht aus, kommt zurück und leuchtet MEG mit der Taschenlampe an. Draußen vor dem Fenster ist es noch ein wenig hell.

GOLDBERG Nicht auf die Dame, auf den Herrn! Du musst das Geburtstagskind anleuchten.

MCCANN leuchtet STANLEY ins Gesicht.

So, Mrs. Boles, jetzt sind Sie an der Reihe.

Pause.

MEG Ich weiß nicht, was ich sagen soll.

GOLDBERG Schauen Sie ihn an. Schauen Sie ihn einfach an.

MEG Blendet ihn das Licht denn nicht?

GOLDBERG Aber woher. Los geht's.

MEG Tja, also – es ist sehr, sehr schön, heute Abend hier zu sein, in meinem Haus, und ich möchte einen Trinkspruch auf Stanley ausbringen, weil er doch heute Geburtstag hat und jetzt schon so lange hier wohnt und jetzt mein Stanley ist. Und ich glaube, er ist ein guter Junge, auch wenn er manchmal ungezogen ist. (GOLDBERG lacht anerkennend.) Und er ist der einzige Stanley, den ich kenne, und ich kenne ihn besser als sonst jemand, auch wenn er das nicht wahrhaben will. (GOLDBERG ruft: «Hört, hört!») Ja, und ich könnte weinen vor lauter Glück, dass er hier ist an seinem Geburtstag und nicht weg, und ich würde alles für ihn tun, und es sind so viele liebe Menschen hier heute Abend … (Sie schluchzt.)

GOLDBERG Herrlich! Eine herrliche Rede. Mach das Licht an, McCann.

MCCANN geht zur Tür. STANLEY bleibt reglos stehen.

Das war ein herrlicher Trinkspruch.

Das Licht geht an. LULU tritt durch die Tür rechts ein. GOLDBERG tröstet MEG.

GOLDBERG Kopf hoch. Und jetzt: Bitte recht freundlich! Schon besser. Schau an, wen haben wir denn da.

MEG Lulu.

GOLDBERG Guten Abend, Lulu. Ich bin Nat Goldberg.

LULU Hallo.

GOLDBERG Stanley, ein Glas für deinen Gast. Sie haben gerade den Trinkspruch versäumt, meine Liebe, und was für einen.

LULU Ach ja?

GOLDBERG Stanley, ein Glas für deinen Gast. Stanley.

STANLEY reicht LULU ein Glas.

Gut. Und jetzt erheben wir die Gläser. Sind alle aufgestanden? Nein, Stanley, du doch nicht. Du musst dich hinsetzen.

MCCANN Stimmt. Er muss sich hinsetzen.

GOLDBERG Würdest du dich mal einen Augenblick hinsetzen? Wir möchten auf dich anstoßen.

MEG Mach schon!

LULU Mach schon!

STANLEY nimmt am Tisch Platz.

GOLDBERG Gut. Jetzt hat sich Stanley hingesetzt. (Er beherrscht die Szene.) Also, zuerst möchte ich sagen, dass mich noch nie etwas so tief im Innern berührt hat wie der Trinkspruch, den wir gerade gehört haben. Wie oft begegnet man heutzutage echter, aufrichtiger Herzlichkeit? Alle Jubeljahre einmal. Bis vor ein paar Minuten noch, meine Damen und Herren, habe ich mir die gleiche Frage gestellt wie Sie alle. Wohin nur sind sie entschwunden, die Liebe, die Bonhomie, die unverhohlene Zuneigungsbekundung von vorgestern, die unsere Mütter uns in der Kinderstube lehrten?

MCCANN Vom Winde verweht.

GOLDBERG So dachte auch ich, bis heute. Ich glaube an ein frohes Lachen, an einen Angelausflug, ein bisschen Gartenarbeit. Mein altes Treibhaus war mein ganzer Stolz, erbaut mit meiner eigenen Spucke und Zuversicht. Aus diesem Holz bin ich nun mal geschnitzt. Nicht Größe, sondern Qualität. Ein kleiner Austin, Tee bei Fullers, ein Buch aus Boots Leihbibliothek, und ich bin zufrieden. Aber gerade jetzt, wohlgemerkt, gerade jetzt, hat die Dame des Hauses gesagt, was zu sagen war, und ich, für meinen Teil, bin überwältigt von den Gefühlen, die sie zum Ausdruck gebracht hat. Glücklich der Mann, dem sie gelten, kann ich da nur sagen. (Pause.) Wie soll ich mich Ihnen verständlich machen? Wir alle wandern mutterseelenallein durch diese Welt. Es ist ein einsames Lager, auf dem wir pennen. Stimmt's ?

LULU (bewundernd) Stimmt.

GOLDBERG Ganz recht. Aber heute Abend, Lulu, McCann, ist uns ein großes Glück zuteil geworden. Wir waren Ohrenzeugen, wie eine Dame einem ihrer Mitmenschen gegenüber die ganze Fülle ihrer Hingabe offenbart hat, mit allem Stolz, mit Glanz und Gloria. Stanley, meine herzlichsten Glückwünsche. Ich wünsche dir in unser aller Namen alles Gute zum Geburtstag. So stolz wie heute, da bin ich sicher, bist du noch nie gewesen. Mazeltov! Auf dass wir immer nur bei Simchas zusammenfinden. (LULU und MEG klatschen.) Mach das Licht aus, McCann, während wir die Gläser erheben.

LULU Das war eine herrliche Rede.

MCCANN knipst das Licht aus, kommt zurück und leuchtet STANLEY mit der Taschenlampe ins Gesicht. Das Licht draußen vor dem Fenster ist schwächer geworden.

GOLDBERG Erheben wir die Gläser. Stanley – herzlichen Glückwunsch zum Geburtstag.

MCCANN Herzlichen Glückwunsch.

LULU Herzlichen Glückwunsch.

MEG Alles Gute, Stan.

GOLDBERG Und runter damit.

Alle trinken.

MEG (küsst ihn) Oh, Stanny …

GOLDBERG Licht!

MCCANN Jawohl! (Er macht das Licht an.)

MEG Stoß mit mir an, Stan.

LULU Mr. Goldberg –

GOLDBERG Sag doch Nat.

MEG (zu MCCANN) Dann stoßen eben Sie mit mir an.

LULU (zu GOLDBERG) Ihr Glas ist leer. Darf ich Ihnen noch etwas einschenken?

GOLDBERG Mit Vergnügen.

LULU Sie sind ein herrlicher Redner, Nat, wissen Sie das? Wo haben Sie das gelernt?

GOLDBERG Das hat dir gefallen, ja?

LULU Und wie!

GOLDBERG Tja, zum ersten Mal hatte ich in der Ethischen Gesellschaft in Bayswater die Chance, vorzutreten und einen Vortrag zu halten. Eine herrliche Gelegenheit. Das wird mir unvergesslich bleiben. An dem Abend waren sie alle da. Die Charlotte Street war leer gefegt. Das ist natürlich schon eine ganze Weile her.

LULU Worüber haben Sie gesprochen?

GOLDBERG Über das Notwendige und das Mögliche. Ein Bombenerfolg. Seitdem spreche ich immer auf Hochzeiten.

STANLEY rührt sich nicht. GOLDBERG setzt sich rechts an den Tisch. MEG gesellt sich zu MCCANN vorne links, LULU steht vorne rechts. MCCANN schenkt sich aus der Flasche mit irischem Whiskey, die er mit sich herumträgt, noch ein Glas ein.

MEG Geben Sie mir mal einen Schluck von Ihrem?

MCCANN Da rein?

MEG Ja.

MCCANN Mischen Sie das Zeug immer?

MEG Nein.

MCCANN Geben Sie mir Ihr Glas.

MEG setzt sich auf eine Schuhputzkiste links vorn. LULU schenkt am Tisch GOLDBERG und sich selbst nochmal ein und reicht GOLDBERG sein Glas.

GOLDBERG Danke.

MEG (zu MCCANN) Wirklich?

GOLDBERG Lulu, du bist doch ein strammes Mädchen, drall wie ein Ball. Komm, setz dich auf meinen Schoß.

MCCANN Warum nicht?

LULU Soll ich?

GOLDBERG Nur zu.

MEG (probiert) Sehr gut.

LULU Da wird der Ball aber an die Decke hüpfen.

MCCANN Ist mir unverständlich, wie Sie so was mischen können.

GOLDBERG Nur Mut.

MEG (zu MCCANN) Setzen Sie sich auf den Schemel da.

LULU setzt sich auf GOLDBERGS Schoß.

MCCANN Auf diesen?

GOLDBERG Bequem?

LULU Ja, danke.

MCCANN (setzt sich) Der ist bequem.

GOLDBERG Weißt du, in deinen Augen kann man viel lesen.

LULU In deinen auch.

GOLDBERG Glaubst du?

LULU (kichert) Ach, komm!

MCCANN (zu MEG) Woher haben Sie den?

MEG Von meinem Vater.

LULU Ich hatte keine Ahnung, dass ich heute Abend dich hier treffen würde.

MCCANN (zu MEG) Waren Sie mal in Carrikmacross?

MEG (trinkt) Ich war mal in King's Cross.

LULU Du bist wie aus heiterem Himmel aufgetaucht, weißt du das?

GOLDBERG (da sie sich bewegt) Pass auf. Sonst brichst du mir noch was.

MEG (steht auf) Ich will tanzen!

LULU und GOLDBERG schauen sich in die Augen. MCCANN trinkt. MEG geht zu STANLEY.

Stanley. Tanzen.

STANLEY bleibt reglos sitzen. MEG tanzt allein durchs Zimmer, kommt dann wieder zurück zu MCCANN, der ihr das Glas voll schenkt. Sie setzt sich.

LULU (zu GOLDBERG) Soll ich dir was verraten?

GOLDBERG Was denn?

LULU Ich vertraue dir.

GOLDBERG (hebt das Glas) Prost.

LULU Hast du eine Frau?

GOLDBERG Ich hatte mal eine Frau. Und was für eine. Hör

mal zu. Freitagnachmittags habe ich immer einen kleinen Verdauungsspaziergang durch den Park gemacht. He, tu mir einen Gefallen und setz dich mal einen Augenblick auf den Tisch, ja? (LULU setzt sich auf den Tisch. Er streckt sich und fährt fort.) Einen kleinen Verdauungsspaziergang. Ich habe den kleinen Jungs und den kleinen Mädchen guten Tag gesagt – für mich gab's da keinen Unterschied – und dann bin ich wieder heimmarschiert, zurück zu meinem Flachdach-Bungalow. «Simey», rief meine Frau dann immer, «mach schnell, bevor es kalt wird!» Und was stand auf dem Tisch? Der leckerste Rollmops mit Essiggurke, den man sich auf einem Teller nur wünschen kann.

LULU Ich dachte, du heißt Nat.

GOLDBERG Sie hat mich Simey gerufen.

LULU Ich wette, du warst ein guter Ehemann.

GOLDBERG Du hättest mal ihre Beerdigung sehen sollen.

LULU Wieso?

GOLDBERG (holt tief Luft und wiegt den Kopf) Was für eine Beerdigung.

MEG (zu MCCANN) Mein Vater wollte mich mal mit nach Irland nehmen. Aber dann ist er doch allein weggefahren.

LULU (zu GOLDBERG) Glaubst du, du hast mich schon als ein kleines Mädchen gekannt?

GOLDBERG Warst du denn ein braves kleines Mädchen?

LULU Sicher.

MEG Ich weiß nicht, ob er nach Irland gefahren ist.

GOLDBERG Vielleicht habe ich dich huckepack getragen.

LULU Ja, vielleicht.

MEG Er hat mich nicht mitgenommen.

GOLDBERG Oder Hoppe, hoppe, Reiter mit dir gespielt.

LULU Ist das ein Spiel?

GOLDBERG Natürlich ist das ein Spiel!

MCCANN Warum hat er Sie nicht nach Irland mitgenommen?

LULU Das kitzelt!

GOLDBERG Keine Bange.

LULU Ich hatte schon immer eine Schwäche für ältere Männer. Die können einen so schön trösten.

Sie umarmen sich.

MCCANN Ich kenne da ein Lokal. Roscrea. Bei Mutter Nolan.

MEG Als kleines Mädchen hatte ich ein Nachtlicht in meinem Zimmer.

MCCANN Einmal bin ich die ganze Nacht da mit den Jungs versumpft. Wir haben gesungen und getrunken, die ganze Nacht lang.

MEG Und mein Kindermädchen saß bei mir am Bett und hat mir Lieder vorgesungen.

MCCANN Und morgens gab's einen Teller mit Gebratenem. Und wo bin ich jetzt?

MEG Mein Zimmerchen war rosa. Ich hatte einen rosa Teppich und rosa Gardinen und überall im Zimmer standen Spieldosen. Und die haben mich in den Schlaf gespielt. Und mein Vater war ein ganz berühmter Arzt. Darum hat mir auch nie etwas gefehlt. Ich wurde behütet, und ich hatte kleine Schwestern und Brüder in anderen Zimmern, alle in verschiedenen Farben.

MCCANN Tullamore, wohin bist du entschwunden?

MEG (zu MCCANN) Geben Sie mir noch einen Schluck.

MCCANN (schenkt ein und singt) Ruhm-o, Ruhm-o, den wackeren irischen Helden!

MEG Ach, was für eine herrliche Stimme.

GOLDBERG Sing uns was, McCann.

LULU Ein Liebeslied!

MCCANN (rezitiert) In der Nacht, als Paddy lag aufgebahrt, da schauten alle Jungs vorbei.

GOLDBERG Ein Liebeslied!

MCCANN (schmettert aus voller Kehle)
Der Garten Eden, so heißt's, schwand dahin,
Doch ich weiß noch, wo er liegt.
Geh links den Weg am Berge Ben Clay,
Bleib stehn, wo der Pfad dann abbiegt.
Dort wirst du ihn finden, das weiß ich bestimmt,
Und es flüstert hinüber zu mir:
Kehr zurück, Paddy Reilly, nach Bally-James-Duff,
Kehr zurück, Paddy Reilly, zu mir!

LULU (zu GOLDBERG) Du bist meiner allerersten Liebe wie aus dem Gesicht geschnitten.

GOLDBERG Selbstredend.

MEG (steht auf) Ich will was spielen!

GOLDBERG Ein Spiel?

LULU Welches Spiel?

MEG Irgendeins.

LULU (springt auf) Ja, wir spielen ein Spiel.

GOLDBERG Welches Spiel?

MCCANN Verstecken.

LULU Blindekuh.

MEG Ja!

GOLDBERG Ihr wollt also Blindekuh spielen?

LULU & MEG Ja!

GOLDBERG Na schön. Blindekuh. Los. Alles aufstehen! (Steht auf) McCann. Stanley – Stanley!

MEG Stanley. Steh auf.

GOLDBERG Was hat er denn?

MEG (beugt sich über ihn) Stanley, wir spielen jetzt was. Mach schon, sei kein Frosch, Stan.

LULU Mach schon.

STANLEY steht auf. MCCANN steht auf.

GOLDBERG Gut! Na – wer ist zuerst die Blindekuh?

LULU Mrs. Boles.

MEG Ich nicht.

GOLDBERG Natürlich Sie.

MEG Wer? Ich?

LULU (nimmt ihr Halstuch ab) Hier.

MCCANN Wie geht denn das Spiel?

LULU (verbindet MEG mit dem Halstuch die Augen) Haben Sie etwa noch nie Blindekuh gespielt? Nicht so zappeln, Mrs. Boles. Also, man darf sich von der Blindenkuh nicht erwischen lassen. Aber Sie dürfen sich auch nicht mehr bewegen, wenn man ihr die Augen verbunden hat. Sie müssen stehen bleiben, wo Sie sind, wenn sie die Augen verbunden hat. Und wenn sie Sie berührt, dann sind Sie die Blindekuh. Umdrehen. Wie viele Finger halte ich hoch?

MEG Ich kann nichts sehen.

LULU Gut.

GOLDBERG Gut! Alles marsch. McCann. Stanley. Stopp. Stehen bleiben. Auf geht's, Mrs. Boles!

STANLEY steht vorn links, MEG geht durchs Zimmer. GOLDBERG streichelt LULU mit ausgestrecktem Arm. MEG berührt MCCANN.

MEG Erwischt!

LULU Runter mit dem Tuch.

MEG Was für schönes Haar!

LULU (bindet MEG das Tuch ab) So.

MEG Sie sind's!

GOLDBERG Umbinden, McCann.

LULU (bindet MCCANN das Tuch um) Fertig. Umdrehen. Wie viele Finger halte ich hoch?

MCCANN Weiß ich doch nicht.

GOLDBERG Gut! Alles marsch. Gut. Stopp! Stehen bleiben!

MCCANN geht los.

MEG Ach, nein, wie schön!

GOLDBERG Ruhe! Pst, pst, pst. Also – alles nochmal marsch. Stopp! Stehen bleiben!

MCCANN geht durchs Zimmer. GOLDBERG streichelt LULU mit ausgestrecktem Arm. MCCANN nähert sich STANLEY. Er streckt den Arm aus und berührt STANLEYS Brille.

MEG Es ist Stanley!

GOLDBERG (zu LULU) Macht's dir Spaß?

MEG Du bist dran, Stan.

MCCANN nimmt das Tuch ab.

MCCANN (zu STANLEY) Ich nehme solange deine Brille.

MCCANN nimmt STANLEYS Brille.

MEG Geben Sie mir das Tuch.

GOLDBERG (hält LULU fest) Binden Sie ihm das Tuch um, Mrs. Boles.

MEG Bin schon dabei. (Zu STANLEY) Kannst du meine Nase sehen?

GOLDBERG Kann er nicht. Fertig? Gut! Alles marsch! Stopp! Und stehen bleiben!

STANLEY steht mit verbundenen Augen da. MCCANN weicht langsam rückwärts über die Bühne nach rechts aus. Er zerbricht STANLEYS Brille, indem er das Gestell knickt. MEG steht vorn rechts. LULU und GOLDBERG stehen eng zusammen in der Mitte. STANLEY geht sehr langsam nach rechts über die Bühne. MCCANN nimmt die Trommel und legt sie STANLEY flach in den Weg. STANLEY tritt in die Trommel und fällt darüber, sein Fuß bleibt in der Trommel stecken.

MEG Oooh!

GOLDBERG Pst!

STANLEY steht auf. Er geht in Richtung MEG, schleppt die Trommel am Fuß mit. Er erreicht MEG und bleibt stehen. Er streckt die Hände aus und packt sie am Hals. Er würgt sie. MCCANN und GOLDBERG stürzen sich auf ihn und reißen ihn weg.

BLACKOUT

Von draußen kommt jetzt kein Licht mehr durch das Fenster. Die Bühne ist dunkel.

LULU Licht an!

GOLDBERG Was ist passiert?

LULU Licht an!

MCCANN Sekunde.

GOLDBERG Wo ist er?

MCCANN Lass mich los!

GOLDBERG Wer ist das?

LULU Jemand betatscht mich!

GOLDBERG Wo ist er?

MEG Wieso ist das Licht ausgegangen?

GOLDBERG Wo ist deine Taschenlampe?

MCCANN leuchtet GOLDBERG ins Gesicht.

Nicht auf mich!

MCCANN schwenkt die Taschenlampe. Sie wird ihm aus der Hand geschlagen und fällt zu Boden. Sie erlischt.

MCCANN Meine Taschenlampe!

LULU O Gott!

GOLDBERG Wo ist deine Taschenlampe? Heb sie auf!

MCCANN Ich kann sie nicht finden.

LULU Halt mich fest. Halt mich fest.

GOLDBERG Knie dich hin. Hilf ihm suchen.

LULU Ich kann nicht.

MCCANN Sie ist weg.

MEG Wieso ist das Licht ausgegangen?

GOLDBERG Alle mal ruhig! Helft ihm die Taschenlampe suchen.

Stille. MCCANN und GOLDBERG knien auf dem Boden und ächzen. Plötzlich hört man aus dem Hintergrund des Zimmers ein hartes, andauerndes Trommelgeräusch, das der Trommelstock auf dem Trommelrand hämmert. Stille. LULU wimmert.

GOLDBERG Hier rüber, McCann!

MCCANN Hier.

GOLDBERG Komm zu mir, komm zu mir. Vorsicht. Da drüben.

GOLDBERG und MCCANN gehen rechts vom Tisch nach hinten. STANLEY kommt links vom Tisch nach vorn. LULU sieht ihn plötzlich auf sich zukommen, kreischt und wird ohnmächtig. GOLDBERG und MCCANN drehen sich um und prallen zusammen.

GOLDBERG Was war das?

MCCANN Wer ist das?

GOLDBERG Was war das?

Im Dunkeln hebt STANLEY LULU auf und legt sie auf den Tisch.

MEG Das war Lulu!

GOLDBERG und MCCANN kommen links nach vorn.

GOLDBERG Wo ist sie?

MCCANN Sie ist hingefallen.

GOLDBERG Wo?

MCCANN Irgendwo hier.

GOLDBERG Hilf mir, sie aufzuheben.

MCCANN (kommt rechts nach vorn) Ich kann sie nicht finden.

GOLDBERG Sie muss irgendwo sein.

MCCANN Hier ist sie nicht.

GOLDBERG (kommt rechts nach vorn) Sie muss aber hier sein.

MCCANN Sie ist weg.

MCCANN findet die Taschenlampe auf dem Boden und leuchtet damit den Tisch und STANLEY an. LULU liegt mit ausgestreckten Armen und gespreizten Beinen auf dem Tisch, STANLEY beugt sich über sie. Als der Lichtstrahl STANLEY trifft, fängt er an zu kichern. GOLDBERG und MCCANN gehen auf ihn zu. Er weicht kichernd zurück, die Taschenlampe leuchtet ihm ins Gesicht. Sie folgen ihm nach hinten rechts. Er weicht kichernd bis zur Durchreiche zurück. Der Strahl der Taschenlampe kommt immer näher. Das Kichern wird heftiger und lauter, während er sich mit dem Rücken an die Wand presst. Die Gestalten kommen auf ihn zu.

VORHANG

DRITTER AKT

Am nächsten Morgen. PETEY kommt rechts mit einer Zeitung herein und setzt sich an den Tisch. Er beginnt zu lesen. Man hört MEGS Stimme durch die Durchreiche.

MEG Bist du's, Stan? (Pause.) Stanny?

PETEY Ja?

MEG Bist du's?

PETEY *Ich* bin's.

MEG (erscheint in der Durchreiche) Ach, du bist's. Die Cornflakes sind alle.

PETEY Na, was hast du denn sonst noch?

MEG Nichts.

PETEY Nichts?

MEG Sekunde. (Sie verschwindet von der Durchreiche und kommt durch die Küchentür herein.) Hast du deine Zeitung bekommen?

PETEY Ja.

MEG Ist sie interessant?

PETEY Nicht schlecht.

MEG Die zwei Herren hatten heute Morgen den Rest vom Gebratenen.

PETEY So?

MEG Es ist aber noch Tee in der Kanne. (Sie gießt ihm Tee ein.) Ich gehe gleich einkaufen und besorge dir was Leckeres. Ich hab rasende Kopfschmerzen.

PETEY (liest) Du hast letzte Nacht geschlafen wie ein Stein.

MEG Wirklich?

PETEY Wie tot.

MEG Ich muss müde gewesen sein. (Sie sieht sich im Zimmer um und entdeckt im Kamin die kaputte Trommel.) Oh, sieh mal. (Sie steht auf und hebt die Trommel auf.) Die Trommel ist kaputt.

PETEY blickt auf.

Warum ist sie kaputt?

PETEY Keine Ahnung.

Sie schlägt mit der Hand darauf.

MEG Ein Geräusch macht sie aber noch.

PETEY Du kannst jederzeit eine neue kaufen.

MEG (traurig) Die ist wahrscheinlich bei der Party kaputtgegangen. Ich kann mich aber nicht daran erinnern, dass sie bei der Party kaputtgegangen ist. (Sie legt die Trommel weg.) Schade.

PETEY Du kannst jederzeit eine neue kaufen, Meg.

MEG Na ja, immerhin hat er sie an seinem Geburtstag bekommen, stimmt's? Wie ich's geplant hatte.

PETEY (liest) Ja.

MEG Hast du ihn schon hier unten gesehen?

PETEY antwortet nicht.

Petey.

PETEY Was?

MEG Hast du ihn hier unten gesehen?

PETEY Wen?

MEG Stanley.

PETEY Nein.

MEG Ich auch nicht. Der Junge sollte längst auf sein. Er verpasst sein Frühstück.

PETEY Es gibt doch überhaupt kein Frühstück.

MEG Schon, aber das weiß er ja nicht. Ich ruf ihn jetzt mal.

PETEY (rasch) Nein, tu's nicht, Meg. Lass ihn schlafen.

MEG Aber du sagst doch selbst immer, dass er zu lange im Bett liegt.

PETEY Lass ihn schlafen … heute Morgen. Lass ihn in Ruhe.

MEG Einmal war ich schon oben, mit seiner Tasse Tee. Aber Mr. McCann hat mir die Tür geöffnet. Er hat gesagt, sie würden gerade etwas besprechen. Er hat gesagt, er hätte ihm schon Tee gemacht. Er muss sehr früh aufgestanden sein. Ich weiß nicht, was die besprochen haben. Ich war überrascht. Denn wenn ich Stanley wecken komme, schläft er meistens noch ganz tief. Aber heute morgen nicht. Ich habe ihn reden hören. (Pause.) Meinst du, die kennen sich? Ich glaube, die sind alte Freunde. Stanley hatte eine Menge Freunde. Das weiß ich genau. (Pause.) Ich habe ihm den Tee also nicht gebracht. Er hatte ja schon welchen getrunken. Also bin ich wieder runter und habe mich an die Arbeit gemacht. Nach einem Weilchen sind sie dann zum Frühstück erschienen. Stanley hat sich wohl wieder hingelegt.

Pause.

PETEY Wann willst du denn deine Besorgungen machen, Meg?

MEG Ja, ich muss jetzt los. (Nimmt die Einkaufstasche) Ich habe elende Kopfschmerzen. (Sie geht zur Hintertür, bleibt plötzlich stehen und dreht sich um.) Hast du schon gesehen, was heute Morgen da draußen steht?

PETEY Was?

MEG Dieser große Wagen.

PETEY Ja.

MEG Der war gestern nicht da. Hast du … hast du mal reingeschaut?

PETEY Ich hab einen kurzen Blick riskiert.

MEG (kommt angespannt nach vorn und flüstert) Ist irgendwas drin?

PETEY Drin?

MEG Ja.

PETEY Wo soll was drin sein?

MEG Im Wagen.

PETEY Was denn zum Beispiel?

MEG Na ja … ist da … ist da eine Schubkarre drin?

PETEY Eine Schubkarre?

MEG Ja.

PETEY Ich hab keine gesehen.

MEG Nein? Bist du sicher?

PETEY Was sollte Mr. Goldberg denn mit einer Schubkarre?

MEG Mr. Goldberg?

PETEY Das ist sein Wagen.

MEG (erleichtert) Sein Wagen? Ach so, ich hab nicht gewusst, dass das sein Wagen ist.

PETEY Natürlich ist das sein Wagen.

MEG Ach, jetzt geht's mir schon besser.

PETEY Was redest du da eigentlich?

MEG Ach, jetzt geht's mir wirklich schon besser.

PETEY Sieh zu, dass du an die frische Luft kommst.

MEG Ja, mach ich. Mach ich. Ich gehe jetzt meine Besorgungen erledigen. (Sie geht zur Hintertür. Oben knallt eine Tür zu. Sie dreht sich um.) Das ist Stanley! Er kommt runter – was mache ich bloß mit seinem Frühstück? (Sie stürzt in die Küche.) Petey, was soll ich ihm vorsetzen? (Sie schaut durch die Durchreiche.) Die Cornflakes sind alle.

Beide starren auf die Tür. GOLDBERG tritt ein. Er bleibt in der Tür stehen, als er ihre Blicke bemerkt, und lächelt dann.

GOLDBERG Ein Empfangskomitee!

MEG Oh, ich dachte, es wäre Stanley.

GOLDBERG Entdecken Sie eine Ähnlichkeit?

MEG Aber nein. Sie sehen ganz anders aus.

GOLDBERG (tritt ins Zimmer) Andere Statur, versteht sich.

MEG (kommt aus der Küche herein) Ich hab gedacht, er kommt zum Frühstück runter. Er hat nämlich noch nicht gefrühstückt.

GOLDBERG Ihre Frau macht einen sehr guten Tee, wissen Sie das, Mr. Boles?

PETEY Ja, manchmal. Manchmal vergisst sie es aber auch.

MEG Kommt er runter?

GOLDBERG Ob er runterkommt? Natürlich. Warum sollte er an einem so schönen, sonnigen Tag denn nicht herunterkommen? Er wird im Nu auf den Beinen sein. (Er setzt sich an den Tisch.) Und dann bekommt er ein fabelhaftes Frühstück serviert.

MEG Mr. Goldberg.

GOLDBERG Ja?

MEG Ich habe gar nicht gewusst, dass das da draußen Ihr Wagen ist.

GOLDBERG Gefällt er Ihnen?

MEG Wollen Sie ein bisschen durch die Gegend fahren?

GOLDBERG (zu PETEY) Schickes Auto, was?

PETEY Schön poliert.

GOLDBERG Das Alte bewährt sich auch heute, lassen Sie sich das von mir gesagt sein. Sehr geräumig. Vorne viel Platz, und hinten viel Platz. (Er streichelt die Teekanne.) Die Kanne ist warm. Noch etwas Tee, Mr. Boles?

PETEY Nein danke.

GOLDBERG (gießt sich Tee ein) Dieser Wagen? Dieser Wagen hat mich noch nie im Stich gelassen.

MEG Wollen Sie ein bisschen durch die Gegend fahren?

GOLDBERG antwortet nicht, trinkt seinen Tee.

Na, ich mach mich dann mal besser auf den Weg. (Sie geht zur Hintertür und dreht sich um.) Petey, wenn Stanley runterkommt …

PETEY Ja?

MEG Sag ihm, dass ich gleich wieder da bin.

PETEY Sag ich ihm.

MEG (unbestimmt) Ich bin gleich wieder da. (Sie geht ab.)

GOLDBERG (schlürft seinen Tee) Eine gute Frau. Eine reizende Frau. Meine Mutter war auch so. Meine Frau haargenau so.

PETEY Wie geht's ihm heute Morgen?

GOLDBERG Wem?

PETEY Stanley. Geht's ihm besser?

GOLDBERG (etwas unbestimmt) Oh … ein bisschen besser, glaube ich, ein bisschen besser. Ich bin da natürlich nicht so recht qualifiziert, Mr. Boles. Ich meine, mir fehlt die … die Qualifikation. Am besten wäre es, wenn jemand mit der entsprechenden … äh … Qualifikation … ihn sich mal ansehen würde. Jemand mit ein paar Titeln vor dem Namen. Das macht einen gewaltigen Unterschied.

PETEY Ja.

GOLDBERG Im Moment ist Dermot jedenfalls bei ihm. Er … leistet ihm Gesellschaft.

PETEY Dermot?

GOLDBERG Ja.

PETEY Eine schreckliche Sache.

GOLDBERG (seufzt) Ja. Die Geburtstagsfeier war wohl zu viel für ihn.

PETEY Was ist bloß über ihn gekommen?

GOLDBERG (scharf) Was über ihn gekommen ist? Ein Zusammenbruch, Mr. Boles. Schlicht und ergreifend. Ein Nervenzusammenbruch.

PETEY Aber warum so plötzlich?

GOLDBERG (erhebt sich und geht nach hinten) Tja, Mr. Boles, da gibt's viele Möglichkeiten, wie so was passieren kann. Das hat mir erst neulich ein Freund von mir erzählt. Wir waren beide mit einem anderen Fall befasst – nicht ganz identisch, natürlich, aber … doch sehr ähnlich, sehr ähnlich. (Er macht eine Pause.) Jedenfalls hat er mir also erzählt, dieser Freund, dass so was manchmal ganz allmählich passiert – sich Tag für Tag steigert und steigert und steigert … Tag für Tag. Und manchmal passiert so was dann auch wieder urplötzlich. Zack! Einfach so! Die Nerven drehen durch. Es gibt keine Garantie, wie es passieren wird, aber bei gewissen Leuten … ist das so gut wie sicher.

PETEY Wirklich?

GOLDBERG Ja. Dieser Freund – der hat mir das erzählt – erst neulich. (Er bleibt einen Moment unbehaglich stehen, zückt dann ein Zigarettenetui und nimmt sich eine Zigarette.) Wie wär's mit einer Abdullah?

PETEY Nein, nein, die rauche ich nicht.

GOLDBERG Ab und zu gönne ich mir mal eine Zigarette. Eine Abdullah, vielleicht, oder eine … (Er schnippt mit den Fingern.)

PETEY Was für ein Abend.

GOLDBERG zündet sich die Zigarette mit einem Feuerzeug an.

Da komme ich zur Haustür rein, und alles ist zappenduster. Ich steck also einen Shilling in den Automaten, komme hier rein, und da ist die Party schon aus.

GOLDBERG (kommt nach vorn) Sie haben einen Shilling in den Automaten gesteckt?

PETEY Ja.

GOLDBERG Und das Licht ging an.

PETEY Ja, und dann bin ich hier reingekommen.

GOLDBERG (lacht kurz) Ich hätte schwören können, es lag an der Sicherung.

PETEY (fährt fort) Es war totenstill. Nichts zu hören. Also bin ich nach oben gegangen, und Ihr Freund – Dermot – kam mir auf dem Flur entgegen. Und er hat's mir dann erzählt.

GOLDBERG (scharf) Wer?

PETEY Ihr Freund – Dermot.

GOLDBERG (schwerfällig) Dermot. Ja. (Er setzt sich.)

PETEY Manchmal überwindet man es doch aber auch? Man kann sich doch davon erholen, oder?

GOLDBERG Erholen? Ja, manchmal erholt man sich, auf die eine oder andere Art.

PETEY Ich meine, er könnte sich doch jetzt schon wieder erholt haben?

GOLDBERG Denkbar. Durchaus denkbar.

PETEY steht auf und nimmt Teekanne und Tasse.

PETEY Also, wenn es ihm mittags nicht besser geht, lasse ich einen Arzt kommen.

GOLDBERG (flink) Alles bereits geregelt, Mr. Boles. Seien Sie unbesorgt.

PETEY (zweifelnd) Wie meinen Sie das?

MCCANN kommt mit zwei Koffern herein.

Schon fertig gepackt?

PETEY bringt die Teekanne und die Tassen in die Küche. MCCANN geht nach rechts und stellt die Koffer ab. Er geht zum Fenster und sieht hinaus.

GOLDBERG Und?

MCCANN antwortet nicht.

McCann. Ich habe dich was gefragt. Und?

MCCANN (ohne sich umzudrehen) Was, und?

GOLDBERG Und was?

MCCANN antwortet nicht.

MCCANN (dreht sich zu GOLDBERG um, entschlossen) Ich geh da nicht mehr rauf.

GOLDBERG Wieso nicht?

MCCANN Ich geh da nicht mehr rauf.

GOLDBERG Wie sieht's denn aus?

MCCANN (kommt nach vorn) Er ist jetzt still. Er hat vor einer Weile aufgehört mit … mit seinem Gerede.

PETEY erscheint unbemerkt in der Durchreiche.

GOLDBERG Wann ist er so weit?

MCCANN (mürrisch) Du kannst nächstes Mal selber raufgehen.

GOLDBERG Was hast du denn?

MCCANN (leise) Ich habe ihm …

GOLDBERG Was?

MCCANN Ich habe ihm seine Brille gegeben.

GOLDBERG Hat er sich nicht darüber gefreut?

MCCANN Das Gestell ist kaputt.

GOLDBERG Wie ist das passiert?

MCCANN Er hat versucht, sich die losen Gläser vor die Augen zu klemmen. Ich habe ihn machen lassen und bin gegangen.

PETEY (an der Küchentür) Wir haben hier irgendwo Klebeband. Damit können wir die Hälften zusammenkleben.

GOLDBERG und MCCANN drehen sich zu ihm um. Pause.

GOLDBERG Klebeband? Nein, nein, lassen Sie mal, Mr. Boles. Das hält ihn fürs Erste ruhig, lenkt ihn von anderen Dingen ab.

PETEY (kommt nach vorn) Wie wär's mit einem Arzt?

GOLDBERG Alles bereits geregelt.

MCCANN geht nach links zum Schuhputzkasten, nimmt eine Bürste heraus und bürstet sich die Schuhe.

PETEY (geht zum Tisch) Ich glaube, er braucht einen.

GOLDBERG Ich stimme Ihnen zu. Es ist alles bereits geregelt. Wir lassen ihm etwas Zeit, bis er sich beruhigt hat, und dann bringe ich ihn zu Monty.

PETEY Sie bringen ihn zu einem Arzt?

GOLDBERG (starrt ihn an) Natürlich. Monty.

Pause. MCCANN bürstet seine Schuhe.

Mrs. Boles ist also unterwegs, um uns was Gutes zum Mittag zu besorgen?

PETEY Stimmt.

GOLDBERG Leider sind wir bis dahin vielleicht schon weg.

PETEY Ach ja?

GOLDBERG Bis dahin sind wir vielleicht schon weg.

Pause.

PETEY Na, ich denke, ich seh inzwischen mal nach meinen Erbsen.

GOLDBERG Inzwischen?

PETEY Während wir warten.

GOLDBERG Warten worauf?

PETEY geht zur Hintertür.

Müssen Sie denn nicht wieder zurück zum Strand?

PETEY Nein, jetzt noch nicht. Rufen Sie mich, wenn er runterkommt, ja, Mr. Goldberg?

GOLDBERG (ernsthaft) Am Strand wird heute Hochbetrieb herrschen … an so einem Tag. Die Leute werden in der Sonne liegen, im Meer schwimmen. Meine Güte. Was ist mit den Liegestühlen? Stehen die Liegestühle bereit?

PETEY Habe ich alle heute früh schon aufgestellt.

GOLDBERG Und die Leihgebühr? Wer kassiert die Leihgebühr?

PETEY Das ist schon in Ordnung. Das geht schon alles in Ordnung, Mr. Goldberg. Seien Sie unbesorgt. Ich komme wieder.

Er geht ab. GOLDBERG steht auf, tritt ans Fenster und sieht ihm nach. MCCANN kommt rechts an den Tisch, setzt sich, nimmt die Zeitung und beginnt sie in Streifen zu reißen.

GOLDBERG Alles bereit?

MCCANN Klar.

GOLDBERG geht mit schweren Schritten nachdenklich zum Tisch. Er setzt sich links davon hin und sieht, was MCCANN tut.

GOLDBERG Lass das!

MCCANN Was?

GOLDBERG Warum machst du das ständig? Das ist kindisch, das ist zwecklos. Das hat nicht den mindesten Zweck.

MCCANN Was ist denn heute los mit dir?

GOLDBERG Fragen, Fragen. Hör auf mit dieser ewigen Fragerei. Für wen hältst du mich eigentlich?

MCCANN mustert ihn. Dann faltet er die Zeitung zusammen und lässt die Streifen darin liegen.

MCCANN Und?

Pause. GOLDBERG lehnt sich im Stuhl zurück und schließt die Augen.

Und?

GOLDBERG (müde) Was, und?

MCCANN Warten wir, oder gehen wir ihn holen?

GOLDBERG (langsam) Du willst ihn holen gehen?

MCCANN Ich will es hinter mich bringen.

GOLDBERG Das ist verständlich.

MCCANN Also, warten wir, oder gehen wir ihn holen?

GOLDBERG (unterbricht) Ich weiß auch nicht wieso, aber ich bin völlig erledigt. Ich fühle mich irgendwie … Das kenne ich sonst gar nicht von mir.

MCCANN Wirklich?

GOLDBERG Es ist ungewöhnlich.

MCCANN (steht rasch auf und tritt hinter GOLDBERGS Stuhl. Zischend) Komm, wir bringen's zu Ende und gehen. Bringen wir's hinter uns und gehen. Erledigen wir die Sache. Bringen wir die verdammte Sache zu Ende. Lass uns die Sache erledigen und gehen!

Pause.

Soll ich raufgehen?

Pause.

Nat!

GOLDBERG sitzt zusammengesunken da. MCCANN gleitet neben ihn.

MCCANN Simey!

GOLDBERG (öffnet die Augen und sieht MCCANN an) Wie – hast – du – mich – genannt?

MCCANN Wer?

GOLDBERG (mordlüstern) Nenn mich nicht so! (Er packt MCCANN an der Kehle.) *Nenn mich niemals so!*

MCCANN (windet sich) Nat, Nat, Nat, *Nat*! Ich habe dich Nat genannt. Ich wollte dich etwas fragen, Nat. Ich schwör's dir. Nur eine Frage, weiter nichts, nur eine Frage, begreifst du, kannst du mir folgen?

GOLDBERG (stößt ihn weg) Was für eine Frage?

MCCANN Soll ich raufgehen?

GOLDBERG (wütend) Rauf? Ich dachte, du wolltest da nicht mehr raufgehen?

MCCANN Was meinst du? Wieso nicht?

GOLDBERG Das hast du selber gesagt!

MCCANN Das habe ich nie gesagt!

GOLDBERG Nein?

MCCANN (auf dem Boden, ins Zimmer gesprochen) Wer hat das gesagt? Ich habe das nie gesagt! Ich gehe jetzt rauf! (Er springt auf und läuft zur Tür rechts.)

GOLDBERG Warte! (Er streckt die Arme entlang der Stuhllehne aus.) Komm her.

MCCANN kommt sehr langsam zu ihm.

Ich will deine Meinung hören. Schau mir mal in den Mund. (Er sperrt weit den Mund auf.) Sieh genau hin.

MCCANN schaut hinein.

Du weißt Bescheid?

MCCANN inspiziert.

Weißt du was? Ich habe noch keinen einzigen Zahn verloren. Seit ich auf der Welt bin. Nicht die kleinste Veränderung. (Er steht auf.) Darum habe ich es auch bis zu meiner Position gebracht, McCann. Weil ich immer kerngesund war. Ich habe mein Leben lang dasselbe gesagt. Mitspielen, und die Spielregeln beachten. Ehre deinen Vater und deine Mutter. Auf der ganzen Linie. Immer der Linie folgen, McCann, der Linie, dann kann nichts schief gehen. Glaubst du, ich habe mich aus eigener Kraft hochgearbeitet? Nein! Ich habe mich auf den Platz gesetzt, der mir zugewiesen wurde. Ich war wachsam. Schule? Erzähl mir nichts über die Schule. In allen Fächern spitze. Und warum wohl? Ich sag dir warum, ich sag's dir, kannst du mir folgen? Kannst du meinem Gedankengang folgen? Auswendig lernen. Nie etwas aufschreiben. Und nicht zu nah ans Wasser gehen. Dann wirst du feststellen – dass ich die Wahrheit sage. Denn ich glaube, dass die Welt … (Zerstreut) … Denn ich glaube, dass die Welt … (Verzweifelt) … *Denn ich glaube, dass die Welt* … (Ratlos) …

Er setzt sich auf den Stuhl.

Setz dich, McCann, setz dich hierher, wo ich dich anschauen kann.

MCCANN kniet vor dem Tisch.

(eindringlich, mit wachsender Sicherheit) Mein Vater hat zu mir gesagt, Benny, Benny, hat er zu mir gesagt, komm her. Er lag im Sterben. Ich kniete nieder. Ich war Tag und Nacht bei ihm. Wer sonst? Gütig, Benny, hat er gesagt, ist besser als gerecht. Ja, Vater. Geh heim zu deiner Frau. Mach ich, Vater. Hüte dich vor Tagedieben, vor Schnorrern und Nichtstuern. Er nannte keine Namen. Ich habe mein Leben im Dienst für andere gelassen, sagte er, ich schäme mich dessen nicht. Tue deine Pflicht und bleibe bei deinen Beobachtungen. Wünsche den Nachbarn stets einen guten Morgen. Vergiss nie, niemals, deine Familie, denn sie ist der Fels, die Verfassung und der Kern! Solltest du jemals in Schwierigkeiten stecken, Onkel Barney wird dir aus der Klemme helfen. Ich kniete nieder. (Er kniet sich MCCANN gegenüber hin.) Ich habe auf die Heilige Schrift geschworen. Und ich wusste, welches Wort ich keinesfalls vergessen durfte – Respekt! Denn, McCann … (Sanft) Seamus – wer kam vor deinem Vater? Sein Vater. Und wer kam vor ihm? Vor ihm? … (Geistesabwesend – triumphierend) Wer kam vor dem Vater deines Vaters? Die Mutter des Vaters deines Vaters natürlich! Deine Uromama.

Stille. Er steht langsam auf.

Und darum habe ich es bis zu meiner Position gebracht, McCann. Weil ich immer kerngesund war. Mein Motto. Intensiv arbeiten und intensiv leben. Keinen einzigen Tag krank. (Er setzt sich.) Nichtsdestotrotz, hauch mich mal an. (Pause.) Blas mir in den Mund.

MCCANN steht auf, stützt die Hände auf die Knie, beugt sich vor und bläst GOLDBERG in den Mund.

Und noch einen für unterwegs.

MCCANN bläst ihm nochmal in den Mund. GOLDBERG atmet tief und lächelt.

Sehr gut!

LULU kommt herein. MCCANN mustert die beiden und geht zur Tür.

MCCANN (an der Tür) Ihr habt fünf Minuten. (Er geht ab.)

GOLDBERG Komm her.

LULU Was passiert jetzt?

GOLDBERG Komm her.

LULU Nein, danke.

GOLDBERG Was ist denn? Bis du etwa böse auf Onkel Natey?

LULU Ich gehe.

GOLDBERG Wollen wir nicht vorher ein Spiel spielen? Eine Partie Siebzehnundvier um der alten Zeiten willen?

LULU Ich hab die Nase voll von Spielen.

GOLDBERG Ein Mädchen wie du, in deinem Alter, bei bester Gesundheit, und hat keine Lust auf ein Spiel?

LULU Sie sind wirklich raffiniert.

GOLDBERG Wer sagt denn, dass du keine Lust darauf hast?

LULU Glauben Sie etwa, ich sei so wie all die anderen Mädchen?

GOLDBERG Sind die anderen Mädchen auch alle so?

LULU Keine Ahnung, wie andere Mädchen sind.

GOLDBERG Ich auch nicht. Ich habe noch nie eine andere Frau angefasst.

LULU (betrübt) Was würde wohl mein Vater dazu sagen? Und Eddie?

GOLDBERG Eddie?

LULU Er war meine erste Liebe, mein Eddie. Und ganz egal, was zwischen uns passiert ist, es war rein. Mit ihm! Er hat sich nicht nachts mit einer Aktentasche in mein Zimmer geschlichen!

GOLDBERG Wer hat denn die Aktentasche aufgemacht, ich oder du? Lulu, Schmulu, lass die Vergangenheit ruhen, tu mir einen Gefallen. Küss mich und sei wieder gut.

LULU Ich würde Sie nicht im Traum anfassen.

GOLDBERG Und dabei reise ich heute ab.

LULU Sie reisen ab?

GOLDBERG Heute.

LULU (mit zunehmender Wut) Sie haben mich für eine Nacht benutzt. Eine flüchtige Laune.

GOLDBERG Wer hat wen benutzt?

LULU Als ich mich nicht mehr wehren konnte, haben Sie die Situation geschickt ausgenutzt.

GOLDBERG Wer wollte sich denn nicht mehr wehren?

LULU So war es. Sie haben ihr widerliches Verlangen gestillt. Sie haben mir Sachen beigebracht, die ein Mädchen erst wissen sollte, wenn es mindestens dreimal verheiratet gewesen ist!

GOLDBERG Jetzt bist du eben den anderen um eine Nasenlänge voraus! Worüber beklagst du dich eigentlich?

MCCANN kommt eilig herein.

LULU Es ging Ihnen dabei gar nicht um mich. Sie haben sich diese Freiheiten nur herausgenommen, um Ihre Gier zu befriedigen. Oh, Nat, warum hast du das getan?

GOLDBERG Du wolltest, dass ich es tue, Lulula, also habe ich es getan.

MCCANN Dagegen ist nichts einzuwenden. (Kommt auf sie zu) Sie haben lange geschlafen, Miss.

LULU (weicht nach hinten rechts zurück) Ich?

MCCANN Leute wie Sie verbringen zu viel Zeit im Bett.

LULU Was soll das heißen?

MCCANN Hast du mir etwas zu beichten?

LULU Was?

MCCANN (wütend) Beichte!

LULU Was beichten?

MCCANN Auf die Knie und beichte!

LULU Was meint er denn?

GOLDBERG Beichte. Was hast du schon zu verlieren?

LULU Was, ihm?

GOLDBERG Er ist seines Priesteramtes erst seit sechs Monaten enthoben.

MCCANN Knie nieder, Weib, und erzähle mir das Neueste!

LULU (weicht zur Hintertür zurück) Ich habe alles gesehen, was passiert ist. Ich weiß, was los ist. Ich bin durchaus im Bilde.

MCCANN (geht auf sie zu) Ich habe beobachtet, wie du dich am Felsen von Cashel herumgetrieben und den geheiligten Boden mit deinem Treiben entweiht hast. Geh mir aus den Augen!

LULU Ich gehe schon.

Sie geht ab. MCCANN geht zur Tür rechts und hinaus. Er schiebt STANLEY ins Zimmer. STANLEY trägt einen dunklen, gut geschnittenen Anzug und ein weißes Hemd. In der Hand hält er die zerbrochene Brille. Er ist frisch rasiert. MCCANN folgt ihm und schließt die Tür. GOLDBERG geht STANLEY entgegen und setzt ihn auf einen Stuhl.

GOLDBERG Wie geht's dir, Stan?

Pause.

Geht's dir besser?

Pause.

Was ist mit deiner Brille passiert?

GOLDBERG beugt sich vor und inspiziert sie.

Zerbrochen. Ein Jammer.

STANLEY starrt ausdruckslos zu Boden.

MCCANN (am Tisch) Er sieht besser aus, findest du nicht?

GOLDBERG Viel besser.

MCCANN Ein neuer Mensch.

GOLDBERG Weißt du, was wir machen?

MCCANN Was?

GOLDBERG Wir spendieren ihm eine neue Brille.

Sie beginnen ihn zu umwerben, sanft und mit Genuss. Während der folgenden Szene zeigt STANLEY keinerlei Reaktion. Er bleibt reglos sitzen.

MCCANN Aus unserer eigenen Tasche.

GOLDBERG Selbstredend. Unter uns, Stan, es wird allmählich auch Zeit, dass du eine neue Brille bekommst.

MCCANN Du kannst nicht normal sehen.

GOLDBERG Stimmt. Du schielst schon seit Jahren.

MCCANN Jetzt schielst du sogar noch stärker.

GOLDBERG Er hat Recht. Du bist vom Regen in die Traufe geraten.

MCCANN In die Regentraufe.

GOLDBERG Du brauchst eine lange Genesungszeit.

MCCANN Luftveränderung.

GOLDBERG Hinter den sieben Bergen.

MCCANN Bei den sieben Zwergen.

GOLDBERG Genau.

MCCANN Du kommst aus deinem Alltagstrott nicht mehr raus.

GOLDBERG Du wirkst anämisch.

MCCANN Rheumatisch.

GOLDBERG Myopisch.

MCCANN Epileptisch.

GOLDBERG Du stehst auf der Kippe.

MCCANN Du bist eine Null.

GOLDBERG Aber wir können dich retten.

MCCANN Vor einem schlimmeren Schicksal.

GOLDBERG Stimmt.

MCCANN Unbestreitbar.

GOLDBERG Von jetzt an sind wir dein Stecken und Stab.

MCCANN Wir werden deine Monatskarte verlängern.

GOLDBERG Du bekommst von uns deinen Morgentee um zwei Pennies billiger.

MCCANN Du bekommst von uns Rabatt auf alle leicht entflammbaren Waren.

GOLDBERG Wir werden über dich wachen.

MCCANN Dich beraten.

GOLDBERG Dir angemessene Pflege und Behandlung angedeihen lassen.

MCCANN Zutritt zur Club-Bar gewähren.

GOLDBERG Immer einen Tisch reserviert halten.

MCCANN Helfen, die Fastentage einzuhalten.

GOLDBERG Dir Kuchen backen.

MCCANN An Bettagen beten helfen.

GOLDBERG Dir eine Freikarte spendieren.

MCCANN Verdauungsspaziergänge mit dir unternehmen.

GOLDBERG Dir heiße Tipps geben.

MCCANN Wir werden das Springseil zur Verfügung stellen.

GOLDBERG Das Unterhemd und die Hosen.

MCCANN Die Salbe.

GOLDBERG Den heißen Umschlag.

MCCANN Den Fingerling.

GOLDBERG Die Leibbinde.

MCCANN Die Ohrenstöpsel.

GOLDBERG Den Baby-Puder.

MCCANN Den Rückenkratzer.

GOLDBERG Das Reserverad.

MCCANN Die Magenpumpe.

GOLDBERG Das Sauerstoffzelt.

MCCANN Die Gebetsmühle.

GOLDBERG Den Gipsverband.

MCCANN Den Sturzhelm.

GOLDBERG Die Krücken.

MCCANN Einen Tag- und Nachtdienst.

GOLDBERG Alles auf Kosten des Hauses.

MCCANN So ist es.

GOLDBERG Wir machen aus dir einen Mann.

MCCANN Und eine Frau.

GOLDBERG Du wirst neu gepolt.

MCCANN Du wirst reich sein.

GOLDBERG Du wirst angepasst sein.

MCCANN Du wirst unser ganzer Stolz sein.

GOLDBERG Du wirst ein «Mensch» sein.

MCCANN Du wirst erfolgreich sein.

GOLDBERG Du wirst integriert sein.

MCCANN Du wirst Befehle erteilen.

GOLDBERG Du wirst Entscheidungen treffen.

MCCANN Du wirst ein Magnat sein.

GOLDBERG Ein Staatsmann.

MCCANN Du wirst Yachten besitzen.

GOLDBERG Tiere.

MCCANN Tiere.

Goldberg sieht MCCANN an.

GOLDBERG Tiere habe *ich* schon gesagt. (Er wendet sich wieder

STANLEY zu.) Du wirst alles bestimmen können, Stan. Bei meinem Leben.

Stille. STANLEY rührt sich nicht.

Und? Was sagst du?

STANLEY hebt ganz langsam den Kopf und dreht ihn in GOLDBERGS Richtung.

Was hältst du davon? Na, mein Junge?

STANLEY kneift die Augen zu und reißt sie wieder auf.

MCCANN Was meinen Sie dazu, Sir? Zu diesen Aussichten, Sir?

GOLDBERG Aussichten. Ganz recht. Das sind schöne Aussichten.

STANLEYS Hände, in denen er die Brille hält, beginnen zu zittern.

Was meinst du zu diesen Aussichten? Na, Stanley?

STANLEY konzentriert sich, er öffnet den Mund, versucht zu sprechen, schafft es nicht und stößt kehlige Laute aus.

STANLEY Ah-gag … gag … eeehhh-gäg … (Ausatmend) Kaahh … kaahh …

Sie beobachten ihn. Er atmet tief ein, sein ganzer Körper erzittert. Er konzentriert sich.

GOLDBERG Na, Stanny, mein Junge, was sagst du, hm?

Sie beobachten ihn. Er konzentriert sich. Sein Kopf sinkt nach vorn, das Kinn fällt ihm auf die Brust, er kauert sich zusammen.

STANLEY Ag-gaghh … ah-gaghhh …

MCCANN Was meinen Sie dazu, Sir?

STANLEY Kaaahhh … kaaahhh …

MCCANN Mr. Webber! Was meinen Sie dazu?

GOLDBERG Was sagst du, Stan? Was hältst du von diesen Aussichten?

MCCANN Was meinen Sie zu diesen Aussichten?

STANLEY erschauert, entspannt sich, der Kopf sackt nach vorn, er sitzt wieder reglos da, vornübergesunken. PETEY kommt vorn rechts durch die Tür herein.

GOLDBERG Immer noch derselbe alte Stan. Komm mit uns. Na komm, Junge.

MCCANN Komm mit uns mit.

PETEY Wo bringen Sie ihn hin?

Sie drehen sich um. Stille.

GOLDBERG Wir bringen ihn zu Monty.

PETEY Er kann hier bleiben.

GOLDBERG Seien Sie nicht albern.

PETEY Wir können uns hier um ihn kümmern.

GOLDBERG Wieso wollen Sie sich um ihn kümmern?

PETEY Er ist mein Gast.

GOLDBERG Er braucht eine Spezialbehandlung.

PETEY Wir werden jemand finden.

GOLDBERG Nein. Monty ist weit und breit der Beste, den es gibt. Schaff ihn her, McCann.

Sie helfen STANLEY aus dem Stuhl. Alle drei bewegen sich zur Tür rechts.

PETEY Lassen Sie ihn in Ruhe!

Sie bleiben stehen. GOLDBERG mustert PETEY.

GOLDBERG (heimtückisch) Warum kommen Sie nicht mit uns, Mr. Boles?

MCCANN Ja, warum kommen Sie nicht mit uns?

GOLDBERG Kommen Sie mit uns zu Monty. Im Wagen ist genug Platz.

PETEY rührt sich nicht. Sie gehen an ihm vorbei zur Tür. MCCANN öffnet die Tür und nimmt die Koffer.

PETEY (gebrochen) Stan, lass dir von denen nicht vorschreiben, was du tun sollst!

Sie gehen hinaus.

Stille. PETEY bleibt stehen. Die Haustür fällt laut ins Schloss. Ein Motor wird angelassen. Das Geräusch eines abfahrenden Autos. Stille. PETEY geht langsam zum Tisch. Er setzt sich auf einen Stuhl rechts. Er nimmt die Zeitung und schlägt sie auf. Die Streifen fallen zu Boden. Er starrt sie an. MEG kommt am Fenster vorbei und zur Hintertür herein. PETEY studiert die Titelseite der Zeitung.

MEG (kommt nach vorn) Der Wagen ist weg.

PETEY Ja.

MEG Sind sie weg?

PETEY Ja.

MEG Werden sie nicht zum Essen da sein?

PETEY Nein.

MEG Ach, wie schade. (Sie stellt die Tasche auf den Tisch.) Es ist heiß draußen. (Sie hängt den Mantel an einen Haken.) Was machst du?

PETEY Lesen.

MEG Was Interessantes?

PETEY Geht so.

Sie setzt sich an den Tisch.

MEG Wo ist Stan?

Pause.

Ist Stan schon unten, Petey?

PETEY Nein … er ist …

MEG Ist er noch im Bett?

PETEY Ja, er … schläft noch.

MEG Immer noch? Er verpasst noch sein Frühstück.

PETEY Lass ihn … schlafen.

Pause.

MEG War das nicht eine schöne Party gestern Abend?

PETEY Ich war nicht dabei.

MEG Nicht?

PETEY Ich bin erst danach heimgekommen.

MEG Oh.

Pause.

Es war eine schöne Party. Ich habe seit Jahren nicht mehr so viel gelacht. Wir haben getanzt und gesungen. Und Spiele gespielt. Du hättest dabei sein sollen.

PETEY War's schön, ja?

Pause.

MEG Ich war die Ballkönigin.

PETEY Wirklich?

MEG O ja. Das haben alle gesagt.

PETEY Ich wette, das warst du auch.

MEG O ja, es stimmt. Das war ich.

Pause.

Ich weiß, dass ich es war.

VORHANG

Der Hausmeister | The Caretaker

Deutsch von Michael Walter

Die Uraufführung von *Der Hausmeister* war am 27. 4. 1960 am Arts Theatre, London (Regie: Donald McWhinnie).

Die deutschsprachige Erstaufführung war am 29. 10. 1960 am Düsseldorfer Schauspielhaus (Regie: Friedhelm Ortmann).

Personen: MICK (Ende 20), ASTON (Anfang 30), DAVIES (ein alter Mann)

Das Stück spielt in einem Haus in West London.

AKT I Eine Winternacht

AKT II Ein paar Sekunden später

AKT III Zwei Wochen später

Ein Zimmer. In der hinteren Wand ein Fenster, dessen untere Hälfte mit einem Sack verhängt ist. Entlang der linken Wand ein Eisenbett. Darüber ein Schränkchen, Farbeimer, Kartons voller Schrauben, Muttern usw. Noch mehr Kartons, Vasen neben dem Bett. Hinten rechts eine Tür. Rechts neben dem Fenster ein Stapel: ein Waschbecken, eine Trittleiter, ein Kohleneimer, ein Rasenmäher, ein Einkaufswagen, Kartons, Schubladen. Unter diesem Stapel ein Eisenbett. Davor ein Gasherd. Auf dem Gasherd eine Buddhastatue. Vorne rechts ein Kamin. Darum herum einige Koffer, ein zusammengerollter Teppich, eine Lötlampe, ein auf der Seite liegender Holzstuhl, Kartons, Zierrat, ein Wäscheständer, ein paar kurze Bretter, ein kleiner elektrischer Heizofen und ein sehr alter elektrischer Toaster. Darunter ein Packen alter Zeitungen. Unter ASTONS Bett an der linken Wand liegt ein Staubsauger, den man erst sieht, wenn er benutzt wird. Ein Eimer hängt von der Decke.

Erster Akt

MICK ist allein im Zimmer und sitzt auf dem Bett. Er trägt eine Lederjacke.

Stille.

Er sieht sich langsam im Zimmer um, sieht jeden Gegenstand einzeln an. Er sieht hoch zur Decke und starrt auf den Eimer. Wendet den Blick dann ab, sitzt ganz still da, ausdruckslos, und sieht nach vorne.

30 Sekunden Stille.

Eine Tür schlägt. Gedämpfte Stimmen sind zu hören.

MICK dreht den Kopf. Er steht auf, bewegt sich leise zur Tür, geht hinaus und schließt die Tür lautlos.

Stille.

Wieder sind Stimmen zu hören. Sie kommen näher und verstummen. Die Tür wird geöffnet. ASTON und DAVIES kommen herein, ASTON vorneweg, gefolgt von dem hinterhertrottenden, keuchenden DAVIES.

ASTON trägt einen alten Tweedmantel und darunter einen dünnen, verschlissenen, dunkelblauen Nadelstreifenanzug, einreihig, dazu einen Pullover, ein ausgeblichenes Hemd und Krawatte. DAVIES trägt einen abgetragenen braunen Mantel, eine ausgebeulte Hose, eine Weste, ein Unterhemd, kein Hemd, dazu Sandalen. ASTON steckt den Schlüssel in seine Tasche und macht die Tür zu. DAVIES sieht sich im Zimmer um.

ASTON Setz dich.

DAVIES Danke. (Sieht sich um) Ääh …

ASTON Sekunde.

ASTON sieht sich nach einem Stuhl um, entdeckt einen, der umgekippt neben dem zusammengerollten Teppich am Kamin liegt, und zerrt ihn hervor.

DAVIES Setzen? Pa … Ich hab nicht mehr richtig gesessen … ich hab nicht mehr anständig gesessen … tja, weiß ich schon gar nicht mehr …

ASTON (stellt ihm den Stuhl hin) Hier, bitte.

DAVIES Zehn Minuten Pause mitten in der Nacht in dem Laden, und kein freier Stuhl, kein einziger. Da saßen die ganzen Griechen drauf, Polacken, Griechen, Neger, das ganze Pack, die ganzen Ausländer hatten alles besetzt. Und ich durfte da schuften … ich durfte schuften …

ASTON setzt sich auf das Bett, holt eine Tabakdose und Blättchen hervor und dreht sich eine Zigarette. DAVIES beobachtet ihn.

DAVIES Die ganzen Neger saßen da, Neger, Griechen, Polacken, das ganze Pack, ja, nehmen mir meinen Platz weg, behandeln mich wie Dreck. Als der heut Abend bei mir ankam, hab ich ihm die Meinung gesagt.

Pause.

ASTON Setz dich.

DAVIES Ja, aber zuallererst muss ich, weißt du, zuallererst muss ich mich erst mal entspannen, verstehst du? Die hätten mich da um ein Haar fertig gemacht.

DAVIES spricht mit lauter Stimme, lässt die geballte Faust nach unten sausen, dreht ASTON den Rücken zu und starrt die Wand an.

Pause. ASTON zündet sich eine Zigarette an.

ASTON Willst du dir auch eine drehen?

DAVIES (dreht sich um) Was? Nein, nein, ich rauche nie Zigaretten. (Pause. Er kommt nach vorne.) Aber weißt du was. Ich hätte nichts gegen ein paar

Krümel Tabak für meine Pfeife, wenn du erlaubst.

ASTON (gibt ihm die Dose) Ja. Gern. Nimm dir was raus hier.

DAVIES Nett von dir, Chef. Bloß genug, um mir ein Pfeifchen zu stopfen, mehr nicht. (Er holt eine Pfeife aus der Tasche und stopft sie.) Ich hatte eine Dose, erst … erst neulich. Aber die ist mir geklaut worden. Ist mir geklaut worden auf der Great West Road. (Er hält die Dose hoch.) Wo soll ich sie hintun?

ASTON Ich nehm sie.

DAVIES (gibt ihm die Dose) Als der heute Abend bei mir ankam, hab ich ihm die Meinung gesagt. Stimmt's, oder hab ich Recht? Du hast mich ja gehört, was?

ASTON Ich hab gesehen, wie er auf dich los ist.

DAVIES Auf mich los? Kann man nicht meckern. Der Drecksack, ein alter Mann wie ich, ich hab schon in vornehmen Kreisen gegessen.

Pause.

ASTON Ja, ich hab gesehen, wie er auf dich los ist.

DAVIES Die ganzen Arschkriecher, Mann, benehmen sich wie Schweine. Ich bin vielleicht ein paar Jahre auf Trebe gewesen, aber eins kannst du mir glauben: Ich bin sauber. Immer tipptopp. Darum hab ich auch meine Frau verlassen. Zwei Wochen nach unserer Hochzeit, ach was, nicht mal, war kaum eine Woche her, da hab ich den Deckel von einem Kochtopf genommen, und weißt du, was drin war? Ein Haufen Unterwäsche von ihr, ungewaschen. Im Topf für Gemüse war das. Im Gemüsekochtopf. Da hab ich sie verlassen und hab sie seitdem nicht mehr gesehen.

DAVIES dreht sich um, trottet durch das Zimmer, steht einer Buddhastatue auf dem Gasherd gegenüber, sieht sie an und dreht sich um.

Ich hab schon von goldenen Tellern gegessen. Aber ich bin nicht mehr der Jüngste. Früher, da war ich fixer als die meisten. Die wurden zu mir nicht unverschämt. Aber in letzter Zeit geht es mir nicht so gut. Ich hab ein paar Anfälle gehabt.

Pause.

(Kommt näher) Hast du gesehen, was mit dem passiert ist?

ASTON Ich hab nur das Ende mitgekriegt.

DAVIES Kommt zu mir, drückt mir einen Mülleimer in die Hand und sagt, ich soll ihn rausbringen. Müllrausbringen ist nicht mein Job! Zum Müllrausbringen haben die da einen Jungen. Die haben mich nicht eingestellt, damit ich den Müll rausbringe. Mein Job ist, den Boden aufwischen, die Tische abräumen, ein bisschen Abwasch, aber bestimmt nicht den Müll rausbringen!

ASTON Aha.

Er geht nach vorne rechts, um den elektrischen Toaster zu holen.

DAVIES (folgt ihm) Ja, und selbst wenn! Selbst wenn! Selbst wenn es mein Job gewesen wäre, den Müll rauszubringen, wer ist der Arsch, dass er meint, er kann mir Befehle geben? Wir stehen auf einer Stufe. Der ist nicht mein Vorgesetzter. Der ist kein Stück besser als ich.

ASTON Was war er, Grieche?

DAVIES Der nicht, der war Schotte. Ein Schotte.

ASTON geht mit dem Toaster zu seinem Bett zurück und fängt an, den Stecker aufzuschrauben. DAVIES folgt ihm.

Hast ihn dir doch angeguckt, oder?

ASTON Ja.

DAVIES Dem hab ich die Meinung gesagt, was er mit seinem Müll machen kann. Stimmt's, oder hab ich Recht? Du hast's ja gehört. Jetzt mal langsam, hab ich gesagt, ich bin ein alter Mann, hab ich gesagt, und da, wo ich herkomme, hat man uns noch beigebracht, alte Leute mit Respekt zu behandeln, uns hat man noch anständig erzogen, und wenn ich ein paar Jahre weniger auf dem Buckel hätte, würde ich … würde ich dich in Stücke reißen. Das war, nachdem mich der Wirt gefeuert hatte. Ich würde zu viel Unruhe stiften, sagt er. Unruhe, ich! Jetzt mal langsam, hab ich zu ihm gesagt, ich hab meine Rechte. Hab ich ihm klar gemacht. Ich bin vielleicht auf Trebe gewesen, aber kein Mensch hat mehr Rechte als ich. Das ist gegen die Regeln, hab ich gesagt. Gefeuert hat er mich trotzdem. (Er setzt sich auf den Stuhl.) Feine Sitten in diesem Laden.

Pause.

Wärst du nicht rausgekommen und hättest diesen schottischen Arsch abgehalten, läge ich jetzt im Krankenhaus. Den Schädel hätte ich mir auf dem Pflaster aufgeschlagen, wenn der mir einen verpasst hätte. Aber den kauf ich mir. Eines Nachts kauf ich mir den. Wenn ich mal wieder da in der Gegend bin.

ASTON geht zur Steckerschachtel, um einen anderen Stecker zu holen.

Wär ja alles nicht weiter schlimm, aber ich hab meine ganzen Sachen in dem Laden gelassen, da im Hinterzimmer. Alles, mein ganzes Zeug war da, weißt du, in dieser Tasche. Jedes blöde verdammte Fitzelchen von meinen verfluchten Sachen hab ich jetzt dagelassen. In der Eile. Ich wette, der wühlt da jetzt gerade mit seinen Dreckspfoten drin rum.

ASTON Ich schau demnächst mal vorbei und hol sie für dich ab.

ASTON geht zu seinem Bett zurück und macht sich daran, den Stecker am Toaster anzubringen.

DAVIES Na, jedenfalls, ich bin dir was schuldig, dass ich … dass ich mich hier ein bisschen ausruhen darf, so … für ein paar Minuten. (Er sieht sich um.) Ist das dein Zimmer?

ASTON Ja.

DAVIES Du hast ganz schön viel Zeug hier.

ASTON Ja.

DAVIES Muss einiges wert sein, das … das alles zusammen.

Pause.

Ganz schöner Haufen.

ASTON Ganz schön viel, stimmt.

DAVIES Hier schläfst du also?

ASTON Ja.

DAVIES Was, da drin?

ASTON Ja.

DAVIES Ja, hm, da kriegst du wenigstens keinen Zug.

ASTON Hier geht kaum Wind.

DAVIES Da kriegst du wenigstens nichts ab. Das ist anders, wenn man draußen pennt.

ASTON Wahrscheinlich.

DAVIES Nichts als Wind da.

Pause.

ASTON Ja, wenn der Wind erst mal loslegt …

Pause.

DAVIES Ja …

ASTON Mmmm …

Pause.

DAVIES Oft sehr zugig.

ASTON Aha.

DAVIES Ich bin sehr empfindlich dagegen.

ASTON Wirklich?

DAVIES Schon immer gewesen.

Pause.

Hast du hier noch mehr Zimmer?

ASTON Wo?

DAVIES Na, hier, auf dem Flur … da den Flur lang.

ASTON Die sind unbewohnbar.

DAVIES Ach was.

ASTON Da muss viel dran gemacht werden.

Kurze Pause.

DAVIES Und unten?

ASTON Da ist abgeschlossen. Muss renoviert werden … Die Böden …

Pause.

DAVIES Mein Glück, dass du in das Lokal gekommen bist. Fast hätte mich dieser schottische Arsch fertig gemacht. Bin schon mehr als einmal halb tot liegen geblieben.

Pause.

Mir ist aufgefallen, dass in dem Haus nebenan jemand wohnt.

ASTON Was?

DAVIES (zeigt) Ist mir aufgefallen …

ASTON Ja. In der ganzen Straße wohnen Leute.

DAVIES Ja, mir ist aufgefallen, dass die Vorhänge nebenan zugezogen waren, als wir vorbeigingen.

ASTON Das sind Nachbarn.

Pause.

DAVIES Das Haus gehört dir wohl, was?

Pause.

ASTON Ich hab die Verantwortung.

DAVIES Bist der Vermieter, ja?

Er steckt sich die Pfeife in den Mund und zieht daran, ohne sie anzuzünden.

Ja, mir ist aufgefallen, dass nebenan diese schweren Vorhänge fest zugezogen waren, als wir vorbeigingen. Mir sind diese schweren, dicken Vorhänge vor dem Fenster da unten aufgefallen. Also dachte ich mir, da wohnt bestimmt jemand.

ASTON Da wohnt eine indische Familie.

DAVIES Neger?

ASTON Ich sehe die kaum.

DAVIES Neger, was? (DAVIES steht auf und läuft herum.) Tja, du hast wirklich eine Menge Schnickschnack hier, muss ich schon sagen. Ich mag keine leeren Räume.

ASTON geht zur Bühnenmitte vorne, wo DAVIES steht.

Sag mal, Kumpel, du hast nicht noch ein Paar Schuhe übrig?

ASTON Schuhe?

ASTON geht nach rechts vorne.

DAVIES Die Scheißkerle im Kloster haben mich wieder hängen lassen.

ASTON (geht zu seinem Bett) Wo?

DAVIES Drüben in Luton. Im Kloster von Luton … Ich hab einen Kumpel in Shepherd's Bush, weißt du …

ASTON (sieht unter seinem Bett nach) Ich hab vielleicht noch ein Paar.

DAVIES Ich hab diesen Kumpel in Shepherd's Bush. In der öffentlichen Bedürfnisanstalt. Na, jedenfalls war er da. Hat die beste Bedürfnisanstalt der Stadt geleitet. (Er beobachtet ASTON.) Die allerbeste. Hat mir immer ein Stück Seife zugesteckt, wenn ich da rein bin. Sehr gute Seife. Bestimmt die allerbeste Seife. Ich hatte immer ein Stück Seife, wenn ich mich mal in Shepherd's Bush rumgetrieben hab.

ASTON (kommt unter dem Bett mit Schuhen hervor) Ein Paar braune.

DAVIES Er ist da jetzt nicht mehr. Weg. Er hat mir den Tipp mit dem Kloster gegeben. Gleich auf der anderen Seite von Luton. Er hatte gehört, dass sie dort Schuhe verteilen.

ASTON Gute Schuhe sind wichtig.

DAVIES Schuhe? Für mich eine Frage von Leben und Tod. Ich musste den ganzen Weg nach Luton in diesen laufen.

ASTON Und was ist passiert, als du dort warst?

Pause.

DAVIES Ich kannte mal einen Schuster in Acton. War ein guter Kumpel von mir.

Pause.

Weißt du, was der verdammte Mönch zu mir gesagt hat?

Pause.

Wie viele Neger gibt's denn hier noch in der Gegend?

ASTON Was?

DAVIES Gibt's hier noch mehr Neger?

ASTON (hält die Schuhe hoch) Probier die mal an.

DAVIES Weißt du, was der verdammte Mönch zu mir gesagt hat? (Er sieht zu den Schuhen hinüber.) Die sind wahrscheinlich ein bisschen klein.

ASTON Meinst du?

DAVIES Ja, sieht nicht nach der richtigen Größe aus.

ASTON Noch gut in Schuss.

DAVIES Ich trag keine Schuhe, die nicht passen. Gibt nichts Schlimmeres. Ich hab zu dem Mönch gesagt, hier, sag ich, sehen Sie mal, Chef, er hat die Tür geöffnet, eine große Tür, er macht sie auf, sehen Sie mal, Chef, sag ich, ich bin extra den ganzen Weg hierher gekommen, sehen Sie, sag ich, ich hab ihm die gezeigt, und sag, haben Sie nicht noch ein Paar Schuhe?, ein Paar Schuhe, sag ich, damit ich weiterlaufen kann. Sehen Sie sich die hier an, die sind fast hinüber, sag ich, die nützen mir gar nichts mehr. Ich hab gehört, ihr habt hier ein Schuhlager. Verpiss dich, sagt der zu mir. Jetzt mal langsam, sag ich, ich bin ein alter Mann, so können Sie nicht mit mir reden, egal, wer Sie sind. Wenn du dich nicht verpisst, sagt er, prügele ich dich zum Tor raus. Jetzt mal langsam, sag ich, Sekunde, ich hab bloß nach einem Paar Schuhe gefragt, kein Grund, dass Sie gleich unverschämt zu mir werden, ich hab drei Tage hierher gebraucht, sag ich zu ihm, drei Tage ohne einen Bissen im Mund, einen Bissen zu essen bin ich ja wohl noch wert, oder? Geh raus um die Ecke zur Küche, sagt er, geh raus um die Ecke, und nach dem Essen verpisst du dich dann. Ich geh also in diese Küche da, ja? Von wegen Essen! Ein Vogel, sag ich dir, ein Vögelchen, ein winzig kleines Vögelchen hätte das in weniger als zwei Minuten verputzt. So, sagen die mir, jetzt hast du dein Essen gehabt, also hau ab. Essen? Ich sag, für was haltet ihr mich, einen Hund? Nichts Besseres als einen Hund. Für was haltet ihr mich, ein wildes Tier? Was ist mit den Schuhen, wegen denen ich den ganzen Weg hierher gekommen bin, weil ich gehört hab, ihr teilt die hier aus? Ich hätte gut Lust, euch eurer Mutter Oberin zu melden. Einer von denen, so ein irischer Rowdy, ist dann auf mich los. Da hab ich die Fliege gemacht. Hab eine Abkürzung nach Watford genommen und mir da ein Paar besorgt. Bin kaum auf der Nordumgehung, gleich hinter Hendon, da geht mitten im Laufen die Sohle ab. Zum Glück hatte ich meine alten noch eingepackt und mitgeschleppt, sonst wär's das gewesen, Mann. Also musste ich bei diesen hier bleiben, sieh sie dir an, die sind hinüber, nützen mir gar nichts, völlig hinüber sind die.

ASTON Probier die mal.

DAVIES nimmt die Schuhe, zieht seine Sandalen aus und probiert die Schuhe an.

DAVIES Keine schlechten Schuhe. (Er stapft durch das Zimmer.) Richtig fest. Ja. Keine schlechte Form. Zähes Leder, was? Sehr zäh. Neulich wollte mir ein Typ ein Paar Wildlederne andrehen. Würde ich nie tragen. Geht doch nichts über Leder, auf Dauer. Wildleder nutzt sich ab, knautscht, hat nach fünf Minuten Flecken, kriegst du nie wieder raus. Geht doch nichts über Leder. Ja. Sind gute Schuhe.

ASTON Gut.

DAVIES wackelt mit den Füßen.

DAVIES Passen nur nicht.

ASTON Ach?

DAVIES Nein. Ich hab einen sehr breiten Fuß.

ASTON Mmn.

DAVIES Die sind zu spitz, siehst du?

ASTON Aha.

DAVIES Die würden mich in einer Woche zum Krüppel machen. Meine alten hier, die ich anhabe, sind zwar hinüber, aber wenigstens sind sie bequem. Machen nichts her, tun aber nicht weh. (Er zieht die Schuhe aus und gibt sie zurück.) Trotzdem danke, Chef.

ASTON Ich schau mal, was ich für dich finden kann.

DAVIES Viel Glück. Ich kann so nicht weiter. Komme ja kaum noch vom Fleck. Und ich muss ja dauernd auf Achse sein, weißt du, versuchen, was aufzutreiben.

ASTON Wo willst du denn hin?

DAVIES Ach, ich hab da ein paar Ideen im Hinterkopf. Ich warte nur, dass das Wetter umschlägt.

Pause.

ASTON (mit dem Toaster beschäftigt) Möchtest … möchtest du vielleicht hier schlafen?

DAVIES Hier?

ASTON Du kannst hier schlafen, wenn du möchtest.

DAVIES Hier? Ach, ich weiß nicht so recht.

Pause.

Für wie lange?

ASTON Bis du … was aufgetrieben hast.

DAVIES (setzt sich) Ach ja, das …

ASTON Alles geregelt hast …

DAVIES Ach, ich treib schon was auf … dauert nicht mehr lang …

Pause.

Wo soll ich denn schlafen?

ASTON Hier. Die anderen Zimmer wären … wären nicht das Passende für dich.

DAVIES (steht auf, sieht sich um) Hier? Wo?

ASTON (steht auf, zeigt nach hinten rechts) Dahinter steht ein Bett.

DAVIES Ach so. Das ist ja praktisch. Das ist … na ja, vielleicht mache ich das … nur bis ich alles geregelt habe. Möbel hast du hier ja mehr als genug.

ASTON Hab ich besorgt. Stehen hier vorübergehend. Sind vielleicht mal ganz praktisch.

DAVIES Funktioniert der Gasherd?

ASTON Nein.

DAVIES Und wie kochst du dir Tee?

ASTON Gar nicht.

DAVIES Nicht sehr gemütlich. (DAVIES betrachtet die Holzbretter.) Baust du irgendwas?

ASTON Ich bau hinten vielleicht einen Schuppen.

DAVIES Schreiner, was? (Er dreht sich um zum Rasenmäher.) Du hast einen Rasen.

ASTON Guck ihn dir an.

ASTON hebt den Sack vor dem Fenster an. Sie sehen hinaus.

DAVIES Sieht ganz schön dicht aus.

ASTON Zugewuchert.

DAVIES Ist das da ein Teich?

ASTON Ja.

DAVIES Was ist da drin, Fische?

ASTON Nein. Da ist gar nichts drin.

Pause.

DAVIES Wo willst du deinen Schuppen denn hinbauen?

ASTON (dreht sich um) Ich muss erst den Garten frei machen.

DAVIES Mann, dafür brauchst du einen Traktor.

ASTON Ich schaff das schon.

DAVIES Schreiner, was?

ASTON (steht still) Ich … arbeite gern mit den Händen.

DAVIES nimmt die Buddhastatue in die Hand.

DAVIES Was ist das?

ASTON (nimmt sie und betrachtet sie) Das ist ein Buddha.

DAVIES Ach was.

ASTON Ja. Ich mag ihn. Hab ich gefunden, in … in so einem Laden. Gefiel mir ganz gut. Keine Ahnung, warum. Was hältst du von Buddhas?

DAVIES Na ja, die sind … die sind schon in Ordnung.

ASTON Ja, ich hab mich gefreut, als mir der hier in die Hände fiel. Er ist sehr gut gemacht.

DAVIES dreht sich um und späht unter das Waschbecken.

DAVIES Ist das hier das Bett?

ASTON (geht zum Bett) Das räumen wir alles weg. Die Leiter passt unters Bett.

Sie verstauen die Leiter unter dem Bett.

DAVIES (zeigt auf das Waschbecken) Was ist damit?

ASTON Ich glaube, das passt da auch noch drunter.

DAVIES Ich fasse mit an. (Sie heben es hoch.) Das Ding wiegt ja eine Tonne.

ASTON Hier drunter.

DAVIES Wird das überhaupt benutzt?

ASTON Nein. Ich werde es rausschmeißen. Hier.

Sie schieben das Waschbecken unter das Bett.

Den Flur runter ist ein Klo. Da ist ein Waschbecken drin. Diesen Kram können wir da drüben verstauen.

Sie bringen den Kohleneimer, den Einkaufswagen, den Rasenmäher und die Schubladen zur rechten Wand hinüber.

DAVIES (hält inne) Du teilst das doch nicht, oder?

ASTON Was?

DAVIES Du teilst dir das Klo doch nicht mit den Negern, oder?

ASTON Die wohnen nebenan.

DAVIES Die kommen nicht rein?

ASTON lehnt eine Schublade gegen die Wand.

Weil, weißt du … ich meine … alles, was recht ist …

ASTON geht zum Bett, bläst Staub weg und schüttelt eine Decke aus.

ASTON Siehst du irgendwo einen blauen Koffer?

DAVIES Ein blauer Koffer? Hier unten. Da. Neben dem Teppich.

ASTON geht zum Koffer, öffnet ihn, nimmt ein Laken und ein Kissen heraus und legt beides auf das Bett.

Das ist ein hübsches Laken.

ASTON Die Decke ist ein bisschen staubig.

DAVIES Das stört mich nicht.

ASTON richtet sich auf, zieht seinen Tabak aus der Tasche und dreht sich eine Zigarette. Er geht zu seinem Bett und setzt sich.

ASTON Wie sieht's bei dir mit Geld aus?

DAVIES Na ja … also, ehrlich gesagt, Chef … ich bin gerade ein bisschen klamm.

ASTON kramt ein paar Münzen aus seiner Tasche, sucht einige aus und hält fünf Shilling hin.

ASTON Hier.

DAVIES (nimmt die Münzen) Danke, danke, sehr verbunden. Ich bin nur gerade zufällig ein bisschen klamm. Weißt du, ich hab keinen Pfifferling gekriegt für die ganze Woche Schufterei letzte Woche. So ist die Lage, so sieht's aus.

Pause.

ASTON Ich war neulich in einer Kneipe. Hab ein Bier

bestellt. Das kam in einem dicken Krug. Ich habe mich hingesetzt, aber ich konnte es nicht trinken. Ich kann Bier nicht aus einem dicken Krug trinken. Ich mag es nur aus einem dünnen Glas. Ich habe ein paarmal daran genippt, aber ich konnte es nicht austrinken.

ASTON nimmt einen Schraubenzieher und einen Stecker vom Bett und beginnt, am Stecker herumzustochern.

DAVIES (mit viel Gefühl) Wenn nur das Wetter umschlagen würde! Dann könnte ich runter nach Sidcup!

ASTON Sidcup?

DAVIES Das Wetter ist so hundsmiserabel furchtbar, wie soll ich da in diesen Schuhen nach Sidcup kommen?

ASTON Warum willst du denn runter nach Sidcup?

DAVIES Da hab ich meine Papiere!

Pause.

ASTON Deine was?

DAVIES Meine Papiere habe ich da!

Pause.

ASTON Was machen die denn in Sidcup?

DAVIES Ein Bekannter von mir hat sie. Ich hab sie bei ihm gelassen. Verstehst du? Sie beweisen, wer ich bin! Ohne diese Papiere komme ich nicht weiter. Sie sagen dir, wer ich bin. Verstehst du! Ich sitze fest ohne sie.

ASTON Wieso das?

DAVIES Also, die Sache ist die, verstehst du, ich hab meinen Namen geändert! Vor Jahren. Ich laufe unter falschem Namen herum! Das ist nicht mein richtiger Name.

ASTON Unter welchem Namen läufst du herum?

DAVIES Jenkins. Bernard Jenkins. Das ist mein Name. Jedenfalls der Name, unter dem man mich kennt. Aber es nützt mir gar nichts, dass ich weiter mit diesem Namen rumlaufe. Ich hab keine Rechte. Ich hab hier einen Versicherungsnachweis. (Er zieht eine Karte aus seiner Tasche.) Auf den Namen Jenkins. Siehst du? Bernard Jenkins. Guck. Da sind vier Stempel drauf. Ganze vier. Aber mit denen komme ich nicht weit. Das ist nicht mein richtiger Name, die finden das raus, die sperren mich ins Kittchen. Vier Stempel. Ich hab ein Vermögen eingezahlt. Keine Kleckersummen. Ein richtiges Vermögen. Es müssten noch mehr Stempel sein, viele, aber die haben sie nicht draufgemacht, die Nigger, ich hatte nie genug Zeit, mich darum zu kümmern.

ASTON Sie hätten deinen Ausweis abstempeln sollen.

DAVIES Würde ja doch nichts nützen! Ich hätte ja eh nichts gekriegt. Das ist nicht mein richtiger Name. Wenn ich mit dem Ausweis hingehe, komm ich ins Kittchen.

ASTON Wie ist denn dein richtiger Name?

DAVIES Davies. Mac Davies. Bevor ich meinen Namen geändert hab.

Pause.

ASTON Sieht so aus, als solltest du das alles mal regeln.

DAVIES Wenn ich nur runter nach Sidcup könnte! Ich warte schon eine Ewigkeit, dass das Wetter umschlägt. Er hat meine Papiere, dieser Mann, bei dem ich sie gelassen hab, da steht alles drin, ich könnte alles beweisen.

ASTON Wie lange hat er sie schon?

DAVIES Was?

ASTON Wie lange hat er sie schon?

DAVIES Oh, das muss an die … das war im Krieg … muss an die … fast fünfzehn Jahre her sein.

Er bemerkt plötzlich den Eimer und sieht nach oben.

ASTON Wenn du … ins Bett gehen willst, geh ruhig. Stört mich nicht.

DAVIES (zieht den Mantel aus) Hm, tja, vielleicht keine schlechte Idee. Ich bin ein bisschen … ein bisschen fertig. (Er zieht die Hose aus und hält sie hoch.) Soll ich die hierhin hängen?

ASTON Ja.

DAVIES hängt den Mantel und die Hose auf den Wäscheständer.

DAVIES Da oben hängt ein Eimer.

ASTON Ein Leck.

DAVIES sieht nach oben.

DAVIES Na, dann probier ich dein Bett mal aus. Was ist mit dir?

ASTON Ich repariere diesen Stecker.

DAVIES sieht zuerst ihn an, dann den Gasherd.

DAVIES Du … du kannst den da nicht wegschieben, oder?

ASTON Bisschen schwer.

DAVIES Ja.

DAVIES steigt ins Bett. Er streckt und reckt sich.

Nicht schlecht. Nicht schlecht. Ein gutes Bett. Hier schlafe ich bestimmt gut.

ASTON Ich muss mal einen anständigen Lampenschirm für die Birne auftreiben. Das Licht ist ein bisschen grell.

DAVIES Das stört mich nicht, Chef, stört mich nicht. (Er dreht sich um und zieht die Decke hoch.)

ASTON sitzt und fummelt am Stecker herum.

Das Licht wird heruntergezogen. Dunkelheit.

Licht an. Es ist Morgen.

ASTON steht neben dem Bett und macht seine Hose zu. Er richtet sein Bett her. Er dreht sich um, geht zur Mitte des Zimmers und sieht DAVIES an. Er dreht sich um, zieht seine Jacke an, dreht sich wieder um, geht zu DAVIES und sieht auf ihn herab.

Er hustet. DAVIES setzt sich abrupt auf.

DAVIES Was? Was ist? Was ist?

ASTON Schon gut.

DAVIES (starrt ihn an) Was ist?

ASTON Schon gut.

DAVIES sieht sich um.

DAVIES Ach ja.

ASTON geht zu seinem eigenen Bett, nimmt den Stecker und schüttelt ihn.

ASTON Gut geschlafen?

DAVIES Ja. Wie ein Toter. Muss halb tot gewesen sein.

ASTON geht nach rechts vorne, holt den Toaster und untersucht ihn.

ASTON Du … ähm …

DAVIES Hm?

ASTON Hast du geträumt oder so?

DAVIES Geträumt?

ASTON Ja.

DAVIES Ich träume nicht. Ich hab noch nie geträumt.

ASTON Nein, ich auch nicht.

DAVIES Ich auch nicht.

Pause.

Warum fragst du mich dann?

ASTON Du hast Geräusche gemacht.

DAVIES Wer?

ASTON Du.

DAVIES steigt aus dem Bett. Er trägt eine lange Unterhose.

DAVIES Also, jetzt mal langsam. Jetzt mal langsam, wie meinst du das? Was für Geräusche?

ASTON Du hast gestöhnt. Und gebrabbelt.

DAVIES Gebrabbelt? Ich?

ASTON Ja.

DAVIES Ich brabbele nicht, Mann. Das hat mir noch keiner gesagt.

Pause.

Was soll ich denn gebrabbelt haben?

ASTON Weiß ich nicht.

DAVIES Ich meine, wo ist da der Sinn?

Pause.

Das hat mir noch keiner gesagt.

Pause.

Da bist du an den Falschen geraten, Kumpel.

ASTON (geht mit dem Toaster zum Bett) Nein. Ich bin davon aufgewacht. Ich dachte, vielleicht hast du was geträumt.

DAVIES Ich hab nicht geträumt. Ich hatte in meinem ganzen Leben noch nie einen Traum.

Pause.

ASTON Vielleicht liegt es am Bett.

DAVIES Das Bett ist in Ordnung.

ASTON Du bist vielleicht nicht daran gewöhnt.

DAVIES Ich bin sehr wohl an Betten gewöhnt. Ich hab schon in Betten geschlafen. Ich mache keine Geräusche, bloß weil ich in einem Bett schlafe. Ich habe schon in vielen Betten geschlafen.

Pause.

Weißt du was, vielleicht waren das die Neger.

ASTON Was?

DAVIES Die Geräusche.

ASTON Welche Neger?

DAVIES Na, deine. Die nebenan. Vielleicht haben die Neger Geräusche gemacht, die durch die Wand kamen.

ASTON Hmmmnn.

DAVIES Ist jedenfalls meine Meinung.

ASTON legt den Stecker hin und geht zur Tür.

Wohin gehst du, gehst du weg?

ASTON Ja.

DAVIES (greift nach den Sandalen) Warte eine Minute, nur eine Minute.

ASTON Was machst du?

DAVIES (zieht die Sandalen an) Besser, ich komme mit dir mit.

ASTON Warum?

DAVIES Ich meine, eben besser, ich geh mit dir raus.

ASTON Warum?

DAVIES Na ... willst du nicht, dass ich rausgehe?

ASTON Wozu?

DAVIES Ich meine ... wenn du rausgehst. Willst du nicht, dass ich hier raus bin ... wenn du rausgehst?

ASTON Du brauchst nicht rauszugehen.

DAVIES Du meinst ... ich darf hier bleiben?

ASTON Ganz wie du willst. Du musst nicht rausgehen, nur weil ich rausgehe.

DAVIES Du hast nichts dagegen, wenn ich hier bleibe?

ASTON Ich habe mehrere Schlüssel. (Er geht zu einer Schachtel neben seinem Bett und sucht sie heraus.) Für diese Tür und die Haustür. (Er gibt sie DAVIES.)

DAVIES Vielen Dank, sehr verbunden.

Pause. ASTON zögert.

ASTON Vielleicht mache ich einen Bummel die Straße lang. Ein kleiner … so ein Laden. Der Mann da hatte neulich eine Bandsäge. Die fand ich ganz gut.

DAVIES Eine Bandsäge?

ASTON Ja. So was kann sehr nützlich sein.

DAVIES Ja.

Kurze Pause.

Was genau ist das?

ASTON geht zum Fenster und sieht nach draußen.

ASTON Eine Bandsäge? Na ja, die gehört zur gleichen Gruppe wie die Laubsäge. Aber sie ist ein Zubehör, verstehst du. Du musst sie auf eine Bohrmaschine aufsetzen.

DAVIES Ach so. Die sind sehr praktisch.

ASTON Sehr, ja.

Pause.

Weißt du, ich hab neulich in einem Café gesessen. Zufällig saß ich am gleichen Tisch wie diese Frau. Na ja, wir fingen an … wir fingen an, uns ein bisschen zu unterhalten. Ich weiß nicht … über ihren Urlaub, ja, wo sie gewesen war. An der Südküste war sie gewesen. Wobei ich vergessen hab, wo. Jedenfalls saßen wir einfach da und unterhielten uns ein bisschen … und plötzlich streckt sie ihre Hand nach meiner aus … und sagt, wie wäre es, wenn ich mir dich mal genauer anschaue?

DAVIES Nie im Leben.

Pause.

ASTON Doch. Platzt einfach so raus damit, mitten im Gespräch. Ich fand das ein bisschen komisch.

DAVIES Haben die zu mir auch schon gesagt.

ASTON Wirklich?

DAVIES Frauen? Die sind schon oft bei mir angekommen und haben mir mehr oder minder die gleiche Frage gestellt.

Pause.

ASTON Wie war dein Name nochmal?

DAVIES Der falsche ist Bernard Jenkins.

ASTON Nein, der andere?

DAVIES Davies. Mac Davies.

ASTON Kommst du aus Wales?

DAVIES Hä?

ASTON Aus Wales?

Pause.

DAVIES Ach, ich war schon überall, weißt du … will sagen … ich bin viel rumgekommen …

ASTON Und wo bist du geboren?

DAVIES (düster) Wie meinst du das?

ASTON Wo bist du geboren?

DAVIES Ich wurde … äh … oh, das ist ein bisschen schwierig, schon lange her … verstehst du … lange her … eine ganze Weile … man verliert den Überblick … weißt du …

ASTON (geht zum Kamin) Siehst du den Stecker hier? So kannst du ihn anschalten, wenn du willst. Den kleinen Heizofen.

DAVIES Alles klar, Chef.

ASTON Einfach hier reinstecken.

DAVIES Alles klar, Chef.

ASTON geht zur Tür.

(ängstlich) Was muss ich machen?

ASTON Einfach nur einschalten, sonst nichts. Dann geht der Ofen an.

DAVIES Ach, weißt du. Ich lasse das lieber.

ASTON Ist kinderleicht.

DAVIES Nein, ich mache mir aus den Dingern sowieso nichts.

ASTON Müsste aber gehen. (Dreht sich um) Gut.

DAVIES Äh, was ich noch fragen wollte, Chef, was ist mit diesem Herd? Ich meine, wäre es möglich, dass da was ausströmt … womöglich?

ASTON Er ist nicht angeschlossen.

DAVIES Weil, das Problem ist nur, er steht genau vor meinem Bett, verstehst du? Ich muss aufpassen, dass ich mich nicht stoße … mit dem Ellbogen an einem von den Gashähnen, wenn ich aufstehe, du verstehst, was ich meine?

Er geht auf die andere Seite des Herdes und untersucht ihn.

ASTON Da kannst du ganz unbesorgt sein.

DAVIES Ach, hör mal, mach dir deswegen keine Sorgen. Krieg ich schon hin, ich werde die Gashähne einfach weiter im Auge behalten, dann und wann, so, siehst du. Nachsehen, ob sie abgedreht sind. Überlass das ruhig mir.

ASTON Ich glaube nicht …

DAVIES (kommt hervor) Ach, Chef, eins noch … äh … du hättest nicht zufällig ein paar Pence für mich übrig, bloß für 'ne Tasse Tee, weißt du?

ASTON Ich habe dir gestern Abend ein paar Pence gegeben.

DAVIES Ach, natürlich. Natürlich. Hab ich vergessen. War mir völlig entfallen. Stimmt ja. Danke, Chef. Hör mal. Bist du sicher, bist du ganz sicher, dass ich hier ruhig bleiben kann? Ich meine, ich gehör nicht zu den Menschen, die gern unverschämt werden.

ASTON Nein, das ist schon in Ordnung.

DAVIES Vielleicht gehe ich heute später noch nach Wembley.

ASTON Aha.

DAVIES Da gibt's so ein Lokal, weißt du, vielleicht kann ich da was auftreiben. Da war ich schon mal, ja? Ich weiß, dass die ein bisschen knapp sind mit Personal. Vielleicht brauchen die noch wen, der ein bisschen mit anpackt.

ASTON Wann war denn das?

DAVIES Hä? Oh, ach, das war vor … beinahe … müssen so … ist schon 'ne Weile her jetzt. Wobei die natürlich nie die richtigen Leute finden können in solchen Läden. Wenn's nach denen ginge, würden sie diese Ausländer gern vor die Tür setzen, weißt du, in der Gastronomie. Die hätten gern einen Engländer, der ihnen den Tee serviert, wenn's nach denen ginge, danach suchen die händeringend. Sagt einem ja auch der gesunde Menschenverstand, was? Oh, ich deichsele das schon irgendwie … das … äh … das … werde ich machen.

Pause.

Wenn ich bloß da hinkommen könnte.

ASTON Hmmmn. (ASTON geht zur Tür.) Also, bis später dann.

DAVIES Ja. Bis dann.

ASTON geht hinaus und schließt die Tür.

DAVIES steht still. Er wartet ein paar Sekunden, geht dann zur Tür, öffnet sie, sieht hinaus, schließt sie, steht mit dem Rücken zu ihr, dreht sich schnell um, öffnet sie, sieht hinaus, kommt wieder herein, schließt die Tür, holt die Schlüssel aus der Tasche, probiert einen, probiert den anderen, schließt die Tür ab. Er sieht sich im Zimmer um. Dann geht er rasch zu ASTONS Bett, bückt sich, holt das Paar Schuhe hervor und untersucht es.

DAVIES Keine schlechten Schuhe. Bisschen spitz.

Er stellt sie wieder unter das Bett. Er untersucht die Umgebung von ASTONS Bett, hebt eine Vase hoch und sieht hinein, hebt dann einen Karton hoch und schüttelt ihn.

Schrauben!

Er sieht die Farbeimer am Kopfende des Betts, geht hinüber und untersucht sie.

Farbe. Was will er denn anmalen?

Er stellt den Eimer zurück, kommt in die Mitte des Zimmers, sieht hoch zum Eimer und verzieht das Gesicht.

Das muss ich noch rausfinden. (Er geht nach rechts und hebt eine Lötlampe hoch.) Was der hier für Zeug hat. (Er hebt den Buddha hoch und sieht ihn an.) Lauter Zeug. Wohin man schaut. (Sein Blick fällt auf die Zeitungspacken.) Was will er bloß mit den ganzen Zeitungen? Oller Haufen Papier.

Er geht zu einem Packen und berührt ihn. Der Packen schwankt. Er bremst ihn.

Halt, halt, halt!

Er hält den Stapel fest und schiebt die Zeitungen wieder übereinander.

Die Tür geht auf.

MICK kommt herein, steckt den Schlüssel in seine Tasche und schließt leise die Tür. Er bleibt an der Tür stehen und beobachtet DAVIES.

Was will er bloß mit den ganzen Zeitungen? (DAVIES steigt über den zusammengerollten Teppich zu dem blauen Koffer.) Laken und Kissen lagen schon fertig hier drin. (Er macht den Koffer auf.) Leer. (Er macht den Koffer zu.) Immerhin, geschlafen habe ich. Ich mache keine Geräusche. (Er sieht zum Fenster.) Was ist das?

Er hebt einen anderen Koffer hoch und versucht, ihn zu öffnen. MICK bewegt sich leise nach hinten.

Abgeschlossen. (Er stellt ihn hin und kommt nach vorne.) Muss was drin sein. (Er hebt eine Schublade hoch, wühlt darin herum, stellt sie dann wieder hin.)

MICK schleicht durch das Zimmer.

DAVIES dreht sich halb um, MICK packt seinen Arm und dreht ihn auf den Rücken. DAVIES schreit.

Aaaaah! Aaaaaah! Was! Was! Was! Aaaaaaah!

MICK zwingt ihn zu Boden, Davies wehrt sich, verzerrt das Gesicht, wimmert und starrt ihn an.

MICK hält seinen Arm fest, legt seine andere Hand an seine Lippen, dann an die Lippen von DAVIES. DAVIES beruhigt sich. MICK lässt ihn los. DAVIES krümmt sich. MICK hält einen warnenden Finger hoch. Dann hockt er sich neben DAVIES, um ihn zu betrachten. Er betrachtet ihn, steht dann auf und besieht ihn von oben. DAVIES reibt sich den Arm und mustert MICK. MICK dreht sich langsam um, sieht sich das Zimmer an. Er geht zu DAVIES' Bett und zieht die Decke weg. Er dreht sich um, geht zum Wäscheständer und nimmt DAVIES' Hose hoch. DAVIES will sich aufrichten. MICK presst ihn mit dem Fuß zu Boden und steht über ihm. Schließlich nimmt er seinen Fuß weg. Er untersucht die Hose und wirft sie wieder zurück. DAVIES kauert weiter am Boden. MICK geht langsam zum Stuhl, setzt sich und betrachtet DAVIES, ausdruckslos.

Stille.

MICK Was wird hier gespielt?

VORHANG

ZWEITER AKT

Ein paar Sekunden später.

MICK sitzt, DAVIES auf dem Boden, halb sitzend, zusammengekrümmt.

Stille.

MICK Also?

DAVIES Nichts, nichts. Nichts.

Man hört einen Tropfen, der in den Eimer über ihren Köpfen fällt. Beide sehen hoch. MICK sieht wieder DAVIES an.

MICK Wie heißt du?

DAVIES Ich kenne dich nicht. Ich weiß nicht, wer du bist.

Pause.

MICK Na?

DAVIES Jenkins.

MICK Jenkins?

DAVIES Ja.

MICK Jen…kins.

Pause.

Hast du letzte Nacht hier geschlafen?

DAVIES Ja.

MICK Gut geschlafen?

DAVIES Ja.

MICK Freut mich furchtbar. Furchtbar nett, dass wir uns kennen lernen.

Pause.

Wie war dein Name nochmal?

DAVIES Jenkins.

MICK Wie bitte?

DAVIES Jenkins!

Pause.

MICK Jen…kins.

Ein Tropfen fällt in den Eimer. DAVIES sieht nach oben.

Du erinnerst mich an den Bruder von meinem Onkel. War immer auf Achse, der gute Mann. Nie ohne Reisepass. Hat gern den Mädchen hinterhergeguckt. Fast genau deine Figur. Bisschen athletisch. Weitsprungexperte. Er hatte die Angewohnheit, um Weihnachten rum im Wohnzimmer immer verschiedene Anläufe vorzuführen. Hatte 'ne Schwäche für Nüsse. Mehr war es nicht. Nur eine Schwäche. Konnte gar nicht genug davon essen. Erdnüsse, Walnüsse, Paranüsse, Haselnüsse, vom Früchtekuchen hat er nicht mal probiert. Hatte eine phantastische Stoppuhr. In Hongkong besorgt. Einen Tag nachdem sie ihn aus der Heilsarmee geworfen hatten. Trug immer die Nummer vier im Beckenham-Reserveteam. Das war, bevor er seine Goldmedaille bekam. Hatte die komische Angewohnheit, seine Fiedel auf dem Rücken zu tragen. Wie ein Indianerbaby. Ich glaube, er hatte einen Schuss Indianerblut in seinen Adern. Ehrlich gesagt, habe ich nie herausbekommen, wie er der Bruder von meinem Onkel geworden ist. Ich hab oft gedacht, dass es vielleicht umgekehrt war. Ich meine, dass mein Onkel sein Bruder war und er mein Onkel. Aber ich hab ihn nie Onkel genannt. Eigentlich hab ich ihn immer Sid genannt. Meine Mutter nannte ihn auch Sid. Komische Geschichte. Er sah dir zum Verwechseln ähnlich. Hat einen Chinesen geheiratet und ist weg nach Jamaika.

Pause.

Ich hoffe, du hast letzte Nacht gut geschlafen.

DAVIES Hör zu! Ich weiß nicht, wer du bist!

MICK In welchem Bett hast du geschlafen?

DAVIES Jetzt mal langsam –

MICK Hä?

DAVIES In dem da.

MICK Nicht in dem anderen?

DAVIES Nein.

MICK Wählerisch.

Pause.

Wie gefällt dir mein Zimmer?

DAVIES Dein Zimmer?

MICK Ja.

DAVIES Das ist nicht dein Zimmer. Ich weiß nicht, wer du bist. Ich hab dich noch nie gesehen.

MICK Weißt du, ob du's glaubst oder nicht, du hast irgendwie eine komische Ähnlichkeit mit einem Kerl in Shoreditch, den ich mal kannte. Eigentlich hat er in Aldgate gelebt. Ich wohnte damals bei einem Cousin in Camden Town. Dieser Typ hatte einen Stand in Finsbury Park, gleich neben dem Busdepot. Als ich ihn kennen lernte, fand ich heraus, dass er in Putney aufgewachsen war. Das war mir egal. Ich kenne 'ne Menge Leute, die in Putney geboren sind. Selbst wenn sie nicht in Putney geboren sind, sind sie in Fulham geboren. Das einzige Problem war nur, er war nicht in Putney geboren, er war nur in Putney aufgewachsen. Wie sich herausstellte, war er in der Caledonian Road geboren, kurz vor dem Nag's Head. Seine alte Mutter wohnte immer noch in Angel. Alle Buslinien hielten direkt vor ihrer Tür. Sie konnte den 38er nehmen, den 581er, den 30er oder den 38A und damit in null Komma nichts die Essex Road runter zur Dalston Junction. Wobei, klar, wenn sie den 30er nahm, brachte der sie über die Upper Street um die Ecke von Highbury Corner und runter zur St.-Paul's-Kirche, aber zur Dalston Junction kam sie am Ende dann trotzdem. Ich hab auf dem Weg zur Arbeit immer mein Fahrrad in ihrem Garten gelassen. Ja, das war eine merkwürdige Sache. Er war dir wie aus dem Gesicht geschnitten. Ein bisschen dicker um die Nase herum, aber das hat nichts zu sagen.

Pause.

Hast du letzte Nacht hier geschlafen?

DAVIES Ja.

MICK Gut geschlafen?

DAVIES Ja!

MICK Musstest du in der Nacht mal raus?

DAVIES Nein!

Pause.

MICK Wie heißt du?

DAVIES (bewegt sich, will aufstehen) Jetzt mal langsam!

MICK Was?

DAVIES Jenkins!

MICK Jen…kins.

DAVIES macht eine plötzliche Aufsteh-Bewegung. Ein lautes Brüllen von MICK lässt ihn zurücksinken.

(Ein Schrei) Letzte Nacht hier geschlafen?

DAVIES Ja …

MICK (weiter in großer Geschwindigkeit) Wie hast du geschlafen?

DAVIES Ich hab –

MICK Gut geschlafen?

DAVIES Jetzt –

MICK Welches Bett?

DAVIES Das –

MICK Nicht das andere?

DAVIES Nein!

MICK Wählerisch.

Pause.

(Leise) Wählerisch.

Pause.

(Wieder freundlich) Wie hast du geschlafen in dem Bett?

DAVIES (schlägt auf den Boden) Na gut!

MICK Es war dir nicht unbequem?

DAVIES (stöhnt) Na gut!

MICK steht auf und geht zu ihm.

MICK Bist du Ausländer?

DAVIES Nein.

MICK Geboren und aufgewachsen auf den Britischen Inseln?

DAVIES Ja!

MICK Was hat man dir beigebracht?

Pause.

Wie hat dir mein Bett gefallen?

Pause.

Das ist mein Bett. Pass auf, dass du keinen Zug kriegst.

DAVIES In dem Bett?

MICK Nein, jetzt, in deinem Arsch.

DAVIES starrt MICK erschöpft an, der sich wegdreht. DAVIES kriecht zum Wäscheständer und greift nach seiner Hose. MICK dreht sich blitzschnell um und schnappt sie. DAVIES will sich darauf stürzen. MICK hält eine warnende Hand hoch.

Hast du vor, dich hier einzunisten?

DAVIES Dann gib mir eben meine Hose.

MICK Willst du dich hier für länger einnisten?

DAVIES Gib mir meine verdammte Hose!

MICK Warum, wo willst du denn hin?

DAVIES Gib sie mir, und ich gehe, ich will nach Sidcup!

MICK lässt die Hose ein paarmal in DAVIES' Gesicht schnalzen. DAVIES zieht sich zurück.

Pause.

MICK Weißt du, du erinnerst mich an einen Kerl, dem ich mal über den Weg gelaufen bin, gleich auf der anderen Seite der Guildford-Umgehung –

DAVIES Man hat mich hierher gebracht!

Pause.

MICK Bitte?

DAVIES Man hat mich hierher gebracht! Man hat mich hierher gebracht!

MICK Hierher gebracht? Wer hat dich hierher gebracht?

DAVIES Der Mann, der hier wohnt … er …

Pause.

MICK Lügner.

DAVIES Man hat mich hierher gebracht, letzte Nacht … hab ihn in einem Lokal getroffen … ich hab gearbeitet … ich wurde gefeuert … ich hab gearbeitet da … der Typ hat mich vor einer Prügelei bewahrt und mich hierher gebracht, gleich hierher gebracht.

Pause.

MICK Ich fürchte, du bist ein geborener Lügner, was? Du sprichst mit dem Besitzer. Dies ist mein Zimmer. Du stehst in meinem Haus.

DAVIES Es ist seins … er hat mich aufgenommen … er …

MICK (zeigt auf DAVIES' Bett) Das ist mein Bett.

DAVIES Und was ist mit dem da?

MICK Das Bett gehört meiner Mutter.

DAVIES Na, die war da letzte Nacht jedenfalls nicht drin!

MICK (geht zu ihm) Jetzt werd hier nicht frech, Kleiner, nicht frech werden. Hände weg von meiner alten Mutter.

DAVIES Ich bin nicht … ich hab nicht …

MICK Schön auf dem Teppich bleiben, Freundchen, zu meiner alten Mutter wirst du nicht unverschämt, ein bisschen Respekt, wenn ich bitten darf.

DAVIES Ich hab Respekt, es gibt keinen mit mehr Respekt.

MICK Dann lüg mir nicht dauernd was vor.

DAVIES Jetzt hör mir doch zu, ich hab dich vorher noch nie gesehen, ja?

MICK Meine Mutter vermutlich auch nicht, was?

Pause.

Allmählich komme ich zu der Überzeugung, dass du ein alter Gauner bist. Du bist nichts als ein alter Halunke.

DAVIES Jetzt aber –

MICK Hör zu, mein Freund. Hör zu, Freundchen. Du stinkst.

DAVIES Du hast kein Recht, so –

MICK Du stinkst hier das ganze Haus voll. Du bist ein alter Dieb, brauchst du gar nicht zu leugnen. Ein alter Drecksack. Du hast nichts verloren in so einem schönen Haus. Ein alter Barbar wie du.

Ehrlich. Was spazierst du hier überhaupt in einer unmöblierten Wohnung herum. Wenn ich wollte, könnte ich sieben Pfund die Woche verlangen für das hier. Hätte gleich morgen 'nen Mieter. Dreihundertfünfzig im Jahr, kalt. Gar kein Problem. Ich meine, wenn du dir so viel Geld leisten kannst, sag es ruhig. Gern. Für Möbel und Einrichtung nehme ich vierhundert oder das nächstbeste Angebot. Steuerbarer Wert neunzig Pfund pro Jahr. Für Wasser, Heizung und Strom müsstest du mit ungefähr fünfzig rechnen. Kostet dich summa summarum achthundertneunzig, wenn du unbedingt scharf drauf bist. Sag Bescheid, und meine Anwälte schicken dir ein Vertragsangebot. Andernfalls steht mein Transporter draußen, und ich kann dich in fünf Minuten zur Polizei fahren und verhaften lassen, wegen unbefugten Betretens, verdächtigen Herumlungerns, Einbruch am helllichten Tag, Klauen, Diebstahl und Vollstinken des Hauses. Also, was sagst du? Es sei denn, du bist wirklich scharf drauf, den Kauf gleich über die Bühne zu bringen. Natürlich werde ich meinem Bruder sagen, er soll hier erst mal für dich renovieren. Mein Bruder ist spitze im Renovieren. Er renoviert hier für dich. Wenn du mehr Platz brauchst, stehen oben den Flur lang vier weitere Zimmer bereit. Badezimmer, Wohnzimmer, Schlafzimmer und Kinderzimmer. Du kannst das hier ja als Büro nutzen. Dieser Bruder, von dem ich sprach, will gerade mit den anderen Zimmern anfangen. Ja, ist fast schon dabei. Also, was sagst du? Achthundert und ein paar Zerquetschte für dieses Zimmer oder glatte dreitausend für das gesamte obere Stockwerk. Andererseits, wenn du das Ganze lieber langfristig angehen willst, dann kann ich dir eine Versicherungsgesellschaft in West Ham empfehlen, die das Geschäft gern für dich regeln wird. Keine Bedingungen, offen und legal, einwandfreie Buchführung; zwanzig Prozent Zinsen, fünfzig Prozent Kaution; Anzahlungen, Rückzahlungen, Familienzulagen, Bonusraten, vorzeitige Entlassung wegen guter Führung, sechsmonatige Pacht, jährliche Prüfung der wichtigen Akten, Kaffee und Kuchen, Verwaltung der Anteile, Verlängerung der Leistungen, Rückzahlung bei Einstellung, umfassender Schadensersatz im Falle von Krawall, öffentlicher Unruhe, arbeitsrechtlichen Auseinandersetzungen, Wind, Sturm, Donnerschlägen, Diebstahl oder Viehtrieb, alles unter der Voraussetzung täglicher Kontrolle und Gegenkontrolle. Natürlich benötigen wir eine unterschriebene Erklärung deines Hausarztes als Versicherung, dass du die erforderliche Fitness zur Tilgung der Schuld besitzt, ist ja klar. Bei welcher Bank bist du?

Pause.

Bei welcher Bank bist du?

Die Tür geht auf. ASTON kommt herein. MICK dreht sich um und lässt die Hose fallen. DAVIES nimmt sie und zieht sie an. ASTON geht nach einem kurzen Blick auf die beiden zu seinem Bett, stellt eine Tasche, die er in der Hand hat, darauf, setzt sich und fährt fort, den Toaster zu reparieren. DAVIES zieht sich in seine Ecke zurück. MICK setzt sich auf den Stuhl.

Stille.

Ein Tropfen fällt in den Eimer. Alle sehen nach oben.

Stille.

MICK Das tropft ja immer noch.

ASTON Ja.

Pause.

Das kommt vom Dach.

MICK Vom Dach, ja?

ASTON Ja.

Pause.

Muss ich mal zuteeren.

MICK Musst du mal zuteeren?

ASTON Ja.

MICK Was?

ASTON Die Löcher.

Pause.

MICK Du willst die Löcher im Dach zuteeren.

ASTON Ja.

Pause.

MICK Meinst du, das reicht?

ASTON Wird schon reichen, fürs Erste.

MICK Ah.

Pause.

DAVIES (plötzlich) Was machst du –?

Beide sehen ihn an.

Was machst du … wenn der Eimer voll ist?

Pause.

ASTON Ich mache ihn leer.

Pause.

MICK Ich hab meinem Freund gerade erzählt, dass du demnächst mit der Renovierung der anderen Zimmer anfängst.

ASTON Ja.

Pause.

(zu DAVIES) Ich hab deine Tasche.

DAVIES Oh. (Geht zu ihm und nimmt sie) Oh, danke, Chef, danke. Haben sie sie dir gegeben, ja?

DAVIES geht mit der Tasche zurück.

MICK steht auf und schnappt sie sich.

MICK Was ist das?

DAVIES Gib her, das ist meine Tasche!

MICK (wehrt ihn ab) Diese Tasche hab ich schon mal gesehen.

DAVIES Das ist meine Tasche!

MICK (weicht ihm aus) Diese Tasche kommt mir sehr bekannt vor.

DAVIES Wie meinst du das?

MICK Wo hast du sie her?

ASTON (steht auf, zu den beiden) Lasst den Quatsch!

DAVIES Sie gehört mir.

MICK Wem?

DAVIES Mir! Sag ihm, dass sie mir gehört!

MICK Ist das deine Tasche?

DAVIES Gib her!

ASTON Gib sie ihm.

MICK Was? Was soll ich ihm geben?

DAVIES Die verdammte Tasche!

MICK (schiebt sie hinter den Gasherd) Welche Tasche? (Zu DAVIES) Welche Tasche?

DAVIES (bewegt sich auf ihn zu) Jetzt mal langsam!

MICK (tritt ihm entgegen) Wo willst du hin?

DAVIES Ich will meine … meine alte …

MICK Pass bloß auf, Freundchen! Klopfst an fremde Türen, wenn keiner zu Hause ist. Übertreib's nicht. Platzt einfach so in ein Privathaus und fingerst an allem herum, was du in die Finger kriegst. Du solltest den Bogen nicht überspannen, Kleiner.

ASTON holt die Tasche.

DAVIES Du dreckiger Dieb … du verdammter Dreckskerl … lass mich an meine –

ASTON Hier, bitte. (ASTON hält DAVIES die Tasche hin.)

MICK greift sie. ASTON nimmt sie.

MICK greift sie. DAVIES langt danach.

ASTON nimmt sie. MICK langt danach.

ASTON gibt sie DAVIES. MICK greift sie.

Pause.

ASTON nimmt sie. DAVIES nimmt sie. MICK nimmt sie. DAVIES langt danach. ASTON nimmt sie.

Pause.

ASTON gibt sie MICK. MICK gibt sie DAVIES.

DAVIES entreißt sie ihm.

Pause.

MICK sieht ASTON an. DAVIES zieht sich mit der Tasche zurück.

Er lässt sie fallen.

Pause.

Sie beobachten ihn. Er hebt sie auf. Geht zu seinem Bett und setzt sich.

ASTON geht zu seinem Bett, setzt sich und dreht sich eine Zigarette.

MICK steht still.

Pause.

Ein Tropfen fällt in den Eimer. Alle sehen hoch.

Pause.

ASTON Wie war's in Wembley?

DAVIES Ach, ich bin da gar nicht gewesen.

Pause.

Nein. Hab's nicht geschafft.

MICK geht zur Tür und geht hinaus.

ASTON Ich hatte ein bisschen Pech mit der Bandsäge. Als ich kam, war sie schon weg.

Pause.

DAVIES Wer war der Kerl?

ASTON Das ist mein Bruder.

DAVIES Ach ja? Ist wohl ein kleiner Witzbold, wie?

ASTON Hm.

DAVIES Ja … ein richtiger Witzbold.

ASTON Er hat Sinn für Humor.

DAVIES Ja, ist mir aufgefallen.

Pause.

Ein richtiger Witzbold, der Junge, sieht man sofort.

Pause.

ASTON Ja, er neigt … er sieht die Dinge gern von der komischen Seite.

DAVIES Tja, Sinn für Humor hat er, was?

ASTON Ja.

DAVIES Ja, merkt man.

Pause.

Ich hab auf den ersten Blick gemerkt, dass er seine ganz eigene Sicht der Dinge hat.

ASTON steht auf, geht zur Schublade rechts, nimmt die Buddhastatue und stellt sie auf den Gasherd.

ASTON Ich soll für ihn den oberen Teil vom Haus renovieren.

DAVIES Was … heißt das … heißt das, das ist sein Haus?

ASTON Ja. Ich soll für ihn auch dieses Stockwerk herrichten. Daraus eine Wohnung machen.

DAVIES Was macht er denn so?

ASTON Er ist in der Baubranche. Er hat seinen eigenen Transporter.

DAVIES Aber er wohnt hier nicht, oder?

ASTON Sobald ich draußen den Schuppen fertig habe … kann ich mich ein bisschen mehr um die Wohnung kümmern, weißt du. Vielleicht baue ich auch ein, zwei Sachen selber. (Er geht zum Fenster.) Ich bin ganz geschickt mit den Händen, weißt du. Das kann ich wirklich gut. Wusste ich vorher nicht. Aber jetzt kann ich alles Mögliche machen, mit meinen Händen. Du weißt schon, Handwerkersachen. Wenn ich draußen den Schuppen fertig habe … dann habe ich eine Werkstatt, weißt du. Ich … könnte ein paar Holzarbeiten machen. Einfache Holzarbeiten, am Anfang. Arbeiten mit … gutem Holz.

Pause.

Natürlich muss hier eine Menge gemacht werden. Wobei ich glaube, ich glaube, ich ziehe eine Trennwand ein … in einem der Zimmer am Flur. Ich glaube, das müsste gehen. Du weißt schon … es gibt so Schirme … du weißt schon … orientalisch. Mit denen teilen sie da einen Raum. Machen zwei daraus. Das könnte ich machen, oder ich ziehe eine Trennwand ein. Die könnte ich selber bauen, weißt du, wenn ich eine Werkstatt hätte.

Pause.

Na, jedenfalls, ich glaube, ich bin für die Trennwand.

Pause.

DAVIES Äh, hör mal, ich hab nachgedacht. Das ist nicht meine Tasche.

ASTON Oh. Nein.

DAVIES Nein, das ist nicht meine Tasche. Meine Tasche war eine ganz andere, verstehst du. Ich weiß, was die getan haben. Die haben meine Tasche behalten, und dir haben sie eine ganz andere Tasche gegeben.

ASTON Nein … passiert ist, dass irgendwer mit deiner Tasche weggerannt war.

DAVIES (steht auf) Hab ich's doch gesagt!

ASTON Na, jedenfalls habe ich diese Tasche woanders besorgt. Da sind auch ein paar … Kleidungsstücke drin. Hat er mir alles billig verkauft.

DAVIES (öffnet die Tasche) Schuhe?

DAVIES zieht zwei karierte Hemden, knallrot und knallgrün, aus der Tasche. Er hält sie hoch.

Kariert.

ASTON Ja.

DAVIES Ja … na ja, die Sorte Hemd kenne ich, weißt du. Mit solchen Hemden kommt man im Winter nicht weit. Das weiß ich mit hundertprozentiger Sicherheit. Nein, was ich brauche, ist so ein Hemd mit Streifen, ein gutes solides Hemd, mit Längsstreifen. So was will ich. (Er zieht eine tiefrote Samthausjacke aus der Tasche.) Was ist das?

ASTON Eine Hausjacke.

DAVIES Eine Hausjacke? (Er befühlt sie.) Gar nicht so schlecht, der Stoff. Mal sehen, ob sie passt.

Er probiert sie an.

Hast du hier irgendwo einen Spiegel?

ASTON Ich glaube, nicht.

DAVIES Na ja, passt gar nicht schlecht. Wie sieht das aus?

ASTON Sieht ganz gut aus.

DAVIES Na, dann sag ich nicht nein.

ASTON nimmt den Stecker und untersucht ihn.

Nein, da würde ich nicht nein sagen.

Pause.

ASTON Du könntest … hier Hausmeister werden, wenn du willst.

DAVIES Was?

ASTON Du könntest … im Haus nach dem Rechten sehen, wenn du willst … du weißt schon, die Treppen und der Flur, die Eingangsstufen, alles im Auge behalten. Die Klingeln polieren.

DAVIES Klingeln?

ASTON Ich werde an der Vordertür ein paar anbringen. Aus Messing.

DAVIES Hausmeister, hm?

ASTON Ja.

DAVIES Also, ich … ich war vorher noch nie Hausmeister, weißt du … ich will damit sagen … Ich war nie … was ich damit sagen will … ich war vorher noch nie Hausmeister.

Pause.

ASTON Und würdest du gern einer sein?

DAVIES Na ja, ich schätze … Na ja, ich müsste erst mal wissen … weißt du …

ASTON Ja, was man da …

DAVIES Ja, was man da … du weißt schon …

Pause.

ASTON Na ja, ich meine …

DAVIES Ich meine, ich müsste erst mal … ich müsste …

ASTON Na, kann ich dir ja sagen …

DAVIES Das … das ist … also … du verstehst, was ich meine?

ASTON Mit der Zeit …

DAVIES Ich meine, darauf will ich ja hinaus, weißt du …

ASTON Mehr oder weniger genau das Gleiche, was du …

DAVIES Weißt du, was ich sagen will … worauf ich hinauswill … also, welche Jobs …

Pause.

ASTON Na ja, Sachen wie die Treppen … und die … die Klingeln …

DAVIES Aber da stellt sich die Frage … oder? … da stellt sich die Frage nach dem Besen … oder?

ASTON Ja, und natürlich bräuchte man auch ein paar Handfeger.

DAVIES Man bräuchte Geräte … verstehst du … man bräuchte so einiges an Geräten …

ASTON nimmt einen weißen Overall von einem Nagel über seinem Bett und zeigt ihn DAVIES.

ASTON Wenn du willst, kannst du den hier anziehen.

DAVIES Tja … der ist schön, was?

ASTON Er würde vor Staub schützen.

DAVIES (zieht ihn an) Ja, der würde prima vor Staub schützen. Guter Schutz. Danke sehr, Chef.

ASTON Weißt du was, wir könnten … ich könnte unten eine Klingel anbringen, draußen an der Haustür, mit «Hausmeister» drauf. Und du wärst dann hier der Ansprechpartner.

DAVIES Ich, ich weiß nicht so recht.

ASTON Warum nicht?

DAVIES Na ja, ich meine, man weiß nicht, wer einem alles so vor die Tür kommt, oder? Ich muss da ein bisschen vorsichtig sein.

ASTON Warum, ist jemand hinter dir her?

DAVIES Hinter mir her? Also, vielleicht hat es ja dieser schottische Arsch auf mich abgesehen, oder? Ich würde die Klingel hören, runtergehen, die Tür aufmachen, da könnte jeder stehen, jeder Fiesling könnte da stehen. Und schon hätten die mich am Wickel, Mann. Vielleicht sind die hinter meinem Nachweis her, ich meine, guck doch mal, hier bin ich, ich hab nur vier Stempel, auf diesem Nachweis, hier ist er, guck, vier Stempel, das ist alles, mehr hab ich nicht, das ist alles, was ich hab, die drücken auf die Klingel vom Hausmeister, schon nehmen die mich hops, würden die doch, ich hätte gar keine Chance. Natürlich hab ich noch eine Menge anderer Nachweise rumliegen, aber das wissen die ja nicht, und ich kann's ihnen schlecht sagen, oder, weil, dann würden sie ja rausfinden, dass ich unter falschem Namen rumlaufe. Weißt du, der Name, den ich jetzt immer angebe, ist nicht mein richtiger Name. Mein richtiger Name ist nicht der, den ich benutze, weißt du. Der ist anders. Weißt du, der Name, unter dem ich jetzt laufe, ist nicht mein richtiger. Der ist falsch.

Stille.

Das Licht wird ganz heruntergezogen.

Dann scheint schwach Licht durch das Fenster.

Eine Tür schlägt zu.

Das Geräusch eines Schlüssels in der Zimmertür.

DAVIES kommt herein, schließt die Tür und probiert den Lichtschalter, an, aus, an, aus.

DAVIES (murmelt) Was ist denn hier los? (Er macht den Lichtschalter an und aus.) Was ist denn mit dem verdammten Licht? (Er schaltet weiter an und aus.) Aaaach. Sag bloß nicht, das verdammte Licht ist kaputt.

Pause.

Was mach ich jetzt? Das verdammte Licht ist kaputt. Zappenduster.

Pause.

Was mach ich denn jetzt? (Er bewegt sich, stolpert.) O Gott, was war das? Ich brauche Licht. Sekunde.

Er sucht in seiner Tasche nach einer Schachtel Streichhölzer, zieht sie hervor und zündet eines an. Das Streichholz geht aus. Die Schachtel fällt herunter.

Aaah! Wo ist sie? (Bückt sich) Wo ist die verfluchte Schachtel?

Die Schachtel wird weggetreten.

Was ist das? Was? Wer ist da? Was ist das?

Pause. Er bewegt sich.

Wo ist die Schachtel? War doch gerade hier unten. Wer ist da? Wer schubst die hier durch die Gegend?

Stille.

Los. Wer ist da? Wer hat meine Schachtel?

Pause.

Wer ist hier!

Pause.

Ich hab ein Messer. Ich bin bereit. Na los, wer bist du?

Er bewegt sich, stolpert, fällt und stößt einen Schrei aus.

Stille.

Ein leises Wimmern von DAVIES. Er steht auf.

Na gut!

Er steht. Schweres Atmen.

Plötzlich fängt der Staubsauger an zu summen. Jemand bewegt sich mit ihm durch den Raum. Die Düse bewegt sich über den Boden auf DAVIES zu, der einen Satz beiseite macht und atemlos hinfällt.

Ah, ah, ah, ah, ah, ah! Geh we-e-e-e-e-eg!

Der Staubsauger hört auf. Der Jemand springt auf ASTONS Bett.

Ich bin bereit! Ich … ich … ich bin hier!

Der Jemand zieht den Staubsaugerstecker aus der Lampenfassung und dreht die Birne wieder ein. Das Licht geht an. DAVIES presst sich flach gegen die rechte Wand, das Messer in der Hand. MICK steht auf dem Bett, hält den Stecker.

MICK Ich war nur gerade beim Frühjahrsputz. (Er steigt vom Bett.) Es gab auch mal einen Wandstecker für den Staubsauger. Funktioniert aber nicht. Ich musste ihn in die Lampenfassung stöpseln. (Er verstaut den Staubsauger unter ASTONS Bett.) Wie findest du das Zimmer jetzt? Ich hab hier mal gründlich geschrubbt.

Pause.

Wir wechseln uns ab, alle zwei Wochen, mein Bruder und ich, und machen das Zimmer mal gründlich sauber. Ich hab heute länger gearbeitet, bin gerade erst hergekommen. Aber ich dachte, ich lege besser gleich los, weil ich an der Reihe bin.

Pause.

Eigentlich wohne ich gar nicht hier. Genau genommen wohne ich woanders. Aber ich bin schließlich verantwortlich für die Instandhaltung des Gebäudes, stimmt's? Hab eben einen Putzfimmel.

Er bewegt sich auf DAVIES zu und zeigt auf das Messer.

Was wedelst du da mit dem Ding rum?

DAVIES Noch einen Schritt näher …

MICK Tut mir Leid, wenn ich dich erschreckt habe. Aber ich hab auch an dich gedacht, weißt du. Ich meine, als Gast meines Bruders. Da müssen wir doch an deine Bequemlichkeit denken, oder? Wir wollen ja nicht, dass du Staub in die Nase kriegst. Ach übrigens, wie lange willst du hier eigentlich bleiben? Ich wollte nämlich vorschlagen, dass wir deine Miete senken, sagen wir, auf eine symbolische Summe, ich meine, bis du was anderes aufgetrieben hast. Nur eine symbolische Summe, mehr nicht.

Pause.

Obwohl, wenn du jetzt eingeschnappt bist, muss ich den ganzen Vorschlag wohl nochmal überdenken.

Pause.

Äh, du willst mir doch nicht etwa Gewalt antun, oder? Du neigst nicht zu Gewalt, oder?

DAVIES (heftig) Ich kümmere mich um meinen eigenen Kram, Kumpel. Aber wenn mir einer dumm kommt, muss er mit allem rechnen.

MICK Glaube ich sofort.

DAVIES Auch besser so. Ich bin nämlich rumgekommen, ja? Du verstehst, was ich meine? 'n kleinen Witz hier und da lass ich mir gerne gefallen, aber jeder wird dir sagen … dass mir keiner dumm kommen darf.

MICK Ist mir klar, ja.

DAVIES Ich kann ja viel aushalten … aber …

MICK Es gibt Grenzen.

DAVIES Genau.

MICK setzt sich auf den Haufen Krempel vorne rechts.

Was machst du da?

MICK Nein, ich will nur sagen, dass … mich das sehr beeindruckt.

DAVIES Hä?

MICK Ich bin sehr beeindruckt von dem, was du gerade gesagt hast.

Pause.

Ja, beeindruckend, wirklich.

Pause.

Na, jedenfalls bin ich beeindruckt.

DAVIES Dann weißt du, wovon ich rede?

MICK Ja, weiß ich. Ich denke, wir verstehen uns.

DAVIES Ah? Na ja … ich sag mal … das … das hoffe ich. Du spielst mit mir Katz und Maus. Warum, weiß ich nicht. Ich hab dir nie was getan.

MICK Nein, weißt du, woran es lag? Wir haben uns einfach auf dem falschen Fuß erwischt. Sonst nichts.

DAVIES Ja, stimmt.

DAVIES setzt sich zu MICK auf den Haufen.

MICK Willst du ein Sandwich?

DAVIES Was?

MICK (zieht ein Sandwich aus seiner Jackentasche) Nimm dir eins.

DAVIES Wehe, du legst mich rein.

MICK Nein, du verstehst mich immer noch nicht. Ich interessiere mich eben für die Freunde von meinem Bruder. Du bist doch ein Freund von meinem Bruder, oder?

DAVIES Na ja, ich … ich würde vielleicht nicht so weit gehen.

MICK Findest du ihn etwa nicht freundlich?

DAVIES Na ja, ich würde uns nicht unbedingt richtige Freunde nennen. Ich meine, er hat mir nichts getan, aber einen speziellen Freund von mir würde ich ihn nicht nennen. Was ist auf dem Sandwich denn drauf?

MICK Käse.

DAVIES Hätte ich gern.

MICK Nimm dir.

DAVIES Danke, Chef.

MICK Tut mir Leid zu hören, dass mein Bruder nicht sehr freundlich ist.

DAVIES Er ist freundlich, er ist freundlich, ich hab nicht gesagt, dass er nicht …

MICK (zieht einen Salzstreuer aus seiner Jacke) Salz?

DAVIES Nein danke. (Er beißt in das Sandwich.) Ich kann mir nur kein … klares Bild von ihm machen.

MICK (fühlt in der Tasche herum) Ich habe den Pfeffer vergessen.

DAVIES Ich werde einfach nicht aus ihm schlau.

MICK Irgendwo hatte ich noch ein Stück Rote Bete. Muss ich verlegt haben.

Pause.

DAVIES kaut das Sandwich. MICK sieht ihm beim Essen zu. Dann steht er auf und schlendert nach vorne.

Ääh … hör mal … kann ich dich mal um Rat fragen? Du bist doch ein Mann von Welt. Kann ich dich wegen einer Sache um Rat fragen?

DAVIES Schieß los.

MICK Na ja, es ist so, weißt du, ich … ich mache mir ein bisschen Sorgen um meinen Bruder.

DAVIES Um deinen Bruder?

MICK Ja … weißt du, das Problem ist …

DAVIES Was?

MICK Na ja, es ist nicht gerade nett, das zu sagen …

DAVIES (steht auf, kommt nach vorne) Nur zu, sag's ruhig.

MICK sieht ihn an.

MICK Er arbeitet nicht gern.

Pause.

DAVIES Weiter!

MICK Na, er arbeitet einfach nicht gern, das ist das Problem.

DAVIES Stimmt das?

MICK Schrecklich, wenn man das über den eigenen Bruder sagen muss.

DAVIES Ja.

MICK Er scheut sich einfach davor. Sehr sogar.

DAVIES Die Sorte kenne ich.

MICK Du kennst solche Typen?

DAVIES Sind mir schon untergekommen.

MICK Ich meine, ich will einfach, dass er etwas aus seinem Leben macht.

DAVIES Das ist nur vernünftig.

MICK Wenn man einen großen Bruder hat, will man ihm einen Schubs geben, man will sehen, wie er in der Welt vorankommt. Man lässt ihn nicht auf der faulen Haut liegen, damit schadet er sich nur selbst. Finde ich jedenfalls.

DAVIES Ja.

MICK Aber er spuckt gar nicht erst in die Hände.

DAVIES Er arbeitet nicht gern.

MICK Arbeitsscheu.

DAVIES Klingt ganz danach.

MICK Dir sind solche Typen schon untergekommen?

DAVIES Mir? Die Sorte kenne ich.

MICK Ja.

DAVIES Die Sorte kenne ich. Sind mir schon untergekommen.

MICK Macht mir wirklich große Angst. Weißt du, ich bin ein Arbeitstier: Ich bin Geschäftsmann. Ich hab meinen eigenen Transporter.

DAVIES Stimmt das?

MICK Er soll einen kleinen Job für mich erledigen … ich lass ihn hier wohnen, damit er einen kleinen Job erledigt … aber ich weiß nicht … allmählich komme ich zu dem Schluss, dass er eine Schnecke ist.

Pause.

Was würdest du mir raten?

DAVIES Na ja … ist schon ein komischer Kauz, dein Bruder.

MICK Was?

DAVIES Ich hab gesagt, er … er ist irgendwie schon ein komischer Kauz, dein Bruder.

MICK starrt ihn an.

MICK Komisch? Warum?

DAVIES Na ja … er ist komisch …

MICK Was ist denn komisch an ihm?

Pause.

DAVIES Dass er nicht gerne arbeitet.

MICK Was ist daran denn komisch?

DAVIES Nichts.

Pause.

MICK Ich finde das nicht komisch.

DAVIES Ich auch nicht.

MICK Werd jetzt bitte nicht hyperkritisch.

DAVIES Nein, nein, das wollte ich nicht, ich wollte nicht … ich wollte nur sagen …

MICK Du nimmst den Mund ganz schön voll.

DAVIES Ich wollte doch damit nur sagen –

MICK Es reicht! (Brüsk) Hör zu! Ich will dir einen Vorschlag machen. Ich hab vor, die Verwaltung des Hauses zu übernehmen, ja? Ich denke, man könnte es ein bisschen effizienter verwalten. Ich habe eine Menge Ideen, eine Menge Pläne. (Er mustert DAVIES.) Was würdest du davon halten, hier zu bleiben, als Hausmeister?

DAVIES Was?

MICK Ich will ganz offen zu dir sein. Auf einen Mann

wie dich könnte ich mich hier verlassen, der alles im Auge behält.

DAVIES Also jetzt … Sekunde mal … ich … ich hab vorher noch nie als Hausmeister gearbeitet, weißt du …

MICK Spielt doch keine Rolle. Du wirkst auf mich wie ein fähiger Mann.

DAVIES Ich bin ein fähiger Mann. Wirklich, zu meiner Zeit, da hatte ich eine Reihe von Angeboten, weißt du, lässt sich nicht leugnen.

MICK Tja, als du vorhin das Messer gezogen hast, habe ich gemerkt, dass man sich mit dir besser nicht anlegt.

DAVIES Mit mir legt sich keiner an, Mann.

MICK Ich meine, du hast doch gedient, oder?

DAVIES Ge-was?

MICK Gedient, bei der Armee. Sieht man an deiner Haltung.

DAVIES Oh … ja. Hab da mein halbes Leben verbracht, Mann. In Übersee … so … gedient … ja.

MICK In den Kolonien, was?

DAVIES War drüben, ja. Ich war einer der Ersten drüben.

MICK Eben. Du bist genau die Sorte Mann, nach der ich gesucht habe.

DAVIES Wofür?

MICK Hausmeister.

DAVIES Ja, also … siehst du … hör mal … wer ist denn hier der Vermieter, er oder du?

MICK Ich. Das bin ich. Ich kann das mit Urkunden belegen.

DAVIES Ah … (Entschlossen) Also gut, ich mache mich gern ein bisschen nützlich als Hausmeister und würde hier gern für dich nach dem Rechten sehen.

MICK Natürlich müssten wir noch eine kleine finanzielle Vereinbarung treffen, von der wir beide profitieren.

DAVIES Das überlasse ich ganz dir.

MICK Danke. Ach, eins noch.

DAVIES Was denn?

MICK Kannst du mir irgendwelche Zeugnisse geben?

DAVIES Hä?

MICK Nur, damit mein Anwalt zufrieden ist.

DAVIES Ich hab jede Menge Zeugnisse. Ich muss morgen bloß runter nach Sidcup gehen. Ich habe Zeugnisse, so viel du willst.

MICK Wo?

DAVIES Sidcup. Der hat da nicht nur meine Zeugnisse, der hat da auch meine gesamten Papiere. Ich kenne den Ort wie meine Westentasche. Ich gehe da sowieso hin, weißt du, ich muss da hin, sonst machen die mich fertig.

MICK Wir können die Zeugnisse also jederzeit bekommen, wenn nötig.

DAVIES Ich gehe die nächsten Tage da hin, sag ich doch. Das wollte ich heute schon, aber ich … ich warte, dass das Wetter umschlägt.

MICK Aha.

DAVIES Hör mal. Du kannst mir nicht ein Paar gute Schuhe besorgen, wie? Ich brauche dringend ein gutes Paar Schuhe. Ohne ein Paar gute Schuhe komme ich nicht weit, weißt du. Glaubst du, es ist möglich, dass du mir ein Paar besorgen kannst?

Das Licht wird ganz heruntergezogen.

Licht an. Morgen.

ASTON zieht seine Hose über eine lange Unterhose. Eine leichte Grimasse. Er sieht sich am Kopfende seines Bettes um, nimmt ein Handtuch von der Bettstange und schwenkt es herum. Er legt es zurück, geht zu DAVIES und weckt ihn. DAVIES setzt sich abrupt auf.

ASTON Du hast gesagt, dass ich dich wecken soll.

DAVIES Wozu?

ASTON Du hast gesagt, du wolltest vielleicht nach Sidcup.

DAVIES Ja, wär gut, wenn ich da hinkönnte.

ASTON Sieht draußen nicht gerade gemütlich aus.

DAVIES Oh, tja, hat sich ja dann wohl erledigt, was?

ASTON Ich … ich hatte schon wieder keine sehr gute Nacht.

DAVIES Ich hab entsetzlich geschlafen.

Pause.

ASTON Die Geräusche von dir …

DAVIES Entsetzlich. Hat in der Nacht ein bisschen geregnet, oder?

ASTON Nur ein bisschen.

Er geht zu seinem Bett, nimmt ein kurzes Brett und fängt an, es abzuschmirgeln.

DAVIES Hab ich mir gedacht. Hat mir auf den Kopf getropft.

Pause.

Lieg sowieso mit dem Kopf direkt im Zug.

Pause.

Kannst du das Fenster hinter dem Sack nicht zumachen?

ASTON Könnte man.

DAVIES Na, und, warum tust du's nicht? Der Regen tropft mir direkt auf den Kopf.

ASTON Bisschen frische Luft muss sein.

DAVIES steigt aus dem Bett. Er trägt seine Hose, Weste und Unterhemd.

DAVIES (zieht seine Sandalen an) Hör zu. Ich war mein Leben lang an der frischen Luft, Junge. Mir musst du nichts von frischer Luft erzählen. Im Gegenteil, durch dieses Fenster kommt zu viel frische Luft, wenn ich schlafe.

ASTON Ohne offenes Fenster wird es stickig hier drin.

ASTON geht zum Stuhl, legt das Brett darauf und schmirgelt es weiter ab.

DAVIES Ja, aber hör zu, du hast mich nicht ganz verstanden. Der Scheißregen tropft mir direkt auf den Kopf, Mann. Stört meinen Schlaf. Ich hol mir da noch den Tod, in dem Zug. Das meine ich. Mach einfach das Fenster zu, und kein Mensch wird sich den Tod holen, mehr meine ich nicht.

Pause.

ASTON Ohne offenes Fenster kann ich hier drin nicht schlafen.

DAVIES Ja, aber was ist mit mir? Was … was sagst du zu meiner Lage?

ASTON Warum schläfst du nicht andersherum?

DAVIES Wie meinst du das?

ASTON Schlaf mit den Füßen zum Fenster.

DAVIES Was soll das nützen?

ASTON Der Regen würde dir nicht auf den Kopf tropfen.

DAVIES Nein, das geht nicht. Das geht nicht.

Pause.

Ich hab mich daran gewöhnt, so herum zu schlafen. Nicht ich muss mich ändern, sondern das Fenster. Siehst du, es regnet gerade. Jetzt schüttet es richtig.

Pause.

ASTON Ich glaube, ich gehe mal rüber zur Goldhawk Road. Hab da mit einem Mann geredet. Er hatte eine Sägebank. Die war noch ganz gut in Schuss, fand ich. Glaub nicht, dass sie ihm noch viel nützt.

Pause.

Glaub, ich geh da mal rüber.

DAVIES Hör dir das an. Das war's dann mit meinem Ausflug nach Sidcup. He, wie wär's, wenn du jetzt hier mal das Fenster zumachst? Es tropft rein.

ASTON Dann mach's erst mal zu.

DAVIES macht das Fenster zu und sieht hinaus.

DAVIES Was ist denn da draußen alles unter der Plane?

ASTON Holz.

DAVIES Wozu?

ASTON Für meinen Schuppen.

DAVIES setzt sich auf sein Bett.

DAVIES Das Paar Schuhe, nach dem du für mich suchen wolltest, hast du noch nicht aufgegabelt, oder?

ASTON Oh. Nein. Mal sehen, ob ich heute welche besorgen kann.

DAVIES In denen hier kann ich ja wohl nicht da raus, oder? Ich kann nicht mal raus und eine Tasse Tee trinken.

ASTON Ein paar Häuser weiter gibt's ein Café.

DAVIES Kann ja gut sein, Kumpel.

Während ASTON redet, wird es im Zimmer immer dunkler.

Am Ende der Rede ist nur noch ASTON deutlich zu sehen. DAVIES und alle sonstigen Dinge im Zimmer liegen im Schatten. Die Verdunklung sollte so allmählich, so lang gezogen und unauffällig wie möglich vor sich gehen.

ASTON Früher war ich da ziemlich oft. Ach, ist jetzt schon Jahre her. Aber dann hab ich damit aufgehört. Früher war ich da gern. Hab ziemlich viel Zeit da drin verbracht. Das war, bevor ich weg bin. Kurz davor. Ich glaube, der … Laden hatte viel damit zu tun. Die waren alle … ein ganzes Stück älter als ich. Aber sie haben immer zugehört. Ich dachte … die verstehen, was ich sage. Ich meine, ich hab mit denen geredet. Ich hab zu viel geredet. Das war mein Fehler. Das Gleiche in der Fabrik. Beim Dastehen oder in den Pausen hab ich immer … über Sachen geredet. Und diese Männer, die haben immer zugehört, wenn ich … etwas zu sagen hatte. Das war schön. Das Problem war nur, dass ich immer irgendwie Halluzinationen hatte. Das waren keine Halluzinationen, das … ich hatte immer das Gefühl, dass ich Sachen sehen kann … ganz deutlich … alles … war so klar … alles war … alles wurde immer ganz still … alles wurde ganz still … das Ganze … still … und … dieser klare Blick … es war … aber vielleicht hab ich mich getäuscht. Jedenfalls hat wohl irgendwer irgendwas gesagt. Ich hab nichts davon gewusst. Und … irgendeine Lüge wurde wohl rumerzählt. Und diese Lüge hat die Runde gemacht. Die Leute benahmen sich langsam so komisch, fand ich. Im Café. Der Fabrik. Ich konnte das nicht verstehen. Dann, eines Tages, brachten sie mich in ein Krankenhaus, gleich hinter London. Sie … haben mich dort eingeliefert. Ich wollte da nicht hin. Jedenfalls … hab ich versucht, wegzulaufen, ein paarmal sogar. Aber … das war nicht so leicht. Sie haben mir Fragen gestellt, da drin. Haben mich eingeliefert und mir alle möglichen Fragen gestellt. Na ja, ich hab ihnen erzählt … als sie das wissen wollten … was mir so durch den Kopf ging. Hmmn. Dann, eines Tages … dieser Mann … Doktor, nehm ich mal an … der Leiter von denen … das war ein Mann mit einem … sehr guten Ruf … obwohl ich mir da nicht so sicher war. Er hat mich reingeholt. Er hat gesagt … er hat mir erklärt, dass ich irgendwas habe. Er hat gesagt, sie hätten ihre Untersuchungen abgeschlossen. Das hat er gesagt. Und er hat mir einen Stapel

Papiere gezeigt und gesagt, dass ich irgendwas habe, irgendwelche Beschwerden. Er hat gesagt … er hat nur das gesagt, ja. Sie haben da … diese Sache. Das sind Ihre Beschwerden. Und wir haben entschieden, sagte er, dass wir in Ihrem eigenen Interesse nur eins tun können. Er sagte … aber ich kann mich nicht mehr … genau erinnern … wie er es ausgedrückt hat … er sagte, wir machen irgendwas mit Ihrem Gehirn. Er sagte … wenn wir das nicht tun, bleiben Sie für den Rest Ihres Lebens hier drin, aber wenn wir es tun, haben Sie eine Chance. Sie können dann raus, sagte er, und leben wie alle anderen. Was wollen Sie denn mit meinem Gehirn machen, hab ich zu ihm gesagt. Aber er hat nur wiederholt, was er schon gesagt hatte. Na ja, ich war kein Idiot. Ich wusste, dass ich nicht volljährig bin. Ich wusste, dass er nichts mit mir machen kann, ohne eine Erlaubnis dafür. Ich wusste, dass er eine Erlaubnis von meiner Mutter braucht. Also hab ich ihr geschrieben und ihr erzählt, was sie machen wollen. Aber sie hat das Formular unterschrieben, ja, und ihnen die Erlaubnis gegeben. Ich weiß das, weil er mir ihre Unterschrift gezeigt hat, als ich das ansprach. Na ja, in der Nacht hab ich versucht zu fliehen, in der Nacht. Fünf Stunden lang hab ich an einem der Gitterstäbe vor dem Fenster in der Station gesägt. Die ganze Dunkelheit durch. Alle halbe Stunde haben sie immer mit einer Taschenlampe über die Betten geleuchtet. Also hab ich die Zeit genau abgepasst. Und dann war ich fast fertig, und ein Mann hatte einen … er hatte einen Anfall, direkt neben mir. Und jedenfalls haben sie mich erwischt. Eine Woche später etwa fingen sie dann an, vorbeizukommen und diese Sache mit dem Gehirn zu machen. Das sollte mit uns allen gemacht werden, auf dieser Station. Und sie kamen vorbei und machten es bei einem nach dem anderen. Einer pro Nacht. Ich war einer der Letzten. Und ich konnte ganz deutlich sehen, was sie mit den anderen machten. Sie kamen immer an mit diesen … ich weiß nicht, was das war … die sahen wie große Kneifzangen aus, mit Drähten dran, die Drähte steckten in einer kleinen Maschine. Die war elektrisch. Sie haben den Mann immer festgehalten, und dieser Chef … der Chefarzt hat die Kneifzangen angelegt, so wie Kopfhörer, er hat sie immer an beide Seiten des Schädels von dem Mann gelegt. Ein Mann hat die Maschine gehalten, ja, und er hat … sie eingeschaltet, und der Chef hat die Kneifzangen einfach auf beide Seiten des Schädels gedrückt und sie da gelassen. Dann hat er sie abgenommen. Sie deckten den Mann zu ... und fassten ihn nicht mehr an, erst später wieder. Manche haben sich gewehrt, aber die meisten nicht. Sie haben einfach dagelegen. Na ja, dann kamen sie bei mir an, und in der Nacht, als sie kamen, stand ich auf und stellte mich gegen die Wand. Sie sagten mir, ich soll mich aufs Bett legen, und ich wusste, dass sie mich aufs Bett kriegen mussten, weil, wenn sie das bei mir machen, während ich stehe, brechen sie mir womöglich die Wirbelsäule. Also bin ich aufgestanden, und dann sind ein oder zwei von denen auf mich los, na ja, da war ich noch jünger, ich war viel stärker als jetzt, ich war da noch ganz schön stark, den einen hab ich k.o. geschlagen, und einem anderen bin ich an die Gurgel, und dann hatte der Chef plötzlich diese Kneifzangen an meinem Schädel, und ich wusste, er darf das nicht machen, während ich stehe, weshalb ich … er hat's trotzdem gemacht. Also bin ich dann rausgekommen. Ich bin da wieder rausgekommen … aber ich konnte nicht so gut laufen. Ich glaube nicht, dass meine Wirbelsäule beschädigt war. Die war völlig in Ordnung. Das Problem war … in meinem Kopf … war jetzt alles ganz langsam … ich konnte überhaupt nicht denken … ich konnte … meine Gedanken … nicht mehr … ordnen … äääh … ich konnte … das gar nicht … ordnen. Das Problem war, dass ich nicht hören konnte, was die Leute gesagt haben. Ich konnte nicht nach rechts oder links sehen, ich musste starr geradeaus sehen, weil, wenn ich den Kopf gedreht habe … konnte ich mich nicht … auf den Beinen halten. Und ich hatte diese Kopfschmerzen. Ich saß immer in meinem Zimmer. Da hab ich noch bei meiner Mutter gewohnt. Und meinem Bruder. Der war jünger als ich. Ich hab alles ausgebreitet, ganz ordentlich, in meinem Zimmer, die ganzen Sachen, von denen ich wusste, die gehören mir, aber ich bin nicht gestorben. Dabei hätte ich tot sein sollen. Ich hätte sterben sollen. Na, jedenfalls geht es mir jetzt viel besser. Aber ich rede jetzt mit den Leuten nicht mehr. Ich halte mich fern von Orten wie dem Café. Ich gehe da jetzt nie mehr rein. Ich rede mit keinem ... so. Ich hab oft überlegt, ob ich da wieder hingehen soll und versuchen, den Mann zu finden, der mir das angetan hat. Aber erst will ich was anderes machen. Ich will da draußen im Garten den Schuppen bauen.

VORHANG

DRITTER AKT

Zwei Wochen später.

MICK liegt auf dem Boden, vorne rechts, mit dem Kopf auf dem zusammengerollten Teppich, und sieht hoch zur Decke.

DAVIES sitzt mit der Pfeife in der Hand auf dem Stuhl. Er trägt die Hausjacke. Es ist Nachmittag.

Stille.

DAVIES Ich hab das Gefühl, er hat irgendwas mit dem Loch gemacht.

Pause.

Guck doch, letzte Woche hat es in einem fort geregnet, aber es hat nicht in den Eimer getropft.

Pause.

Er muss das da oben zugeteert haben.

Pause.

Neulich Nacht ist jemand auf dem Dach rumgelaufen. Das muss er gewesen sein.

Pause.

Aber ich hab das Gefühl, er hat das da oben auf dem Dach zugeteert. Hat mir kein Wort davon gesagt. Sagt kein Wort zu mir.

Pause.

Er antwortet mir nicht, wenn ich mit ihm rede.

Er zündet ein Streichholz an, hält es an die Pfeife und bläst es aus.

Er gibt mir nicht mal ein Messer!

Pause.

Er gibt mir nicht mal ein Messer zum Brotschneiden!

Pause.

Wie soll ich einen Laib Brot schneiden ohne ein Messer?

Pause.

Völlig ausgeschlossen.

Pause.

MICK Du hast ein Messer.

DAVIES Was?

MICK Du hast ein Messer.

DAVIES Ich hab ein Messer, klar hab ich ein Messer, aber wie soll ich damit bitte schön einen ganzen Laib Brot schneiden? Das ist kein Brotmesser. Hat nichts mit Brotschneiden zu tun. Das hab ich irgendwo besorgt. Weiß ich, wo das schon überall gewesen ist, oder? Nein, was ich will –

MICK Ich weiß, was du willst.

Pause. DAVIES steht auf und geht zum Gasherd.

DAVIES Was ist mit diesem Gasherd? Er erzählt mir, er ist nicht angeschlossen. Woher weiß ich, dass er nicht angeschlossen ist? Hier bin ich, ich schlafe ja fast damit, ich wache mitten in der Nacht auf, ich gucke direkt in den Ofen, Mann! Der steht mir direkt vor der Nase, woher weiß ich das, ich könnte da im Bett liegen, das Ding geht hoch, und ich bin erledigt!

Pause.

Aber anscheinend nimmt er gar nicht zur Kenntnis, was ich ihm sage. Ich hab's ihm erst neulich erzählt, ja, ich hab ihm von den Negern erzählt, den Negern, die von nebenan rüberkommen und das Klo benutzen. Ich hab ihm erzählt, dass es da drin ganz dreckig ist, die ganzen Geländer sind dreckig, die waren schwarz, das ganze Klo war schwarz. Und was macht er? Angeblich trägt er doch hier die Verantwortung, aber er hat gar nichts gesagt, kein Wort hat er gesagt.

Pause.

Vor ein paar Wochen … hat er dagesessen und mir einen langen Vortrag gehalten … vor ein paar Wochen ungefähr. Hält er mir einen langen Vortrag. Seitdem hat er kaum ein Wort gesagt. Er hat geredet und geredet … weiß ich, was … er hat mich nicht mal angeguckt, hat gar nicht mit mir geredet, ich bin ihm egal. Er hat mit sich selbst geredet! Das ist seine einzige Sorge. Ich meine, du kommst bei mir an und fragst mich um Rat, so was würde er nie tun. Ich meine, wir führen nicht mal ein Gespräch, ja? Man kann nicht im selben Raum mit jemandem wohnen, der … der nicht mal ein Gespräch mit einem führt.

Pause.

Ich werde einfach nicht aus ihm schlau.

Pause.

Du und ich, wir könnten das Haus hier in Schuss bringen.

MICK (grübelnd) Ja, du hast völlig Recht. Überleg mal, was ich aus dem Haus alles machen könnte.

Pause.

Ich könnte das Haus in ein Penthouse umwandeln. Zum Beispiel … dieses Zimmer. Dieses Zimmer könnte man als Küche benutzen. Die richtige Größe, schönes Fenster, Sonnenseite. Ich würde … ich würde taubenblaue, kupferrote und pergamentfarbene Linoleumfliesen verlegen lassen. Diese Farben würde ich auch an den Wänden aufgreifen. Die Küchenzeilen würde ich als Kontrast mit anthrazitfarbenen Arbeitsflächen versehen. Viel Platz für Geschirrschränke. Wir hätten einen kleinen Wandschrank, einen großen Wandschrank, einen Eckwandschrank mit Drehregal. Man hätte Schränke in Hülle und Fülle. Gegenüber, auf der anderen Seite vom Flur, könnte das Esszimmer sein, was meinst du? Ja. Jalousien vor den Fenstern, Korkboden, Korkkacheln. Einen rustikalen Leinenläufer in gebrochenem Weiß, einen Tisch aus … aus Afromosia-Teak-Furnier, eine Anrichte mit mattschwarzen Schubladen, geschwungene Stühle mit gepolsterten Sitzen, Sessel aus hellbeigem Tweed, ein Sofa mit Buchenholzrahmen und Sitzfläche aus geflochtenem Schilf, einen Couchtisch mit weißer, hitzebeständiger Platte, weiß umkachelt. Ja. Dann das Schlafzimmer. Was ist ein Schlafzimmer? Ein Ort der Zuflucht. Ein Ort der Ruhe und des Friedens. Also möchte man dort eine gedämpfte Einrichtung. Funktionale Beleuchtung. Die Möbel … Mahagoni und Rosenholz. Dicker azurblauer Teppich, matt glänzende blauweiße Vorhänge, eine Tagesdecke mit einem Muster aus kleinen blauen Rosen auf weißem Grund, ein Schminktisch mit aufklappbarer Oberfläche und darin versenkter Plastikablage, eine Tischlampe aus weißem Bast … (MICK setzt sich auf.) Das wäre keine Wohnung, das wär ein Palast.

DAVIES Mann, kann man wohl sagen.

MICK Ein Palast.

DAVIES Wer würde da wohnen?

MICK Ich. Mein Bruder und ich.

Pause.

DAVIES Was ist mit mir?

MICK (leise) Dieser ganze Krempel hier ist doch nutzlos. Eine Fuhre Alteisen, mehr nicht. Sperrmüll. Aus so was lässt sich kein Zuhause bauen. Darin kann man sich unmöglich einrichten. Das ist Schrott. Nicht mal verkaufen könnte er das, keinen Pfennig würde er dafür kriegen.

Pause.

Schrott.

Pause.

Aber es interessiert ihn anscheinend nicht, was ich vorhabe, das ist das Problem. Warum redest du nicht mal mit ihm und findest heraus, ob es ihn interessieren würde?

DAVIES Ich?

MICK Ja. Du bist ein Freund von ihm.

DAVIES Er ist kein Freund von mir.

MICK Du wohnst doch mit ihm in einem Zimmer.

DAVIES Er ist kein Freund von mir. Man weiß nie, woran man bei ihm ist. Ich meine, bei einem Typen wie dir weiß man, woran man ist.

MICK sieht ihn an.

Ich meine, du hast auch deine Eigenarten, ich sag nicht, dass du nicht auch deine Eigenarten hast, merkt ja jeder. Du hast manchmal vielleicht eine komische Art, aber wer von uns hat die nicht, aber bei ihm ist das anders, verstehst du? Ich meine, bei dir weiß man wenigstens, also, du bist wenigstens …

MICK Aufrichtig.

DAVIES Genau, du bist aufrichtig.

MICK Ja.

DAVIES Aber bei ihm weiß man die meiste Zeit nicht, was er im Schilde führt!

MICK Aha.

DAVIES Er hat keine Gefühle!

Pause.

Was ich brauche, ist eine Uhr! Ich brauche eine Uhr, damit ich weiß, wie spät es ist! Wie soll ich wissen, wie spät es ist, ohne Uhr? Geht gar nicht! Ich hab zu ihm gesagt, hör mal, hab ich gesagt, wie wär's hier mit einer Uhr, damit ich weiß, wie spät es ist? Ich meine, wenn man nicht weiß, wie spät es gerade ist, steht man doch auf verlorenem Posten, oder? Weil, im Moment muss ich mich, wenn ich draußen durch die Gegend laufe, dauernd nach einer Uhr umschauen und die Zeit im Kopf behalten, wenn ich heimkomme. Aber das nützt nichts, ich bin keine fünf Minuten hier drin und hab sie vergessen. Ich hab vergessen, wie spät es war!

DAVIES läuft im Zimmer auf und ab.

Sieh's doch mal so. Wenn es mir nicht gut geht, mach ich ein kleines Nickerchen, und dann, wenn ich aufwache, weiß ich nicht, ob es Zeit ist für eine Tasse Tee! Beim Heimkommen ist das ja nicht so schlimm. Ich kann die Uhr an der Ecke sehen, wenn ich reingehe ins Haus, da weiß ich, wie spät es ist, aber wenn ich *drin* bin! Wenn ich dann *drin* bin … hab ich nicht die blasseste Ahnung, wie spät es ist!

Pause.

Nein, was ich hier drin brauche, ist eine Uhr, in diesem Zimmer, und dann hätte ich eine winzige Chance. Aber er gibt mir keine.

DAVIES setzt sich auf den Stuhl.

Er weckt mich auf! Mitten in der Nacht weckt er mich auf! Erzählt mir, ich mache Geräusche! Ich kann dir sagen, ich hätte nicht übel Lust, ihm eines Tages mal richtig den Marsch zu blasen.

MICK Er lässt dich nicht schlafen?

DAVIES Er lässt mich nicht schlafen! Er weckt mich auf!

MICK Das ist ja entsetzlich.

DAVIES Ich bin viel rumgekommen. Schlafen lassen haben die mich immer. Gilt auf der ganzen Welt. Außer hier.

MICK Schlaf ist das A und O. Hab ich schon immer gesagt.

DAVIES Richtig, das A und O. Ich stehe morgens auf und bin wie gerädert! Ich muss mich um meine Geschäfte kümmern. Ich muss auf Achse sein, ich muss Sachen regeln, ich muss Sachen auftreiben. Aber wenn ich morgens aufwache, habe ich gar keine Energie mehr. Und zu allem Überfluss hab ich auch keine Uhr.

MICK Ja.

DAVIES (steht, läuft umher) Er geht weg, weiß ich, wohin er geht, wo geht er hin, er erzählt mir ja nie was. Früher haben wir noch ein bisschen geredet, jetzt nicht mehr. Ich sehe ihn ja nie, er geht weg, kommt spät wieder, und als Nächstes scheucht er mich dann mitten in der Nacht durch die Gegend.

Pause.

Hör zu! Ich wache morgens auf … ich wache morgens auf, und er lächelt mich an! Er steht da, sieht mich an und lächelt! Ich kann ihn sehen, weißt du, ich kann ihn sehen durch meine Bettdecke. Er zieht seinen Mantel an, er dreht sich um, er guckt auf mein Bett runter, ein Lächeln auf dem Gesicht! Was zum Teufel gibt's da zu lächeln? Er weiß ja nicht, dass ich ihn durch die Bettdecke beobachte. Das weiß er doch gar nicht! Er weiß nicht, dass ich ihn sehen kann, er denkt, ich schlafe, aber ich behalte ihn die ganze Zeit durch die Bettdecke im Auge, verstehst du? Aber das weiß er doch nicht! Er guckt mich bloß an und lächelt, aber er weiß ja nicht, dass ich ihm dabei zusehen kann!

Pause.

(beugt sich dicht zu MICK hinunter) Nein, du müsstest, du müsstest mal mit ihm reden, verstehst du? Das ist … das ist mir klar geworden. Du müsstest ihm erzählen … dass wir Pläne für dieses Haus haben, wir könnten es ausbauen, wir könnten es wieder in Schwung bringen. Weißt du, ich könnte es für dich renovieren, ich könnte dabei mit anfassen … wir beide zusammen.

Pause.

Wo wohnst du jetzt?

MICK Ich? Ach, ich hab eine kleine Wohnung. Nicht schlecht. Stand alles schon drin. Du musst unbedingt mal auf einen Drink vorbeikommen. Bisschen Tschaikowsky hören.

DAVIES Nein, ich denke, du bist derjenige, der mal mit ihm reden sollte. Ich meine, du bist sein Bruder.

Pause.

MICK Ja … werd ich vielleicht.

Eine Tür schlägt zu.

MICK steht auf, geht zur Tür und verlässt den Raum.

DAVIES Wo gehst du hin? Das ist er!

Stille.

DAVIES steht, geht dann zum Fenster und sieht hinaus.

ASTON kommt herein. Er hat eine Papiertüte in der Hand. Er zieht seinen Mantel aus, öffnet die Tüte und zieht ein Paar Schuhe heraus.

ASTON Schuhe.

DAVIES (dreht sich um) Was?

ASTON Hab ich besorgt. Probier mal.

DAVIES Schuhe? Was für welche?

ASTON Vielleicht passen sie dir.

DAVIES kommt nach vorne, zieht seine Sandalen aus und probiert die Schuhe an. Er geht darin herum, wackelt mit den Füßen, bückt sich und fühlt das Leder.

DAVIES Nein, sind nicht die richtigen.

ASTON Nicht?

DAVIES Nein, die passen nicht.

ASTON Hmmn.

Pause.

DAVIES Ach, weißt du was, vielleicht gehen sie ja … bis ich ein anderes Paar kriege.

Pause.

Wo sind die Schnürsenkel?

ASTON Keine Schnürsenkel.

DAVIES Ohne Schnürsenkel kann ich sie nicht anziehen.

ASTON Ich hab nur die Schuhe bekommen.

DAVIES Also, das schlägt jetzt dem Fass den Boden aus! Ich meine, ohne Schnürsenkel kann man diese Schuhe doch gar nicht richtig anbehalten. Ohne Schnürsenkel kann man ein Paar Schuhe nur dann anbehalten, wenn man sich darin mit dem Fuß festkrallt, ja? Mit verkralltem Fuß durch die Gegend läuft, du verstehst? Tja, da ist der Fuß schnell hinüber. Da wird der Fuß falsch belastet. Wenn man die Schuhe anständig zubinden kann, belastet man den Fuß wesentlich weniger.

ASTON geht zum Kopfende seines Bettes.

ASTON Vielleicht hab ich noch irgendwo welche.

DAVIES Du verstehst, worauf ich hinauswill?

Pause.

ASTON Hier sind welche. (Er gibt sie DAVIES.)

DAVIES Das sind braune.

ASTON Andere habe ich nicht.

DAVIES Die Schuhe sind schwarz.

ASTON antwortet nicht.

Na ja, reichen fürs Erste, bis ich ein anderes Paar kriege.

DAVIES setzt sich auf den Stuhl und beginnt, die Schnürsenkel einzuziehen.

Vielleicht komme ich ja morgen damit runter nach Sidcup. Wenn ich da erst mal hinkäme, könnte ich alles regeln.

Pause.

Man hat mir einen guten Job angeboten. Ein Mann hat ihn mir angeboten, er … er hat eine Menge Ideen. Er hat eine große Zukunft. Aber die wollen meine Papiere, weißt du, die wollen meine Zeugnisse. Ich müsste erst runter nach Sidcup, bevor ich die in die Finger kriege. Da sind sie nämlich, ja? Das Problem ist, da hinzukommen. Das ist mein Problem. Das Wetter macht mir einen Strich durch die Rechnung.

ASTON verlässt leise und unbemerkt das Zimmer.

Weiß nicht, ob diese Schuhe viel nützen. Ist eine holprige Straße, bin die schon mal gegangen. Aus der anderen Richtung. Das letzte Mal, als ich von da weg bin, war es … das letzte Mal … ist schon ein Weilchen her … die Straße war schlecht, es goss in Strömen, reines Glück, dass ich da auf der Straße nicht gestorben bin, aber ich hab's hierher geschafft, ich ging weiter und weiter, den ganzen Weg … ja … ich bin den ganzen Weg gegangen. Aber wie dem auch sei, so kann es nicht weitergehen, ich muss dahin zurück, diesen Mann finden –

Er dreht sich um und sieht sich im Zimmer um.

Gott! Dieser Mistkerl, der hat mir gar nicht zugehört!

Dunkel.

Licht kommt schwach durch das Fenster.

Es ist Nacht. ASTON und DAVIES liegen im Bett, DAVIES stöhnt. ASTON setzt sich auf, steigt aus dem Bett, macht das Licht an, geht zu DAVIES und schüttelt ihn.

ASTON Hey, hör auf damit, ja? Ich kann nicht schlafen.

DAVIES Was? Was? Was ist los?

ASTON Du machst Geräusche.

DAVIES Ich bin ein alter Mann, was erwartest du, soll ich aufhören zu atmen?

ASTON Du machst Geräusche.

DAVIES Was erwartest du, soll ich aufhören zu atmen?

ASTON geht zu seinem Bett und zieht seine Hose an.

ASTON Ich gehe ein bisschen an die frische Luft.

DAVIES Was erwartest du? Eins sag ich dir, Kumpel, überrascht mich nicht, dass sie dich eingeliefert haben. Einen alten Mann mitten in der Nacht aufwecken, du hast doch nicht alle Tassen im Schrank. Ich träume schlecht, und wer ist schuld daran, dass ich schlecht träume? Wenn du mich hier nicht dauernd verarschen würdest, würde ich auch keine Geräusche machen! Was erwartest du, wie soll ich hier friedlich schlafen, wenn du mich dauernd anstupst? Was soll ich machen, aufhören zu atmen?

Er wirft die Decke weg und steigt aus dem Bett, er trägt Unterhemd, Weste und Hose.

Hier drin ist es so schweinekalt, dass ich beim Schlafengehen meine Hose anbehalten muss. Das hab ich in meinem ganzen Leben noch nicht gemacht. Aber hier muss ich das. Nur weil du keine verdammte Heizung einbaust! Ich hab die Schnauze voll, dass du mich dauernd verarschst. Ich hab schon bessere Zeiten erlebt als du, Mann. Mich hat jedenfalls noch keiner in so einen Laden gebracht. Bei mir stimmt noch alles! Also fang ja nicht an, mich zu verarschen. Ich werd mich anständig benehmen, solang du hier nicht über die Stränge schlägst. Schlag einfach nicht über die Stränge, mehr nicht. Weil, eins sag ich dir, dein Bruder hat dich auf dem Kieker. Der weiß alles über dich. In dem hab ich einen Freund, da kannst du ganz unbesorgt sein. Einen wahren Kumpel. Mich wie Dreck behandeln! Warum lädst du mich überhaupt ein, wenn du mich so behandeln willst? Wenn du dich für was Besseres hältst als mich, hast du dich geschnitten. Ich weiß Bescheid. Die haben dich schon mal in so einen Laden gesperrt, die können dich da auch wieder reinsperren. Dein Bruder hat dich auf dem Kieker! Die können die Kneifzangen wieder an deinen Kopf anlegen, Mann! Können die da wieder anlegen! Ruck, zuck. Ein Wort würde denen reichen. Die würden dich da reintragen, Kleiner. Die kommen her, holen dich ab und tragen dich rein! Die würden dich festschnallen! Die legen dir die Kneifzangen an den Kopf und schnallen dich fest! Die würden einen Blick werfen auf den ganzen Schrott, in dem ich hier schlafen muss, und sofort wissen, dass bei dir 'ne Schraube locker ist. Wenn du mich fragst, haben die einen Riesenfehler gemacht, dich da wieder rauszulassen. Weiß doch keiner, was mit dir los ist, du gehst weg, du kommst wieder, weiß doch keiner, was mit dir los ist! Also mit mir legt sich auf Dauer keiner an. Glaubst du etwa, ich erledige deine Dreckarbeit? Haaaahhhh! Da hast du dich geschnitten! Soll ich etwa die ganze Dreckarbeit machen, Treppe rauf, Treppe runter, nur damit ich Nacht für Nacht in diesem lausigen verfilzten Loch schlafen darf? Nicht mit mir, Kleiner. Nicht für dich, Kleiner. Du weißt doch die meiste Zeit selber nicht, was du im Schilde führst. Du sitzt in der Patsche! Du hast sie doch nicht mehr alle! Man muss dich ja nur angucken. Wer hat je gesehen, dass du mir auch nur ein paar Pence gegönnt hast? Hast mich behandelt wie ein verdammtes Tier! Ich war noch nie in der Klapse!

ASTON macht eine leichte Bewegung auf ihn zu. DAVIES zieht sein Messer aus der hinteren Hosentasche.

DAVIES Komm ja nicht auf dumme Gedanken, Kumpel. Ich hab das hier. Ich hab's schon benutzt. Ich hab's benutzt. Komm mir gar nicht erst so.

Eine Pause. Sie starren sich an.

Pass auf, was du tust.

Pause.

Nimm's lieber nicht mit mir auf.

Pause.

ASTON Ich ... ich glaube, es ist langsam Zeit, dass du

was anderes findest. Ich glaube, wir vertragen uns nicht.

DAVIES Was anderes finden?

ASTON Ja.

DAVIES Ich? Redest du mit mir? Nicht ich, Mann! Du!

ASTON Was?

DAVIES Du! Du findest besser was anderes!

ASTON Ich wohne hier. Du nicht.

DAVIES Ach nein? Tja, ich wohne hier. Man hat mir hier einen Job angeboten.

ASTON Ja … also, ich glaube nicht, dass du der Geeignete bist.

DAVIES Nicht geeignet? Also, ich kann dir sagen, dass jemand mich hier durchaus für geeignet hält. Und ich sag's dir. Ich bleib hier als Hausmeister! Kapiert! Dein Bruder, der hat's mir gesagt, ja, er hat gesagt, der Job gehört mir. Mir! Und hier bin ich. Ich werde sein Hausmeister.

ASTON Mein Bruder?

DAVIES Er bleibt, er wird das Haus hier verwalten, und ich bleibe bei ihm.

ASTON Wenn ich dir … ein paar Pence gebe, kannst du runter nach Sidcup gehen.

DAVIES Bau du erst mal deinen Schuppen! Ein paar Pence! Wo ich hier einen festen Monatslohn kriegen kann! Bau du erst mal deinen Stinke-Schuppen! So sieht's doch aus!

ASTON starrt ihn an.

ASTON Das ist kein Stinke-Schuppen.

Stille.

ASTON bewegt sich auf ihn zu.

Er ist sauber. Das ist alles gutes Holz. Ich bau ihn auf. Schaff ich schon.

DAVIES Komm mir nicht zu nahe!

ASTON Du hast keinen Grund, ihn Stinke-Schuppen zu nennen.

DAVIES richtet das Messer auf ihn.

Du stinkst.

DAVIES Was!

ASTON Du stinkst das ganze Zimmer voll.

DAVIES Gott, das sagst du mir!

ASTON Seit Tagen. Das ist ein Grund, warum ich nicht schlafen kann.

DAVIES So nennst du mich! Du nennst mich einen Stinker!

ASTON Du gehst besser.

DAVIES DIR ZEIG ICH, WAS STINKT!

Er stößt den Arm aus, der Arm zittert, das Messer zeigt auf ASTONS Bauch. ASTON bewegt sich nicht. Stille. DAVIES' Arm bewegt sich nicht weiter. Beide stehen da.

DAVIES Dir zeig ich, was stinkt …

Pause.

ASTON Pack deine Sachen.

DAVIES zieht das Messer an seine Brust zurück und atmet schwer. ASTON geht zu DAVIES' Bett, nimmt seine Tasche und packt ein paar von DAVIES' Sachen hinein.

DAVIES Du hast nicht … du hast nicht das Recht … Finger weg, das gehört mir!

DAVIES nimmt die Tasche und drückt den Inhalt zusammen.

Also gut … man hat mir hier einen Job angeboten … wart's ab … (Er zieht seine Hausjacke an.) … wart's ab … dein Bruder … der wird das schon regeln mit dir … so nennst du mich … so nennst du mich … so hat mich noch keiner genannt … (Er zieht seinen Mantel an.) Es wird dir noch Leid tun, dass du mich so genannt hast … das wird noch ein Nachspiel haben … (Er nimmt die Tasche und geht zur Tür.) Es wird dir noch Leid tun, dass du mich so genannt hast …

Er öffnet die Tür, ASTON beobachtet ihn.

Jetzt weiß ich, wem ich trauen kann.

DAVIES geht hinaus. ASTON bleibt stehen.

Dunkelheit.

Licht an. Früher Abend.

Stimmen auf der Treppe.

MICK und DAVIES kommen herein.

DAVIES Stinken! Hast du gehört! Ich! Ich hab dir erzählt, was er gesagt hat, oder? Stinken! Hast du gehört? Das hat er zu mir gesagt!

MICK Tss-tss-tss.

DAVIES Das hat er zu mir gesagt.

MICK Du stinkst nicht.

DAVIES Kein bisschen!

MICK Wenn du stinken würdest, wär ich der Erste, der es dir sagt.

DAVIES Meine Rede, ich hab ihm gesagt, er … Ich hab ihm gesagt, das wird noch ein Nachspiel haben, Mann! Ich hab gesagt, vergiss ja deinen Bruder nicht. Ich hab ihm gesagt, du kommst vorbei und regelst das mit ihm. Er weiß gar nicht, was er damit losgetreten hat. Mit dem, was er mir angetan hat. Ich hab ihm gesagt, ich hab ihm gesagt, der kommt vorbei, dein Bruder kommt vorbei, der hat Verstand, nicht wie du –

MICK Wie meinst du das?

DAVIES Hä?

MICK Willst du sagen, mein Bruder hat keinen Verstand?

DAVIES Was? Was ich sagen will, ist, du hast Pläne für dieses Haus, die ganze … die ganze Renovierung und so. Ich meine, er hat kein Recht, mir Befehle zu geben. Ich krieg meine Befehle von dir, ich bin dein Hausmeister, ich meine, du betrachtest mich als … du behandelst mich nicht wie ein Stück Dreck … wir können doch beide … wir können doch beide sehen, was er ist.

Pause.

MICK Was hat er gesagt, als du ihm erzählt hast, dass ich dir den Job als Hausmeister angeboten habe?

DAVIES Er … er hat gesagt … er sagte … so was wie … er würde hier wohnen.

MICK Ja, da ist was dran, oder?

DAVIES Was dran! Ist doch dein Haus, oder? Du lässt ihn hier wohnen!

MICK Ich könnte ihm sagen, er soll gehen, nehm ich an.

DAVIES Sag ich doch.

MICK Ja. Ich könnte ihm sagen, er soll gehen. Ich meine, ich bin der Besitzer. Andererseits ist er der momentane Mieter. Eine Kündigung, verstehst du, ist eine bürokratische Prozedur, ist nun mal so. Hängt davon ab, wie man dieses Zimmer einstuft. Ich meine, es hängt davon ab, ob man dieses Zimmer als möbliert oder unmöbliert einstuft. Du verstehst, was ich meine?

DAVIES Nein.

MICK Alle Möbel hier drin, ja?, gehören alle ihm, außer den Betten, natürlich. Also ist das eine juristische Spitzfindigkeit, ist nun mal so.

Pause.

DAVIES Wenn du mich fragst, soll er wieder dahin zurück, wo er herkommt!

MICK (dreht sich um und sieht ihn an) Herkommt?

DAVIES Ja.

MICK Wo kommt er denn her?

DAVIES Na … er … er …

MICK Du nimmst manchmal den Mund ganz schön voll, was?

Pause.

(Steht auf, brüsk) Na, jedenfalls, so, wie die Lage ist, würde ich hier gern loslegen und das Haus renovieren …

DAVIES Das wollte ich hören!

MICK Nein, würde ich gern.

Er dreht sich zu DAVIES um.

Aber ich hoffe für dich, dass du so gut bist, wie du behauptest.

DAVIES Wie meinst du das?

MICK Na, du hast doch gesagt, du bist Innenausstatter, ich hoffe für dich, du bist gut.

DAVIES Ein was?

MICK Wie meinst du das, ein was? Ein Ausstatter. Ein Innenausstatter.

DAVIES Ich? Wie meinst du das? So was hab ich nie erwähnt. So was hab ich nie gemacht.

MICK Was hast du nie?

DAVIES Nein, nein, ich nicht, Mann. Ich bin kein Innenausstatter. War viel zu beschäftigt. Hatte zu viel andere Sachen um die Ohren, verstehst du. Aber ich … aber ich könnte die meisten Handwerkssachen leicht lernen … gib mir … gib mir ein bisschen Zeit zum Üben.

MICK Ich will nicht, dass du übst. Ich will einen erstklassigen, erfahrenen Innenausstatter. Ich dachte, du wärst einer.

DAVIES Ich? Sekunde – Sekunde – da bist du an den Falschen geraten.

MICK Wie kann ich an den Falschen geraten sein? Du bist der Einzige, mit dem ich geredet habe. Du bist der Einzige, dem ich davon erzählt habe, von meinen Träumen, meinen tiefsten Wünschen, der Einzige, dem ich davon erzählt habe, und ich habe sie dir nur erzählt, weil ich davon ausging, dass du ein erfahrener, erstklassiger professioneller Innen- und Außenausstatter bist.

DAVIES Jetzt mal langsam –

MICK Du willst also sagen, dass du nicht weißt, wie man taubenblaue, kupferrote und pergamentfarbene Linoleumfliesen verlegt und wie man diese Farben an den Wänden wieder aufgreift?

DAVIES Jetzt mal langsam, wie kommst du auf –?

MICK Du könntest den Raum nicht ausstatten mit einem Tisch aus Afromosia-Teak-Furnier, einem Sessel aus hellbeigem Tweed und einem Sofa mit Buchenrahmen und Sitzfläche aus geflochtenem Schilf?

DAVIES Hab ich nie gesagt!

MICK Gott! Da muss ich wohl einen falschen Eindruck bekommen haben!

DAVIES Hab ich nie gesagt!

MICK Du bist ein verdammter Hochstapler, Freundchen!

DAVIES Also, so was muss ich mir nicht von dir sagen lassen. Du hast mich hier als Hausmeister eingestellt. Ich sollte dir zur Hand gehen, mehr nicht, für einen kleinen … für einen kleinen Lohn, ich hab nie was gesagt von … und du nennst mich hier –

MICK Wie nennst du dich nochmal?

DAVIES Lass diese –

MICK Nein, wie war dein richtiger Name?

DAVIES Mein richtiger Name ist Davies.

MICK Und unter welchem Namen läufst du herum?

DAVIES Jenkins!

MICK Du hast zwei Namen. Was sonst noch? Hm? Also los, warum hast du mir diesen ganzen Dreck erzählt, du wärst Innenausstatter?

DAVIES Hab ich dir nie erzählt! Hörst du nicht zu, was ich dir sage?

Pause.

Er hat dir das erzählt. Das muss dir dein Bruder erzählt haben. Der ist bekloppt! Der würde dir alles erzählen, aus reiner Bosheit, der ist bekloppt, der ist nicht ganz dicht, der hat dir das erzählt.

MICK geht langsam auf ihn zu.

MICK Wie hast du meinen Bruder genannt?

DAVIES Wann?

MICK Was ist er?

DAVIES Ich … jetzt überleg doch mal …

MICK Bekloppt? Wer ist hier bekloppt?

Pause.

Hast du meinen Bruder gerade bekloppt genannt? Meinen Bruder. Das ist eine ziemliche … eine ziemliche Dreistigkeit, das zu sagen, oder?

DAVIES Aber das sagt er doch selbst!

MICK geht langsam um DAVIES herum, mustert ihn, einmal. Er umkreist ihn, einmal.

MICK Was bist du nur für ein seltsamer Mann. Stimmt's, oder hab ich Recht? Du bist wirklich seltsam. Seit deinem allerersten Tag hier im Haus gab es nichts als Ärger. Ehrlich. Nichts, was du sagst, kann ich für bare Münze nehmen. Jedes Wort aus deinem Mund steht einer Vielzahl von verschiedenen Deutungen offen. Am meisten erzählst du Lügen. Du bist gewalttätig, du bist sprunghaft, du bist einfach vollkommen unberechenbar. Du bist nichts als ein wildes Tier, unterm Strich. Du bist ein Barbar. Und was dem Fass schließlich den Boden ausschlägt: Du stinkst vom Arsch bis zum Frühstückstisch. Sieh's doch mal so. Du kommst hierher und empfiehlst dich als Innenausstatter, woraufhin ich dich einstelle, und was passiert? Du hältst eine lange Rede über die ganzen Zeugnisse, die du unten in Sidcup hast, und was passiert? Mir ist nicht aufgefallen, dass du runter nach Sidcup gegangen wärst, um sie zu holen. Das Ganze ist höchst bedauerlich, aber es scheint fast, als müsste ich dich für deine Arbeit als Hausmeister auszahlen. Hier hast du einen halben Dollar.

Er kramt in seiner Hosentasche, nimmt eine halbe Krone heraus und wirft sie DAVIES vor die Füße. DAVIES steht still. MICK geht zum Gasherd und hebt den Buddha hoch.

DAVIES (langsam) Also gut … mach's ruhig … mach's doch … wenn du unbedingt willst …

MICK ICH WILL!

Er schleudert den Buddha gegen den Gasherd. Die Statue zerbricht.

(Leidenschaftlich) Man würde fast glauben, dass dieses Haus meine einzige Sorge ist. Ich hab eine Menge anderer Dinge, über die ich mir Sorgen machen kann. Ich hab noch andere Dinge. Ich hab eine Menge anderer Interessen. Ich muss mein eigenes Geschäft aufbauen, oder? Ich muss über Expansion nachdenken … in alle Richtungen. Ich stehe nicht still. Ich bin auf Achse, die ganze Zeit. Auf Achse … die ganze Zeit. Ich muss an die Zukunft denken. Ich mache mir keine Sorgen um dieses Haus. Es interessiert mich nicht. Soll sich mein Bruder darum Sorgen machen. Soll er es doch renovieren, soll er es doch herrichten, soll er doch tun damit, was er will. Ist mir egal. Ich dachte, ich tue ihm einen Gefallen, dass ich ihn hier wohnen lasse. Er hat seine eigenen Pläne. Ich geb's auf.

Pause.

DAVIES Und ich?

Stille. MICK sieht ihn nicht an.

Eine Tür schlägt.

Stille. Niemand rührt sich.

ASTON kommt herein. Er macht die Tür zu, kommt weiter ins Zimmer und steht MICK gegenüber. Sie sehen sich an. Beide lächeln schwach.

MICK (spricht mit ASTON) Sieh mal … äh …

Er bricht ab, geht zur Tür und verlässt das Zimmer. ASTON lässt die Tür offen, geht hinter DAVIES entlang, sieht den zerbrochenen Buddha und betrachtet für einen Moment die Scherben. Dann geht er zu seinem Bett, zieht den Mantel aus, setzt sich, nimmt den Schraubenzieher und den Stecker und stochert darin herum.

DAVIES Ich wollte nur kurz meine Pfeife holen.

ASTON Ach so.

DAVIES Ich war draußen und … auf halbem Weg hab ich … hab ich plötzlich … gemerkt … weißt du … dass ich meine Pfeife vergessen hatte. Also wollte ich sie kurz holen …

Pause. Er bewegt sich auf ASTON zu.

Das ist nicht derselbe Stecker, oder, den du da …?

Pause.

Kommst nicht weiter damit, was?

Pause.

Tja, wenn du … am Ball bleibst, wirst du bestimmt …

Pause.

Hör mal …

Pause.

Du hast das nicht so gemeint, oder, dass ich stinke, oder?

Pause.

Oder? Du warst für mich immer ein guter Freund. Du hast mich hier aufgenommen. Du hast mich aufgenommen, du hast mir keine Fragen gestellt, du hast mir ein Bett gegeben, du warst mein Kumpel. Hör mal. Ich hab nachgedacht, warum ich diese ganzen Geräusche gemacht habe, das war wegen dem Zug, verstehst du, ich hab beim Schlafen Zug gekriegt, daher die Geräusche, ohne dass ich's gemerkt habe, also hab ich nachgedacht, ich will damit sagen, wenn du mir vielleicht dein Bett gibst, und du nimmst mein Bett, die unterscheiden sich ja nicht groß, sind ja die gleichen Betten, wenn ich deins haben könnte, du schläfst doch in jedem Bett gut, also nimmst du meins, ich deins, und der Fall wäre erledigt, ich liege nicht mehr im Zug, verstehst du, ich meine, dich stört das bisschen Wind nicht, du brauchst ein bisschen frische Luft, kann ich auch gut begreifen, wo du damals in diesem Laden da warst, mit den ganzen Ärzten und dem Ganzen, was sie da gemacht haben, eingesperrt, ich kenne diese Läden, zu heiß, da ist es immer zu heiß, hab da mal einen Blick rein riskiert, ich bin fast erstickt, also schätze ich, das wäre die beste Lösung, wir tauschen die Betten, und dann machen wir es so, wie wir gesagt hatten, ich kümmere mich für dich um das Haus, ich behalte hier alles im Auge für dich, für dich, ja?, nicht für den andern … nicht für … für deinen Bruder, weißt du, nicht für ihn, für dich, ich bin dein Mann, ein Wort von dir reicht, ein Wort bloß …

Pause.

Wie gefällt dir das, was ich sage?

Pause.

ASTON Nein, ich schlafe gern in diesem Bett.

DAVIES Aber du verstehst nicht, was ich meine!

ASTON Außerdem, das da ist das Bett von meinem Bruder.

DAVIES Deinem Bruder?

ASTON Wenn er hier übernachtet. Das hier ist mein Bett. Das ist das einzige Bett, in dem ich schlafen kann.

DAVIES Aber dein Bruder ist weg! Er ist weg!

Pause.

ASTON Nein. Ich könnte das Bett nicht wechseln.

DAVIES Aber du verstehst nicht, was ich meine!

ASTON Außerdem bin ich viel zu beschäftigt. Ich muss den Schuppen bauen. Wenn ich ihn jetzt nicht baue, baue ich ihn nie. Und bis er nicht gebaut ist, kann ich nicht anfangen.

DAVIES Ich geh dir zur Hand, wenn du deinen Schuppen baust, gern!

Pause.

Ich geh dir zur Hand! Wir bauen den Schuppen zusammen, wir zwei! Hm? Schaffen wir in null Komma nichts! Verstehst du, was ich sage?

Pause.

ASTON Nein. Ich kann den allein bauen.

DAVIES Aber hör zu. Ich bin hier, ich mein's gut, ich mach das für dich!

Pause.

Wir machen das zusammen.

Pause.

Gott, wir tauschen die Betten!

ASTON geht zum Fenster und dreht DAVIES den Rücken zu.

Soll das heißen, du schmeißt mich raus? Das kannst du nicht machen. Hör zu, Mann, hör zu, Mann, ist mir egal, ja?, ist mir egal, ich bleibe, ist mir egal, ich sag dir was, wenn du die Betten nicht tauschen willst, dann lassen wir alles beim

Alten, ich bleibe im gleichen Bett, wenn ich vielleicht einen dickeren Sack kriegen kann, ja?, den man vors Fenster hängt, der den Zug abhält, das genügt doch, was sagst du, wir lassen alles beim Alten?

Pause.

ASTON Nein.

DAVIES Warum … nicht?

ASTON dreht sich um und sieht ihn an.

ASTON Du machst zu viele Geräusche.

DAVIES Aber … aber … guck mal … hör doch … hör zu … ich meine …

ASTON dreht sich wieder zum Fenster.

Was soll ich jetzt machen?

Pause.

Was soll ich machen?

Pause.

Wo soll ich jetzt hin?

Pause.

Wenn du willst, dass ich gehe … gehe ich. Ein Wort von dir reicht.

Pause.

Aber weißt du was … die Schuhe … die Schuhe, die du mir gegeben hast … die passen ganz gut … die sind ganz gut. Vielleicht könnte ich … runter nach …

ASTON verhält sich still, steht mit dem Rücken zu DAVIES am Fenster.

Hör zu … wenn ich … da runterkäme … wenn ich da … meine Papiere kriege … würdest du … würdest du mich dann … würdest du … wenn ich da runterkäme … und sie kriegen würde …

Lange Stille.

VORHANG

Die Heimkehr | The Homecoming

Deutsch von Michael Walter

Die Uraufführung von *Die Heimkehr* war am 3. 6. 1965 in einer Produktion der Royal Shakespeare Company am Aldwych Theatre, London (Regie: Peter Hall).

Die deutschsprachige Erstaufführung war am 11. 10. 1965 am Schloßpark-Theater, Berlin (Regie: Hans Schweikart).

Personen: MAX (70), LENNY (Anfang 30), SAM (63), JOEY (Mitte 20), TEDDY (Mitte 30), RUTH (Anfang 30)

SOMMER

Ein altes Haus im Norden Londons.

Ein großes Zimmer nimmt die ganze Bühnenbreite ein.

Die Rückwand mit der ehemaligen Tür ist entfernt worden. Übrig geblieben ist eine Art rechteckiger Bogen. Dahinter der Hausflur. Im Hausflur eine Treppe, die gut sichtbar nach rechts oben führt. Links hinten die Haustür. Ein Garderobenständer, Haken usw.

Im Zimmer ein Fenster, links. Einige Tische und Stühle. Zwei große Sessel. Ein großes Sofa, rechts. An der linken Wand eine große Anrichte mit einem Spiegelaufbau. Hinten rechts eine Musiktruhe.

ERSTER AKT

Abend.

LENNY sitzt mit einer Zeitung und einem Bleistift in der Hand auf dem Sofa. Er trägt einen dunklen Anzug. Er streicht auf der letzten Seite hin und wieder etwas an.

MAX kommt aus Richtung Küche herein. Er geht zur Anrichte, zieht die oberste Schublade heraus, kramt darin und schiebt sie wieder zu.

Er trägt eine alte Strickjacke und eine Mütze und hat einen Stock in der Hand.

Er kommt in den Vordergrund, bleibt stehen, schaut sich im Zimmer um.

MAX Was hast du mit der Schere gemacht?

Pause.

Ich hab gesagt, ich suche die Schere. Was hast du damit gemacht?

Pause.

Hörst du nicht? Ich will aus der Zeitung was ausschneiden.

LENNY Ich lese die Zeitung.

MAX Doch nicht die. Die hab ich ja noch gar nicht gelesen. Die vom letzten Sonntag meine ich. Eben hab ich in der Küche drin geblättert.

Pause

Hörst du mich nicht? Ich rede mit dir! Wo ist die Schere?

LENNY (blickt auf, ruhig) Wieso hältst du nicht die Klappe, du Volltrottel?

MAX richtet den Stock auf LENNY.

MAX So redest du nicht mit mir. Ich warne dich.

Er setzt sich in einen großen Sessel.

In der Zeitung ist eine Anzeige. Flanellunterhemden. Sonderangebot. Ein Marine-Restposten. Da könnte ich welche von brauchen.

Pause.

Ich glaube, ich rauche mal eine. Gib mir 'ne Fluppe.

Pause.

Ich habe dich eben um eine Zigarette gebeten.

Pause.

Als hätte ich nicht schon genug am Hals.

Er fischt eine zerdrückte Zigarette aus der Tasche.

Ich werde alt, ich sag's dir.

Er zündet sich die Zigarette an.

Meinst du, ich hätt's nicht draufgehabt? Dich hätte ich mit links fertig gemacht, fix und fertig. Ich hab immer noch Kraft. Frag deinen Onkel Sam, was ich für einer war. Aber trotzdem, immer ein weiches Herz. Immer.

Pause.

MacGregor, mit dem bin ich damals rumgezogen. Mac hab ich ihn genannt. Du erinnerst dich an Mac? Ja?

Pause.

Hah! Im ganzen West End von London waren wir

verschrien, wir zwei. Ich sag's dir, die Narben sind heute noch zu sehn. Wir sind irgendwo reinspaziert und alle standen auf und haben uns Platz gemacht. Eine Stille, da träumst du von. Na ja, er war auch ein Riesentrumm, über eins achtzig. Das waren alles MacGregors, seine Sippe, die kamen aus Aberdeen, von da oben, aber nur ihn haben sie Mac genannt.

Pause.

Mac mochte deine Mutter. Sehr. Hat ihr immer Komplimente gemacht.

Pause.

Na, sie war auch gar nicht so übel. Ich hab zwar das Kotzen gekriegt, wenn ich ihre Scheißfresse nur gesehen hab, aber sie war gar nicht so übel, die Schlampe. Jedenfalls hab ich ihr meine besten Jahre geopfert.

LENNY Schnauze, du blödes Arschloch, ich les hier die Zeitung.

MAX Hör mal! Red nicht so mit mir oder ich mach Hackfleisch aus dir! Kapiert? So redest du nicht mit deinem verwanzten Vater!

LENNY Ich sag's dir, langsam verblödest du.

Pause.

Was ist mit Second Wind, jetzt im Rennen um halb vier?

MAX Wo?

LENNY Sandown Park.

MAX Der hat keine Chance.

LENNY Aber klar.

MAX Keine Chance.

LENNY Der wird Sieger.

LENNY streicht den Namen in der Zeitung an.

MAX Der will mir was über Pferde erzählen.

Pause.

Ich hab ja praktisch auf dem Rennplatz gelebt. War das Einzige, was mehr gezählt hat. Epsom? Kannte ich doch wie meine Westentasche. Am Sattelplatz wusste jeder, wer ich bin. Immer an der frischen Luft, herrlich.

Pause.

Der will mir was über Pferde erzählen. Du liest doch bloß ihre Namen in der Zeitung. Aber ich hab ihre Mähnen gestreichelt. Ich hab sie gehalten, ich hab sie vor den großen Rennen beruhigt. Immer haben sie mich geholt. Max, sagten sie, das Pferd hier ist hochnervös, du bist der Einzige auf dem Platz, der es beruhigen kann. Das stimmte. Ich hab ein … ich hab ein instinktives Gespür für Tiere. Trainer hätte ich werden sollen. Ist mir oft angeboten worden, der Job – verstehst du, eine richtige Stelle beim Herzog von … weiß nicht mehr welcher … irgend so ein Herzog. Aber ich hatte ja familiäre Verpflichtungen, meine Familie brauchte mich zu Hause.

Pause.

Wie oft hab ich die Tiere über die Ziellinie donnern sehen. Das ist ein Erlebnis. Übrigens hab ich nie verloren, ich hab immer was dabei verdient, und weißt du, warum? Weil ich immer schon einen Riecher für ein gutes Pferd hatte.

Ich hab das gerochen. Und nicht nur bei den Junghengsten, auch bei den Stuten. Die Jungstuten sind nämlich nervöser als die Hengste, hast du das gewusst? Nein, was weißt du denn schon? Nichts. Aber ich konnte eine gute Jungstute immer erkennen, da hatte ich einen Trick. Ich hab ihr in die Augen gesehen. Verstehst du? Ich hab mich vor sie hingestellt und ihr direkt in die Augen geschaut, wie so eine Art Hypnose, und mit diesem Blick, tief in ihre Augen, konnte ich erkennen, ob sie ein Steher war oder nicht. War eben eine Begabung von mir.

Pause.

Und der will mir was über Pferde erzählen.

LENNY Ich würde jetzt gerne das Thema wechseln, ja, Dad?

Pause.

Ich möchte dich was fragen. Unser Essen vorhin, was sollte das darstellen? Wie heißt so was?

Pause.

Warum kaufst du dir keinen Hund? Der würde so was fressen. Ehrlich. Aber du kochst hier nicht für ein Rudel Hunde.

MAX Wenn's dir nicht passt, kannst du ja gehen.

LENNY Genau das werd ich machen. Ich gehe und leiste mir ein gutes Essen.

MAX Na los, geh schon! Worauf wartest du?

LENNY sieht ihn an.

LENNY Was hast du gesagt?

MAX Ich hab gesagt, zisch ab, das hab ich gesagt.

LENNY Du machst den Abgang vor mir, Dad, wenn du in dem Ton mit mir redest.

MAX Ach ja, du Drecksack?

MAX packt seinen Stock.

LENNY Aber Daddy, du wirst mich doch nicht mit dem Stock verprügeln? Schlag mich nicht mit dem Stock, Daddy. Nein, bitte. Ich war's nicht, es war einer von den anderen. Ich hab nichts ausgefressen, Dad, ehrlich. Verhau mich nicht mit dem Stock, Dad.

Pause.

MAX sitzt zusammengekauert da. LENNY liest die Zeitung.

SAM kommt zur Haustür herein. Er trägt eine Chauffeursuniform. Er hängt seine Mütze an einen Haken im Flur und tritt ins Zimmer. Er geht zu einem Sessel, setzt sich und seufzt.

LENNY Hallo, Onkel Sam.

SAM Hallo.

LENNY Wie geht's, Onkelchen?

SAM Geht so. Bisschen müde.

LENNY Müde? Klar bist du müde. Wo warst du denn?

SAM Draußen am Flughafen.

LENNY So weit raus? Die ganze M4 hoch?

SAM Ja, bis ganz raus.

LENNY Ts, ts ts. Da hast du alles Recht, müde zu sein, Onkel.

SAM Wegen der Autofahrer.

LENNY Ich weiß. Das meine ich ja. Die Autofahrer.

SAM Schafft einen total.

Pause.

MAX Ich bin auch noch da.

SAM sieht ihn an.

Ich hab gesagt, ich bin auch noch da. Ich sitze hier.

SAM Ich weiß, dass du da bist.

Pause.

Ich hab heute einen Ami rausgefahren … zum Flughafen.

LENNY Einen Ami, ach ja?

SAM Ja, hab ihn den ganzen Tag rumkutschiert. Um halb eins am Savoy abgeholt, zum Mittagessen ins Caprice gefahren. Nach dem Essen wieder eingesammelt, und zu einer Adresse am Eaton Square chauffiert – er wollte da wohl einen Besuch machen –, und um die Teezeit hab ich ihn dann zum Flughafen rausgefahren.

LENNY Musste wohl seinen Flieger kriegen.

SAM Ja. Und das hat er mir geschenkt. Eine Kiste Zigarren.

SAM holt eine Kiste Zigarren aus der Tasche.

MAX Komm her. Lass mal sehen.

SAM zeigt MAX die Zigarren. MAX nimmt eine aus der Kiste, drückt sie und riecht daran.

Das ist eine anständige Zigarre.

SAM Willst du eine probieren?

MAX und SAM zünden sich Zigarren an.

Weißt du, was er zu mir gesagt hat. Er hat gesagt, ich sei der beste Chauffeur, den er je gehabt hätte. Der beste.

MAX In welcher Hinsicht?

SAM Was?

MAX In welcher Hinsicht?

LENNY Hinsichtlich seiner Fahrkünste, Dad, und seiner allgemeinen Höflichkeit, nehme ich mal an.

MAX Er meint also, dass du ein guter Fahrer bist, Sam? Hat dir ja auch eine erstklassige Zigarre geschenkt.

SAM Ja, ich sei der beste, den er je gehabt hätte. Das sagen nämlich alle. Sie wollen keinen anderen, sie verlangen immer mich. Sie sagen, ich sei der beste Chauffeur in der Firma.

LENNY Na, Onkel, da sind die anderen Fahrer doch bestimmt neidisch.

SAM Und wie. Sie sind sehr neidisch.

MAX Warum?

Pause.

SAM Ich hab's dir eben gesagt.

MAX Nein, das kapier ich nicht, Sam. Warum sind die anderen Fahrer neidisch?

SAM Weil ich a) der beste Fahrer bin und … b) weil ich mir keine Freiheiten rausnehme.

Pause.

Ich dränge mich nicht auf, verstehst du. So Big-Business-Leute, Männer von Welt, die wollen nicht, dass der Fahrer in einer Tour quasselt, die wollen hinten im Fond sitzen und ihre Ruhe haben. Die sitzen ja schließlich in einem Humber Super Snipe, die können sich Entspannung leisten. Andererseits, und das ist eben das Besondere an mir … weiß ich, wie man denen die Zeit vertreibt, wenn das gewünscht wird.

Pause.

Zum Beispiel dem Mann heute, dem hab ich erzählt, dass ich im Zweiten Weltkrieg war. Nicht im Ersten. Für den Ersten sei ich zu jung, hab ich erzählt. Aber im Zweiten, da hätte ich gekämpft.

Pause.

Und er auch, hat sich rausgestellt.

LENNY steht auf, geht zum Spiegel und rückt seine Krawatte gerade.

LENNY Vermutlich war er Colonel oder irgendwas bei der amerikanischen Luftwaffe.

SAM Ja.

LENNY Vermutlich Navigator oder irgend so was in einem Kampfflugzeug. Jetzt steht er wahrscheinlich an der Spitze eines globalen Konsortiums von Luftfahrtingenieuren.

SAM Ja.

LENNY Ja, die Sorte Leute kenne ich.

LENNY geht hinaus, wendet sich nach rechts.

SAM Ich hab schließlich Erfahrung. Ich hab mit neunzehn einen Müllwagen gefahren. Dann war ich beim Güterfernverkehr. Zehn Jahre Taxifahrer und fünf Jahre Privatchauffeur.

MAX Komisch, dass du nie geheiratet hast. Einer mit so vielen Talenten.

Pause.

Ist doch wahr. Einer wie du.

SAM Noch ist Zeit.

MAX Ach ja?

Pause.

SAM Du würdest dich wundern.

MAX Was hast du gemacht? Deine Kundinnen gebumst?

SAM Ich doch nicht.

MAX Hinten im Snipe? In der Parkbucht locker einen weggesteckt, ja?

SAM Ich doch nicht.

MAX Auf dem Rücksitz? Und die Armlehne? War die hochgeklappt oder nicht?

SAM So was hab ich nie in meinem Wagen gemacht.

MAX Für so was bist du dir wohl zu fein, Sam?

SAM Ganz genau.

MAX Zu fein für eine tolle Nummer auf dem Rücksitz, ja?

SAM Ja, das überlasse ich anderen.

MAX Das überlässt du anderen? Welchen anderen? Du Lahmarsch!

SAM Ich versau mir doch nicht meinen Wagen! Oder den … den Wagen meines Chefs! So wie andere Leute.

MAX Andere Leute? Was für andere Leute?

Pause.

Was für andere Leute?

Pause.

SAM Andere Leute.

Pause.

MAX Wenn du die Richtige findest, Sam, sag deiner Familie Bescheid, denk dran, du kriegst eine Eins-a-Abschiedsfeier, Hand drauf. Du kannst mit ihr hier wohnen, sie kann uns alle glücklich machen. Wir würden sie abwechselnd im Park spazieren führen.

SAM Ich würde sie nicht herbringen.

MAX Deine Entscheidung, Sam. Du kannst deine Braut gerne herbringen, hierher, wo du wohnst, du kannst aber auch eine Suite im Dorchester mieten. Das liegt ganz bei dir.

SAM Ich habe keine Braut.

SAM steht auf, geht zur Anrichte, nimmt einen Apfel aus der Schale und beißt hinein.

Mir knurrt der Magen.

Er sieht aus dem Fenster.

Eine Braut wie deine krieg ich sowieso nicht. Eine wie deine … gibt's heutzutage nicht mehr. Eine wie Jessie.

Pause.

Immerhin, ab und zu hab ich sie ja mitgenommen. Ab und zu in meinem Taxi durch die Gegend gefahren. Sie war eine charmante Frau.

Pause.

Aber sie war ja deine Frau. Trotzdem … es waren mit die schönsten Abende in meinem ganzen Leben. Hab sie einfach rumgefahren. Es war mir ein Vergnügen.

MAX (leise, schließt die Augen) Herrgott.

SAM Ich hab an einer Imbissbude gehalten und ihr einen Kaffee spendiert. Es war immer sehr nett mit ihr.

Pause.

JOEY kommt zur Haustür herein. Er geht ins Zimmer, zieht die Jacke aus, wirft sie auf einen Stuhl und bleibt stehen.

JOEY Ich müsste jetzt mal was essen.

SAM Ich auch.

MAX Was glaubt ihr, wer ich bin, eure Mutter? So geht's nicht. Ihr kommt hier zur jeder Tages- und Nachtzeit an wie die Tiere. Sucht euch gefälligst eine Mutter.

LENNY kommt ins Zimmer, bleibt stehen.

JOEY Ich hab im Boxstudio trainiert.

SAM Ja, der Junge hat den ganzen Tag geschuftet und den ganzen Abend trainiert.

MAX Was willst du eigentlich, du Sack? Hockst den ganzen Tag am Flughafen auf deinem Arsch. Kauf dir doch da was. Meinst du, ich warte nur darauf, dass ich in die Küche rennen darf, sobald du zur Tür reinkommst? Du bist jetzt dreiundsechzig, wieso lernst du nicht kochen?

SAM Ich kann kochen.

MAX Na los, dann koch was!

Pause.

LENNY Aber Dad, die Jungs wollen doch deine ganz speziellen Kochkünste. Da freuen sich die Jungs drauf. Das spezielle Gespür fürs Essen, das du eben hast, Dad.

MAX Jetzt sag nicht Dad. Sag ja nicht dauernd Dad zu mir, ist das klar?

LENNY Aber ich bin dein Sohn. Du hast mich doch jeden Abend ins Bett gepackt. Dich doch auch, Joey?

Pause.

Er hat seine Söhne immer gern ins Bett gepackt.

LENNY dreht sich um und geht zur Haustür.

MAX Lenny.

LENNY (dreht sich um) Was?

MAX Ich pack dich abends bald mal richtig ins Bett, mein Junge. Kannst dich drauf verlassen.

Sie sehen sich an.

LENNY öffnet die Haustür und geht hinaus.

Pause.

JOEY Ich hab mit Bobby Dodd trainiert.

Pause.

Und auch ein paar Runden am Sandsack.

Pause.

Ich war nicht schlecht in Form.

MAX Boxen ist ein nobler Sport.

Pause.

Ich sag dir, was du machen musst. Du musst lernen, wie man sich verteidigt, und du musst lernen, wie man angreift. Das ist dein einziges Handicap als Boxer. Du weißt nicht, wie man sich verteidigt, und du weißt nicht, wie man angreift.

Pause.

Wenn du die Kunst erst mal beherrschst, marschierst du direkt an die Spitze.

Pause.

JOEY Ich weiß ziemlich genau, … wie man das macht.

JOEY sieht sich nach seiner Jacke um, nimmt sie, geht aus dem Zimmer und die Treppe hoch.

Pause.

MAX Sam … warum gehst du nicht auch, na? Warum gehst du nicht einfach rauf? Lass mich in Ruhe. Lass mich allein.

SAM Ich will mal was klarstellen, Max, wegen Jessie. Ein für alle Mal. Als ich mit ihr im Taxi spazieren gefahren bin, da hab ich mich für dich um sie gekümmert. Ich hab für dich auf sie aufgepasst, als du beschäftigt warst. Ich hab ihr das West End gezeigt.

Pause.

Keinem deiner anderen Brüder hättest du

vertraut. Mac hättest du auch nicht vertraut. Aber mir hast du vertraut. Wenn ich dich daran erinnern darf.

Pause.

Ist Mac ist nicht vor ein paar Jahren gestorben? Er ist tot, ja?

Pause.

Das war ein korrupter, stinkiger, verwanzter Schwätzer. Ein grober, verlogener, debiler Arschkriecher. Na ja, er war ein guter Freund von dir.

Pause.

MAX He, Sam …

SAM Was?

MAX Wieso bist du eigentlich noch hier? Du bist doch bloß eine alte Wanze.

SAM So?

MAX Du bist eine Made.

SAM Ach ja?

MAX Sobald du aufhörst, die Kosten hier mit zu tragen, wenn du nämlich zu alt bist, um die Kosten mit zu tragen, weißt du, was ich dann mache? Dann schmeiß ich dich raus.

SAM Ach so, aha?

MAX Klar. Solange du das Geld anschleppst, da dulde ich dich. Aber wenn du bei der Firma rausfliegst – kannst du abzittern.

SAM Das ist genauso gut mein Haus. Das war das Haus unserer Mutter.

MAX Ein Dreck nach dem anderen. Eine Schweinerei nach der anderen.

SAM Das Haus unseres Vaters.

MAX Als hätte ich nicht schon genug am Hals. Ein Mordsscheißhaufen nach dem anderen. Eine stinkende Eiterlawine nach der anderen.

Pause.

Unser Vater! Ich hab ihn nicht vergessen. Keine Sorge. Du machst dir was vor. Er ist zu mir gekommen und hat auf mich runtergesehen. Mein Alter. Er hat sich über mich gebeugt, und dann hat er mich hochgehoben. Ich war erst so groß. Hat mich auf den Knien geschaukelt. Mir das Fläschchen gegeben. Mich sauber gewischt. Angelächelt. Auf den Popo geklopft. Mich rumgereicht, von einem zum anderen. In die Luft geworfen. Und wieder aufgefangen. Meinen Vater hab ich nicht vergessen.

Blackout.

Licht an.

Nacht.

TEDDY und RUTH stehen auf der Türschwelle des Zimmers.

Beide sind gut gekleidet und tragen helle leichte Sommerkleidung und helle leichte Regenmäntel.

Zwei Koffer stehen neben ihnen.

Sie blicken sich im Zimmer um. TEDDY wirft den Schlüssel hoch und fängt ihn wieder. Er lächelt.

TEDDY Na also, der Schlüssel hat gepasst.

Pause.

Sie haben das Schloss nicht ausgewechselt.

Pause.

RUTH Keiner da.

TEDDY (blickt nach oben) Sie schlafen.

Pause.

RUTH Kann ich mich setzen?

TEDDY Natürlich.

RUTH Ich bin müde.

Pause.

TEDDY Dann setz dich.

Sie rührt sich nicht.

Das ist der Sessel meines Vaters.

RUTH Der da?

TEDDY (lächelnd) Ja, der da. Soll ich raufgehen und nachsehen, ob mein Zimmer noch da ist?

RUTH Es ja kann nicht weg sein.

TEDDY Nein, ob mein Bett noch da ist, meine ich.

RUTH Es könnte jemand drin liegen.

TEDDY Nein. Sie haben ihre eigenen Betten.

Pause.

RUTH Solltest du nicht jemand wecken? Bescheid sagen, dass du da bist?

TEDDY Nicht mitten in der Nacht. Es ist zu spät.

Pause.

Soll ich raufgehen?

Er geht in den Flur, sieht die Treppe hoch, kommt zurück.

Warum setzt du dich nicht?

Pause.

Ich geh mal rauf … nachschauen.

Er schleicht sich die Treppe hoch.

RUTH bleibt stehen, geht dann langsam durchs Zimmer.

TEDDY kommt zurück.

Es ist noch da. Mein Zimmer. Leer. Das Bett steht drin. Was machst du denn da?

Sie sieht ihn an.

Bettdecken, aber keine Laken. Finde ich schon, die Laken. Ich habe Schnarchen gehört. Ehrlich. Ich glaube, sie sind noch alle da. Die schnarchen alle da oben. Ist dir kalt?

RUTH Nein.

TEDDY Ich mach was zu trinken, wenn du möchtest. Was Heißes.

RUTH Nein, ich will nichts.

TEDDY läuft herum.

TEDDY Wie findest du das Zimmer? Groß, was? Es ist ein großes Haus. Ich meine, es ist ein schönes Zimmer, findest du nicht? Da drüben war übrigens mal eine Wand … mit einer Tür. Wir haben sie rausgenommen … vor Jahren … weil wir lieber einen offenen Wohnraum wollten. Das war keine tragende Wand, weißt du. Meine Mutter war tot.

RUTH setzt sich.

Müde?

RUTH Nur ein bisschen.

TEDDY Wir können ins Bett gehen, wenn du möchtest. Bringt nichts, jetzt jemanden zu wecken. Wir gehen einfach ins Bett. Sehen sie alle morgen früh … sehen meinen Vater morgen früh …

Pause.

RUTH Willst du bleiben?

TEDDY Bleiben?

Pause.

Deswegen sind wir doch gekommen. Wir müssen bleiben … ein paar Tage.

RUTH Könnte sein, dass … die Kinder … uns vermissen.

TEDDY Sei nicht albern.

RUTH Könnte doch sein.

TEDDY Hör mal, in ein paar Tagen sind wir ja wieder zurück.

Er geht durchs Zimmer.

Alles unverändert. Wie immer.

Pause.

Der erlebt morgen früh eine echte Überraschung. Der Alte. Ich glaube, du wirst ihn richtig mögen. Ehrlich. Er ist ein … na ja sicher, er ist alt. Wird älter.

Pause.

Ich bin hier geboren worden, ist dir das eigentlich klar?

RUTH Ich weiß.

Pause.

TEDDY Warum gehst du nicht schlafen? Bettwäsche finde ich schon. Ich bin … hellwach, ist das nicht eigenartig? Ich glaube, ich bleibe noch ein bisschen auf. Bist du müde?

RUTH Nein.

TEDDY Geh schlafen. Ich zeige dir das Zimmer.

RUTH Nein, ich will nicht.

TEDDY Du bist da oben gut aufgehoben, auch ohne mich. Wirklich. Ich komme bald nach. Es ist gleich da oben. Die erste Tür nach dem Treppenabsatz. Das Bad ist direkt nebenan. Du … ruhst dich besser aus.

Pause.

Ich möchte nur … ein bisschen hier rumwandern. Hast du etwas dagegen?

RUTH Natürlich nicht.

TEDDY Also dann … Soll ich dir das Zimmer zeigen?

RUTH Nein, im Moment bin ich wunschlos glücklich.

TEDDY Du musst nicht schlafen gehen. Ich sage nicht, du musst. Du kannst ja mit mir aufbleiben. Ich könnte uns ja noch Tee machen. Wir dürfen nur nicht zu viel Lärm machen, wir wollen ja niemand aufwecken.

RUTH Ich mache keinen Lärm.

TEDDY Das weiß ich doch.

Er geht zu ihr.

(Sanft) Sieh mal, es ist alles in Ordnung, wirklich. Ich bin da. Ich meine … ich bin bei dir. Du brauchst nicht nervös zu sein. Bist du nervös?

RUTH Nein.

TEDDY Das brauchst du auch nicht.

Pause.

Es sind alles sehr herzliche Menschen, glaub mir. Sehr herzlich. Das ist meine Familie. Das sind keine Ungeheuer.

Pause.

Na, vielleicht sollten wir besser schlafen gehen. Wir müssen ja schließlich früh aufstehen und Dad begrüßen. Wäre, glaub ich, nicht so gut, wenn er uns im Bett überrascht. (Er kichert) Vor sechs müssen wir raus und runter, ihn begrüßen.

Pause.

RUTH Ich glaube, ich muss nochmal Luft schnappen.

TEDDY Luft schnappen?

Pause.

Was soll das heißen?

RUTH Nur kurz ins Freie.

TEDDY So spät in der Nacht? Aber wir sind … eben erst angekommen. Wir müssen schlafen gehen.

RUTH Ich brauche nur etwas Luft.

TEDDY Aber ich gehe schlafen.

RUTH Ist gut, ja.

TEDDY Aber was mache ich dann?

Pause.

Ich will absolut nicht Luft schnappen. Warum willst du Luft schnappen?

RUTH Einfach so.

TEDDY Aber es ist spät.

RUTH Ich geh nicht weit. Ich komme wieder.

Pause.

TEDDY Ich warte auf dich.

RUTH Wieso?

TEDDY Ich geh nicht ohne dich schlafen.

RUTH Krieg ich den Schlüssel?

Er gibt ihn ihr.

Warum gehst du nicht schlafen?

Er legt ihr die Arme auf die Schultern und küsst sie.

Sie sehen sich kurz an. Sie lächelt.

Bin gleich wieder da.

Sie geht aus der Haustür.

TEDDY tritt ans Fenster, schaut ihr nach, wendet sich halb vom Fenster ab, bleibt stehen, beißt sich plötzlich in die Fingerknöchel.

LENNY kommt von hinten rechts ins Zimmer. Er bleibt stehen. Er ist im Pyjama und Morgenmantel. Er beobachtet TEDDY.

TEDDY dreht sich um und sieht ihn.

Stille.

TEDDY Hallo, Lenny.

LENNY Hallo, Teddy.

Pause.

TEDDY Ich hab gar nicht gehört, wie du runtergekommen bist.

LENNY Bin ich auch nicht.

Pause.

Ich schlaf jetzt hier unten. Nebenan. Ich hab jetzt nämlich so eine Art Büro nebenan, Arbeits- und Schlafzimmer in einem.

TEDDY Oh. Hab ich … dich aufgeweckt?

LENNY Nein. Ich bin heute nur früh ins Bett. Du weißt ja, wie das ist. Kann nicht schlafen. Wach dauernd auf.

Pause.

TEDDY Wie geht's dir?

LENNY Na, ich schlafe nur ein bisschen unruhig, mehr nicht. Heute Nacht jedenfalls.

TEDDY Schlecht geträumt?

LENNY Nein, geträumt würde ich das nicht nennen. Es ist eigentlich kein Traum. Irgendetwas weckt mich immer auf. So ein Ticken.

TEDDY Ein Ticken?

LENNY Ja.

TEDDY Und woher kommt es?

LENNY Keine Ahnung.

Pause.

TEDDY Hast du eine Uhr im Zimmer?

LENNY Ja.

TEDDY Dann ist es vielleicht die Uhr.

LENNY Ja, könnte sein, schon möglich.

Pause.

Also, wenn es von der Uhr kommt, muss ich was dagegen machen. Es irgendwie dämpfen oder so.

Pause.

TEDDY Ich … bin nur für ein paar Tage wieder da.

LENNY Ach ja? So?

Pause.

TEDDY Wie geht's dem Alten?

LENNY Alles im grünen Bereich.

Pause.

TEDDY Mir ist es gut ergangen.

LENNY Ach ja?

Pause.

Du bleibst über Nacht?

TEDDY Ja.

LENNY Du kannst in deinem alten Zimmer schlafen.

TEDDY Ja, ich war schon mal oben.

LENNY Ja, du kannst da schlafen.

LENNY gähnt.

Tja.

TEDDY Ich geh dann mal ins Bett.

LENNY So?

TEDDY Ja, ich brauch meinen Schlaf.

LENNY Ja, ich geh auch ins Bett.

TEDDY nimmt die Koffer.

Ich helf dir.

TEDDY Nein, die sind nicht schwer.

TEDDY geht mit den Koffern in den Flur.

LENNY löscht das Licht im Zimmer.

Das Licht im Flur brennt weiter.

LENNY kommt nach in den Flur.

LENNY Brauchst du irgendetwas?

TEDDY Hmmm?

LENNY Brauchst du vielleicht noch was für die Nacht? Glas Wasser oder so?

TEDDY Gibt's irgendwo Bettwäsche?

LENNY Im Schrank in deinem Zimmer.

TEDDY Ah, gut.

LENNY Da übernachten gelegentlich Bekannte von mir, in deinem Zimmer, wenn sie in dem Teil der Welt vorbeikommen.

LENNY knipst das Flurlicht aus und dreht das Licht auf dem Treppenabsatz an.

TEDDY geht die Treppe hoch.

TEDDY Also, bis dann beim Frühstück.

LENNY Ja, genau. Ciao.

TEDDY geht nach oben.

LENNY geht nach rechts ab.

Stille.

Das Licht auf dem Treppenabsatz erlischt.

Schwaches Nachtlicht im Flur und im Zimmer.

LENNY kommt zurück ins Zimmer, geht zum Fenster und blickt hinaus.

Er entfernt sich vom Fenster und knipst eine Lampe an.

Er hält eine kleine Uhr in der Hand.

Er setzt sich, stellt die Uhr direkt vor sich hin, zündet sich eine Zigarette an und bleibt sitzen.

RUTH kommt zur Haustür herein.

Sie bleibt stehen. LENNY wendet den Kopf, lächelt. Sie kommt langsam ins Zimmer.

LENNY Guten Abend.

RUTH Morgen doch eher.

LENNY Da haben Sie Recht.

Pause.

Ich heiße Lenny. Und Sie?

RUTH Ruth.

Sie setzt sich, stellt den Mantelkragen hoch.

LENNY Kalt?

RUTH Nein.

LENNY Das war doch ein herrlicher Sommer. Außergewöhnlich.

Pause.

Darf ich Ihnen etwas anbieten? Irgendeine Erfrischung? Vielleicht einen Aperitif?

RUTH Nein, danke.

LENNY Da bin ich aber froh. Wir haben gar nichts Trinkbares im Haus. Ich würde natürlich rasch was besorgen, wenn's was zu feiern gäbe oder so. Irgendein Fest … ja.

Pause.

Sie haben bestimmt was mit meinem Bruder zu tun. Mit dem, der im Ausland war.

RUTH Ich bin seine Frau.

LENNY Hören Sie, vielleicht können Sie mir einen Rat geben. Die Uhr hier nervt gewaltig. Das Ticken hält mich wach. Das Problem ist nur, ich bin nicht absolut überzeugt, dass es die Uhr war. Es gibt schließlich jede Menge Sachen, die in der Nacht ticken, finden Sie nicht? Alle möglichen Gegenstände, die einem bei Tag einfach normal vorkommen. Sie stören einen nicht. Doch nachts kann jeder x-beliebige Gegenstand losticken. Aber bei Tag betrachtet, wirken diese Gegenstände ganz normal. Tagsüber sind sie mucksmäuschenstill. Wenn ich also behaupte … nehmt alles nur in allem … dass es die Uhr war, die mich geweckt hat, tja, dann könnte sich das ganz leicht als eine falsche Hypothese erweisen.

Er geht zum Schrank, gießt etwas aus einer Karaffe in ein Glas und bringt es RUTH.

Bitte. Das wird Ihnen jetzt bestimmt gut tun.

RUTH Was ist das?

LENNY Wasser.

Sie nimmt das Glas, trinkt einen Schluck und stellt es auf einen kleinen Tisch neben ihrem Stuhl.

LENNY beobachtet sie.

Ist doch witzig. Ich hab einen Schlafanzug an, und Sie sind vollständig bekleidet.

Er geht zur Anrichte und gießt noch ein Glas Wasser ein.

Sie erlauben? Schon witzig, nach all der Zeit taucht mein Brüderchen wieder auf. Genau das richtige Mittel für meinen Dad. Dem jucken vor Freude die Eier morgen früh, wenn er seinen Ältesten sieht. Ich war ja selber platt, wie ich Teddy gesehen hab. Den alten Ted. Ich dachte, er ist in Amerika.

RUTH Wir sind zu Besuch in Europa.

LENNY Was, Sie alle beide?

RUTH Ja.

LENNY Ach, Sie leben wohl drüben mit ihm zusammen.

RUTH Wir sind verheiratet.

LENNY Zu Besuch in Europa, ja? Schon viel gesehen?

RUTH Wir kommen gerade aus Italien.

LENNY Ach, ihr wart zuerst in Italien. Und dann hat er Sie hier rübergebracht, damit Sie die Familie kennen lernen. Na, das wird eine Freude für den Alten, wenn er Sie sieht, ich sag's Ihnen.

RUTH Schön.

LENNY Was haben Sie gesagt?

RUTH Schön.

Pause.

LENNY Wo wart ihr denn so in Italien?

RUTH Venedig.

LENNY Im guten alten Venedig? Na, so was. Das ist schon witzig. Ich hatte nämlich immer das Gefühl, wenn ich im letzten Krieg Soldat gewesen wäre – zum Beispiel im Italienfeldzug –, dann hätte es mich wahrscheinlich nach Venedig verschlagen. Das Gefühl hatte ich immer. Leider war ich zu jung, um zu dienen. Ich war noch ein Kind, ich war zu klein, andernfalls könnte ich mir durchaus vorstellen, dass ich vermutlich durch Venedig gekommen wäre. Ja, höchstwahrscheinlich wäre ich mit meinem Bataillon da durchgekommen. Gestatten Sie, dass ich Ihre Hand halte?

RUTH Wieso?

LENNY Nur ein wenig.

Er steht auf und geht zu ihr.

Nur ganz leicht.

RUTH Wieso?

Er blickt auf sie herab.

LENNY Ich sag Ihnen, wieso.

Kurze Pause.

Eines Abends, es ist gar nicht lange her, eines Abends unten bei den Docks, stand ich allein unter einem Torbogen und beobachtete die ganzen Männer, wie sie die Ladebäume auslegten, draußen im Hafen, und an den Rahnocks hantierten, da trat eine gewisse Dame mit einem gewissen Angebot an mich heran. Diese Dame hatte mich tagelang gesucht. Sie hatte meine Spur verloren. Tatsache ist jedoch, es gelang ihr schließlich, mich aufzuspüren, und als sie mich aufgespürt hatte, machte sie mir dieses gewisse Angebot. Also, dieses Angebot war eigentlich nicht völlig unzulässig, und normalerweise wäre ich darauf eingegangen. Im Normalfall wäre ich darauf eingegangen. Leider war sie schon halb von der Syphilis zerfressen. Darum habe ich es ausgeschlagen. Aber diese Dame ließ nicht locker und erlaubte sich Freiheiten mit mir unter diesem Torbogen, Freiheiten, die ich unter keinen Umständen tolerieren konnte, so, wie die Dinge nun einmal lagen, also hab ich ihr eine reingesemmelt. Es schoss mir damals durch den Kopf, sie zu erledigen, verstehen Sie, sie umzubringen, und Tatsache ist, der Mord wäre ein Kinderspiel gewesen. Ihr Chauffeur, der mich für sie ausfindig gemacht hatte, war mal eben um die Ecke einen trinken gegangen, also standen da nur noch diese Dame und ich, verstehen Sie, allein, wir standen unter diesem Torbogen und beobachteten die Dampfer, die da herumdampften, weit und breit keine Menschenseele, im Westen nichts Neues, und sie lehnte an der Mauer – eigentlich rutschte sie gerade an dieser Mauer runter, nach dem Ding, das ich ihr verpasst hatte. Also, um kurz zu rekapitulieren, es waren ideale Umstände für einen Mord. Der Chauffeur war kein Problem. Der Chauffeur hätte auf ewig geschwiegen. Er war ein alter Freund der Familie. Aber … schließlich habe ich gedacht … Ach, wozu der ganze Aufwand … Sie wissen schon, die Leiche beseitigen und der ganze Kram und sich selber Stress machen. Also hab ich ihr noch die Nase platt gehauen, ein paarmal zugetreten und es dabei bewenden lassen.

RUTH Woher wussten Sie, dass sie krank war?

LENNY Woher ich das wusste?

Pause.

Das habe ich beschlossen.

Stille.

Sie und mein Bruder sind frisch vermählt, ja?

RUTH Wir sind seit sechs Jahren verheiratet.

LENNY Er war immer mein Lieblingsbruder, der alte Teddy. Wissen Sie was? Wir sind hier mächtig stolz auf ihn, das kann ich Ihnen sagen. Doktor der Philosophie und weiß Gott was noch … das macht schon Eindruck. Natürlich ist er sehr sensibel. Unser Ted. Hochsensibel. Ich habe mir oft gewünscht, ich wäre so sensibel wie er.

RUTH Ach wirklich?

LENNY Aber ja. Unbedingt. Das soll nicht heißen, ich bin unsensibel. Ich bin durchaus sensibel. Ich könnte nur eine Idee sensibler sein.

RUTH Ach so?

LENNY Ja, nur eine Idee, mehr nicht.

Pause.

Wenn es um die Atmosphäre geht, da bin ich hochsensibel, aber wenn man überzogene Forderungen an mich stellt, desensibilisiert mich das ungeheuer, wenn Sie wissen, was ich meine.

Zum Beispiel, letzte Weihnachten habe ich beschlossen, für die Stadtwerke Schnee zu räumen, weil wir in dem Jahr hier in Europa reichlich viel Schnee hatten. Ich musste nicht unbedingt Schnee schippen – ich meine, ich hatte keinen finanziellen Engpass – es sprach mich einfach an, es sprach irgendetwas in mir an. Ich freute mich auf die beißend kalte Luft früh am Morgen. Und ich wurde nicht enttäuscht. Ich musste meine Schneestiefel anziehen und morgens um halb sechs an der Straßenecke stehen und auf den Lastwagen warten, der mich in das mir zugeteilte Gebiet bringen sollte. Arschkalt. Also, der Lastwagen kam, ich sprang auf die Ladeklappe, Scheinwerfer an, Abblendlicht, und ab die Post. Angekommen, Schaufeln geschnappt, Kippen angezündet und los ging's in den tiefen Dezemberschnee, Stunden vor dem ersten Hahnenschrei. Also an dem Morgen, ich trinke gerade meinen Vormittagstee in einem Café in der Nähe, die Schaufel lehnt neben mir am Stuhl, da spricht mich eine alte Dame an und bittet mich, bei ihrer eisernen Mangel mit anzupacken. Ihr Schwager, sagte sie, hätte sie ihr dagelassen, aber er hätte sie im falschen Zimmer abgestellt, er hätte sie ins Vorderzimmer gestellt. Natürlich wollte sie sie im Hinterzimmer haben. Das war nämlich ein Geschenk von ihm, so eine Mangel zum Wäschedurchdrehen. Aber er hatte sie ins falsche Zimmer gestellt, er hatte sie ins Vorderzimmer gestellt, natürlich ein dämlicher Platz, um sie hinzustellen, da konnte sie nicht bleiben. Also hab ich mir kurz freigenommen, um ihr zu helfen. Sie wohnte nur ein Stück die Straße hoch. Das Problem war bloß, als ich hinkam, konnte ich die Mangel keinen Zentimeter bewegen. Die muss eine halbe Tonne gewogen haben. Wie dieser Schwager sie da überhaupt hingeschafft hat, ist mir ein absolutes Rätsel. Ich stehe also da, breche mir einen ab, hebe mir fast einen Bruch, und die alte Dame kommandiert bloß rum, ohne selbst einen Finger zu rühren. Nach ein paar Minuten hab ich dann zu ihr gesagt, hören Sie, stecken Sie sich Ihre eiserne Mangel doch in den Arsch. Diese Dinger, sagte ich, sind sowieso veraltet, kaufen Sie sich eine Wäscheschleuder. Ich hatte gute Lust, sie in die Mache zu nehmen, aber ich war noch ganz beschwingt vom Schneeschippen, hab ihr nur eine kurze Gerade in den Magen gedroschen und bin draußen in einen Bus gesprungen. Verzeihung, ist Ihnen der Aschenbecher im Weg?

RUTH Er ist mir nicht im Weg.

LENNY Er scheint Ihrem Glas im Weg zu sein. Das Glas wäre beinahe runtergefallen. Oder der Aschenbecher. Ich habe Angst um den Teppich. Mir wäre es egal, aber meinem Vater nicht. Er ist ein Ordnungs- und Klarheitsfanatiker. Durcheinander kann er nicht ausstehen. Und da Sie im Augenblick ja wohl nicht rauchen, haben Sie sicher nichts dagegen, wenn ich den Aschenbecher entferne.

Er tut es.

Und jetzt befreie ich Sie vielleicht von Ihrem Glas.

RUTH Ich bin noch nicht fertig.

LENNY Sie haben genug getrunken, meiner Ansicht nach.

RUTH Nein, das habe ich nicht.

LENNY Mehr als genug, meiner Ansicht nach.

RUTH Meiner Ansicht nach nicht, Leonard.

Pause.

LENNY Nennen Sie mich nicht so, bitte.

RUTH Warum nicht?

LENNY So hat mich meine Mutter genannt.

Pause.

Geben Sie mir einfach das Glas.

RUTH Nein.

Pause.

LENNY Dann nehme ich es.

RUTH Wenn du das Glas nimmst … nehme ich dich.

Pause.

LENNY Wie wär's, wenn ich das Glas nehme, ohne dass du mich nimmst?

RUTH Warum nehme ich dich nicht einfach?

Pause.

LENNY Das soll wohl ein Witz sein.

Pause.

Du liebst sowieso einen anderen. Du hattest eine heimliche Affäre mit einem anderen Mann. Seine Familie war völlig ahnungslos. Dann tauchst du hier ohne jede Vorwarnung auf und machst Ärger.

Sie nimmt das Glas und hält es ihm hin.

RUTH Trink einen Schluck. Los. Trink einen Schluck aus meinem Glas.

Er rührt sich nicht.

Setz dich auf meinen Schoß. Nimm einen großen, kühlen Schluck.

Sie klopft auf ihren Schoß. Pause.

Sie steht auf, geht mit dem Glas auf ihn zu.

Leg den Kopf in den Nacken und mach den Mund auf.

LENNY Tu das Glas weg.

RUTH Leg dich auf den Boden. Los. Ich gieß es dir in die Kehle.

LENNY Was wird das? Machst du mir so was wie ein Angebot?

Sie lacht kurz, leert das Glas.

RUTH Oh, war ich durstig.

Sie lächelt ihn an, stellt das Glas ab, geht in den Flur und die Treppe hoch.

Er folgt ihr in den Flur und ruft die Treppe hoch.

LENNY Sollte das eben so was wie ein Angebot sein?

Stille.

Er kommt zurück ins Zimmer, geht zu seinem eigenen Glas und leert es.

Oben knallt eine Tür zu.

Das Licht auf dem Treppenabsatz geht an.

MAX kommt die Treppe herunter. Er ist im Pyjama und hat die Mütze auf. Er kommt ins Zimmer.

MAX Was ist hier los? Bist du besoffen?

Er starrt LENNY an.

Was schreist du wie ein Irrer? Spinnst du?

LENNY gießt sich noch ein Glas Wasser ein.

Tobst mitten in der Nacht rum und brüllst. Bist du bescheuert?

LENNY Ich habe laut gedacht.

MAX Ist Joey hier unten? Hast du Joey angebrüllt?

LENNY Hast du nicht gehört, was ich gesagt habe, Dad? Ich sagte, ich habe laut gedacht.

MAX Du hast so laut gedacht, dass ich aus dem Bett gefallen bin.

LENNY Weißt du was … verpiss dich ganz einfach, ja?

MAX Verpissen? Er weckt mich mitten in der Nacht auf, ich denke, es sind Einbrecher im Haus, ich denke, dem steckt ein Messer zwischen den Rippen, ich komme runter, und er sagt zu mir, verpiss dich.

LENNY setzt sich.

Er hat mit jemand geredet. Mit wem kann er geredet haben? Es schlafen doch alle. Er hat sich mit jemand unterhalten. Er will mir nicht sagen, mit wem. Er tut so, als hätte er laut gedacht. Was machst du, versteckst du hier jemand?

LENNY Ich bin schlafgewandelt. Hau ab, lass mich gefälligst in Ruhe.

MAX Ich verlange eine Erklärung, kapiert? Ich habe dich gefragt, wen du hier versteckst.

Pause.

LENNY Ich sag dir was, Dad, du scheinst ja gerade aufgelegt für einen kleinen … Plausch, da möchte ich dir mal eine Frage stellen. Eine Frage, die ich dir schon lange stellen wollte. In der Nacht … weißt du … in der Nacht, wo du mich gemacht hast … in der Nacht mit Mum, wie war das? Na? Als ich nur ein Funkeln in deinem Blick war. Wie war das? Wie waren die Hintergründe des Geschehens? Ich meine, ich möchte die wahren Hintergründe erfahren. Zum Beispiel, ist es Tatsache, dass du die ganze Zeit mich im Sinn hattest, oder ist es vielmehr Tatsache, dass du mich am allerwenigsten im Sinn hattest?

Pause.

Ich möchte mich nur mal erkundigen, das verstehst du doch, oder? Ich bin neugierig. Und viele Leute in meinem Alter sind genauso neugierig, weißt du das, Dad. Sie grübeln manchmal allein, manchmal in Gruppen über die wahren Tatsachen in dieser bestimmten Nacht – dieser Nacht, in der sie gemacht wurden nach dem Bild der zwei Menschen, die es da trieben. Eine aus meiner Sicht längst überfällige Frage, aber da wir uns heute Nacht hier Gesellschaft leisten, dachte ich, ich stelle sie dir mal.

Pause.

MAX Du wirst in deinem eigenen Blut ersaufen.

LENNY Solltest du es vorziehen, die Frage schriftlich zu beantworten, habe ich keine Einwände.

MAX steht auf.

Ich hätte meine liebe Mutter fragen sollen. Warum habe ich meine liebe Mutter nicht gefragt? Jetzt ist es zu spät. Sie ist schon hinüber.

MAX spuckt nach ihm.

LENNY blickt auf den Teppich.

Sieh mal, was du angerichtet hast. Das muss ich morgen mit dem Staubsauger wieder wegmachen.

MAX dreht sich um und geht die Treppe hoch.

LENNY bleibt regungslos sitzen.

Blackout.

Licht an.

Morgen.

JOEY steht vor dem Spiegel. Er macht langsame Lockerungsübungen. Er hält inne, kämmt sich sorgfältig. Dann übt er intensiv Schattenboxen und beobachtet sich dabei im Spiegel.

MAX kommt von hinten rechts ins Zimmer.

MAX und JOEY sind bereits angezogen. MAX beobachtet schweigend JOEY. JOEY beendet das Schattenboxen, nimmt eine Zeitung und setzt sich.

Stille.

MAX Ich hasse dieses Zimmer.

Pause.

Die Küche mag ich. Da ist's schön. Gemütlich.

Pause.

Aber da kann ich nicht bleiben. Weißt du, warum? Weil er da drin ständig abwäscht, Reste von den Tellern kratzt und mich aus der Küche ekelt, darum.

JOEY Komm doch mit deinem Tee hier rein.

MAX Ich will nicht mit meinem Tee hier reinkommen. Ich halte es hier drin nicht aus. Ich will meinen Tee dort drin trinken.

Er geht in den Flur und blickt zur Küche.

Was macht er bloß da drin?

Er kommt zurück.

Wie spät ist es?

JOEY Halb sieben.

MAX Halb sieben.

Pause.

Ich geh heut Nachmittag zu einem Fußballspiel. Willst du mit?

Pause.

Ich rede mit dir.

JOEY Ich trainiere heute Nachmittag. Ich mach sechs Runden mit Blackie.

MAX Aber erst um fünf. Du hast Zeit, dir vorher ein Fußballspiel anzuschauen, vor fünf. Das erste Spiel der Saison.

JOEY Nein, ich geh nicht mit.

MAX Wieso nicht?

Pause.

MAX geht in den Flur.

Sam! Komm her!

MAX kommt ins Zimmer zurück.

SAM kommt mit einem Lappen herein.

SAM Was?

MAX Was machst du da drin?

SAM Abwaschen.

MAX Was noch?

SAM Deine Reste beseitigen.

MAX Ab in den Mülleimer, ja?

SAM Genau.

MAX Und was willst du mir damit sagen?

SAM Gar nichts.

MAX Aber ja. Es stinkt dir, mir Frühstück zu machen, das ist es doch. Darum rumorst du so laut in der Küche, kratzt die Pfanne sauber, kratzt die Reste in den Mülleimer, kratzt die Teller ab, kratzt den Tee aus der Kanne … darum tust du das, jeden scheiß Morgen. Ich weiß es. Pass auf, Sam. Ich möchte dir etwas sagen. Aus tiefstem Herzen.

Er geht näher zu ihm.

Ich möchte, dass du deinen Groll gegen mich begräbst. Ich wünschte, ich könnte ihn verstehen. Mal ehrlich, habe ich dir je Anlass dazu gegeben? Nie. Als Dad starb, hat er zu mir gesagt, Max, kümmere dich um deine Brüder. Das hat er wortwörtlich zu mir gesagt.

SAM Wie konnte er das sagen, wenn er tot war?

MAX Was?

SAM Wieso konnte er sprechen, wenn er tot war.

Pause.

MAX Bevor er starb, Sam. Kurz davor. Es waren seine letzten Worte. Seine letzten heiligen Worte, Sammy. Glaubst du, ich mache Witze? Du glaubst, die Worte, die mein Vater sprach – auf dem Totenbett sprach –, die würde ich nicht bis auf das letzte Jota befolgen? Hörst du, Joey? Dem ist nichts heilig. Er würde sogar auf das Andenken unseres Dad spucken. Du bist ein schöner Sohn gewesen, du Schlappschwanz. Die halbe Zeit hast du mit Kreuzworträtseln vertrödelt! Wir haben dich in der Metzgerei angestellt, du konntest nicht mal den Boden aufwischen. Dann haben wir MacGregor eingestellt, der hat am Ende der Woche den ganzen Laden geschmissen. Ich sag dir mal was. Ich habe meinen Vater nicht nur als Mensch respektiert, sondern auch als erstklassigen Metzger. Und zum Beweis bin ich zu ihm ins Geschäft gegangen. Schon als kleines Kind habe ich gelernt, wie man einen Rumpf zerlegt. Ich habe sein Andenken mit Blut gefeiert. Ich habe drei erwachsene Männer zur Welt gebracht! Auf eigene Faust. Und was hast du geleistet?

Pause.

Was hast du geleistet? Du Saukopf!

SAM Möchtest du zu Ende abwaschen? Hier ist der Lappen.

MAX Versuch also, diesen Groll gegen mich zu begraben, Sam. Wir sind schließlich Brüder.

SAM Willst du den Lappen? Hier. Nimm.

TEDDY und RUTH kommen die Treppe herunter. Sie gehen durch den Flur und treten nur einen Schritt ins Zimmer.

Die Übrigen drehen sich um und schauen sie an. JOEY steht auf.

TEDDY und RUTH tragen Morgenmäntel.

Stille.

TEDDY lächelt.

TEDDY Hallo … Dad … Wir haben verschlafen.

Pause.

Was gibt's zum Frühstück?

Stille.

TEDDY kichert.

Wir haben verschlafen.

MAX wendet sich an SAM.

MAX Hast du gewusst, dass er hier ist?

SAM Nein.

MAX wendet sich an JOEY.

MAX Hast du gewusst, dass er hier ist?

Pause.

Ich hab dich gefragt, ob du gewusst hast, dass er hier ist.

JOEY Nein.

MAX Also, wer hat es gewusst?

Pause.

Wer hat es gewusst?

Pause.

Ich habe es nicht gewusst.

TEDDY Ich wollte runterkommen, Dad, ich wollte … schon unten sein, wenn du runterkommst.

Pause.

Wie geht es dir?

Pause.

Äh … also … darf ich vorstellen …

MAX Wie lange bist du schon in diesem Haus?

TEDDY Die ganze Nacht.

MAX Die ganze Nacht? Du machst mich zum Gespött. Wie bist du reingekommen?

TEDDY Ich hatte meinen Schlüssel.

MAX pfeift und lacht.

MAX Wer ist das?

TEDDY Ich wollte euch gerade bekannt machen.

MAX Wer hat dir erlaubt, Nutten herzubringen?

TEDDY Nutten?

MAX Wer hat dir erlaubt, dreckige Nutten hier ins Haus zu bringen?

TEDDY Hör mal, lass den Blödsinn –

MAX Ihr wart die ganze Nacht hier?

TEDDY Ja, wir sind aus Venedig gekommen –

MAX Wir hatten die ganze Nacht ein stinkendes Flittchen in meinem Haus. Wir hatten die ganze Nacht eine stinkende versiffte Schlampe in meinem Haus.

TEDDY Hör auf. Was redest du da?

MAX Ich hab den Scheißkerl sechs Jahre nicht gesehen, er kommt ohne ein Wort nach Hause, schleppt ein versautes Flittchen von der Straße an und ist in meinem Haus mit ihr zusammen!

TEDDY Das ist meine Frau! Wir sind verheiratet!

Pause.

MAX Ich hab bisher noch nie eine Hure unter diesem Dach gehabt. Seit deine Mutter starb. Mein Wort drauf. (Zu JOEY) Hast du jemals eine Hure hier gehabt? Hat Lenny jemals eine Hure hier gehabt? Kommt aus Amerika zurück und bringt einen Kloeimer mit. Eine Bettpfanne bringt er mit. (Zu TEDDY) Schaff mir diesen Aussatz aus den Augen. Bring sie weg.

TEDDY Sie ist meine Frau.

MAX (zu JOEY) Schmeiß sie raus.

Pause.

Ein Doktor der Philosophie, Sam, möchtest du einen Doktor der Philosophie kennen lernen? (Zu JOEY) Schmeiß sie raus, hab ich gesagt.

Pause.

Was ist? Bist du taub?

JOEY Du bist ein alter Mann. (Zu TEDDY) Er ist ein alter Mann.

LENNY kommt im Morgenmantel ins Zimmer.

Er bleibt stehen.

Alle blicken sich um.

MAX dreht sich wieder um, schlägt JOEY mit voller Kraft in den Magen. JOEY krümmt sich, stolpert über die Bühne. MAX, der sich mit dem Schlag körperlich verausgabt hat, bricht zusammen. Seine Knie werden weich. Er klammert sich an seinen Stock.

SAM nähert sich ihm, um ihm zu helfen.

MAX schlägt ihm den Stock auf den Kopf. SAM setzt sich und hält sich mit beiden Händen den Kopf.

JOEY presst sich die Hände auf den Magen und sinkt zu RUTHS Füßen nieder.

Sie schaut zu ihm hinunter.

LENNY und TEDDY rühren sich nicht.

JOEY steht langsam auf. Er steht dicht neben RUTH. Er wendet sich von RUTH ab und blickt zu MAX.

SAM hält sich den Kopf.

MAX atmet schwer, steht ganz langsam auf.

JOEY geht zu ihm.

Sie sehen sich an.

Stille.

MAX schiebt sich an JOEY vorbei, geht auf RUTH zu. Er winkt mit dem Stock.

MAX Miss.

RUTH geht auf ihn zu.

RUTH Ja?

MAX Sind Sie Mutter?

RUTH Ja.

MAX Wie viele haben Sie?

RUTH Drei.

Er wendet sich an TEDDY.

MAX Alle von dir, Ted?

Pause.

Teddy, wollen wir uns umarmen und einen Kuss geben? So wie früher? Wie wär's mit einer Umarmung und einem Kuss?

TEDDY Na dann, komm.

Pause.

MAX Möchtest du deinem alten Vater einen Kuss geben, ja? Möchtest du deinen alten Vater umarmen?

TEDDY Na dann, komm.

TEDDY macht einen Schritt auf ihn zu.

Komm.

Pause.

MAX Hast deinen alten Dad noch lieb, was?

Sie stehen sich gegenüber.

TEDDY Komm, Dad. Ich warte auf die Umarmung.

MAX kichert glucksend.

Er wendet sich der Familie zu und sagt:

MAX Er hat seinen Vater noch immer lieb!

VORHANG

ZWEITER AKT

Nachmittag.

MAX, TEDDY, LENNY und SAM sind auf der Bühne und zünden sich Zigarren an.

JOEY kommt von hinten rechts mit einem Kaffeetablett herein. RUTH folgt ihm. Er stellt das Tablett ab. RUTH reicht den Männern Kaffee. Sie nimmt mit ihrer Tasse Platz. MAX lächelt ihr zu.

RUTH Das Essen war ganz ausgezeichnet.

MAX Freut mich, dass es dir geschmeckt hat. (Zu den Übrigen) Habt ihr das gehört? (Zu RUTH) Ich hab auch mit Lust und Liebe gekocht, darfst du mir glauben. (Er nimmt einen Schluck) Der Kaffee ist auch wunderbar.

RUTH Freut mich.

Pause.

MAX Ich glaube fast, du bist eine erstklassige Köchin.

RUTH Keine schlechte jedenfalls.

MAX Nein, wirklich, ich habe das Gefühl, du bist eine 1a Köchin. Hab ich Recht, Teddy?

TEDDY Ja, sie ist eine sehr gute Köchin.

Pause.

MAX Lange her, dass die ganze Familie versammelt war, was? Wenn das eure Mutter noch erleben könnte. Was meinst du, Sam? Was würde Jessie sagen, wenn sie noch am Leben wäre? Wenn sie hier sitzen würde mit ihren drei Söhnen? Drei erwachsenen Prachtkerlen. Und einer hübschen Schwiegertochter. Ein Jammer, dass ihre Enkelkinder nicht hier sind. Wie hätte sie die gehätschelt und verwöhnt, stimmt's, Sam. Sie hätte sie bemuttert und mit ihnen gespielt, ihnen Geschichten erzählt, sie gekitzelt – ich sag dir, sie wäre total aus dem Häuschen gewesen. (Zu RUTH) Sie hat den Jungs alles beigebracht. Alles, was sie an Moral kennen. Ich sag's dir. Jeden einzelnen moralischen Grundsatz, nach dem sie leben – den hat ihnen ihre Mutter beigebracht. Und ein Herz besaß sie außerdem. Und was für eines. Oder, Sam? Wozu lange drum herumreden? Diese Frau war das Rückgrat der Familie. Ich habe ja rund um die Uhr im Geschäft gearbeitet, ich bin im ganzen Land rumgereist, um Fleisch einzukaufen, ich bin meinen Weg gegangen, aber zu Hause ließ ich eine Frau mit einem eisernen Willen, mit einem goldenen Herzen und mit Verstand. Stimmt's, Sam?

Pause.

Und was für einem.

Pause.

Ich war ja auch großzügig. Ich hab sie nie knapp gehalten. Ich erinnere mich an das Jahr, als ich Verbindung zu einer Gruppe von Top-Metzgern mit Kontakten zum Festland aufnahm. Ich bemühte mich um die Zusammenarbeit mit ihnen. Ich weiß noch, als ich an dem Abend nach Hause kam, da hab ich nichts verraten. Zuerst hab ich Lenny gebadet, dann Teddy und dann Joey. Wir hatten immer einen Mordsspaß beim Baden, was, Jungs? Dann bin ich runtergegangen und hab Jenny gesagt, sie soll mal gemütlich die Beine hochlegen. Sie legte die Beine hoch, und ich hab zu ihr gesagt, Jessie, ich glaube, jetzt haben wir das große Los gezogen, ich spendier dir ein paar Sachen, ich kauf dir ein hellblaues geripptes Seidenkleid mit massenhaft Perlen drauf und für den Alltag ein paar geblümte Pluderhosen aus lila Taft. Dann habe ich ihr ein Gläschen Cherrybrandy hingestellt. Ich erinnere mich, dass die Jungs runterkamen, im Schlafanzug, mit glänzenden Haaren, rosigen Gesichtern, zu der Zeit haben sie sich noch nicht rasiert, und sie knieten zu unseren Füßen, Jessies und meinen. Ich sag euch, es war wie Weihnachten.

Pause.

RUTH Was ist aus der Gruppe von Metzgern geworden?

MAX Die Metzger? Das waren genau solche Verbrecher wie alle anderen.

Pause.

Das ist eine miese Zigarre.

Er drückt sie aus.

Er wendet sich an SAM.

Wann gehst du zur Arbeit?

SAM Bald.

MAX Du hast doch heute Nachmittag eine Fahrt, oder?

SAM Ja, ich weiß.

MAX Was soll das heißen, du weißt. Du wirst zu spät kommen. Du wirst deine Stellung verlieren. Du willst mich wohl blamieren?

SAM Mach dir meinetwegen keine Sorgen.

MAX Da kommt mir doch die Galle hoch. Die Galle – verstehst du? (Zu RUTH) Ich habe mein Leben lang als Metzger gearbeitet mit Fleischerbeil und Hackbank, Hackbank, du weißt, was ich meine, Fleischerbeil und Hackbank! Um meiner Familie ein Leben im Luxus zu bieten. Zwei Familien! Meine Mutter war bettlägerig, meine Brüder alle erwerbsunfähig. Ich musste das Geld für die besten Psychiater verdienen. Ich musste Bücher lesen! Ich musste die Krankheit studieren, um in jedem Stadium eine Krise meistern zu können. Eine Familie von Krüppeln, als Söhne drei Arschlöcher, eine Sauschlampe zur Frau – erzähl du mir nichts über Geburtswehen – ich hab die Schmerzen durchlitten, ich spüre die Stiche immer noch – wenn ich nur mal huste, macht mein Rücken schlapp – und mein Bruder hier, der faule, träge Sack, erscheint nicht mal pünktlich zur Arbeit. Der beste Chauffeur der Welt. Hat sein ganzes Leben auf dem Vordersitz gehockt und artig Handzeichen gegeben. Nennt man so was Arbeit? Der Kerl weiß doch nicht mal, wo sein Arsch aufhört und das Getriebe anfängt!

SAM Frag doch meine Kunden! Sie wollen immer nur mich haben.

MAX Und die anderen Fahrer, pennen die den ganzen Tag?

SAM Ich kann schließlich nur einen Wagen fahren. Es können mich nicht alle gleichzeitig haben.

MAX Dich könnten doch alle gleichzeitig haben. Du hältst ja für einen halben Dollar auf der Blackfriars Bridge deinen Arsch hin.

SAM Ich!

MAX Für ein paar Kröten und einen Schokoapfel.

SAM Er beleidigt mich. Er beleidigt seinen Bruder. Ich muss um vier Uhr fünfundvierzig einen Mann nach Hampton Court fahren.

MAX Willst du wissen, wer fahren konnte? MacGregor! MacGregor war ein Chauffeur.

SAM Wer's glaubt, wird selig.

MAX zeigt mit dem Stock auf SAM.

MAX Er hat nicht mal im Krieg gekämpft. Der Mann hat nicht mal in dem Scheißkrieg gekämpft!

SAM Doch!

MAX Wen hast du getötet?

Stille.

SAM steht auf, geht zu RUTH, gibt ihr die Hand und geht aus der Haustür.

MAX wendet sich an TEDDY.

MAX Und wie ist es dir ergangen, mein Sohn?

TEDDY Sehr gut, Dad.

MAX Schön, dich bei uns zu haben, mein Sohn.

TEDDY Schön, wieder hier zu sein, Dad.

Pause.

MAX Du hättest mir sagen sollen, dass du verheiratet bist, Teddy. Ich hätte dir ein Geschenk geschickt. Wo hat die Hochzeit stattgefunden, in Amerika?

TEDDY Nein. Hier. Am Tag vor unserer Abreise.

MAX Gab's eine große Feier?

TEDDY Nein, es war kein Mensch da.

MAX Du spinnst ja. Ich hätte euch eine Hochzeit in Weiß spendiert. Wir hätten die hiesige Crème de la Crème eingeladen. Es wäre mir ein Vergnügen gewesen, die Unkosten zu übernehmen, Hand drauf.

Pause.

TEDDY Du hattest damals viel um die Ohren. Ich wollte dir keine Umstände machen.

MAX Aber du bist mein eigen Fleisch und Blut. Du bist mein Erstgeborener. Ich hätte alles stehen und liegen lassen. Sam hätte euch im Snipe zum Hochzeitsempfang gefahren, Lenny wäre dein Trauzeuge gewesen, und dann hätten wir euch alle gemeinsam zum Schiff gebracht. Hör mal, du glaubst doch nicht etwa, ich bin gegen das Heiraten? So ein Quatsch. (Zu RUTH) Ich beknie meine zwei Youngster seit Jahren, sich ein nettes liebes Mädchen mit ordentlichen Referenzen zu suchen – das macht das Leben doch erst lebenswert. (Zu TEDDY) Na, was soll's, du hast es getan, du hast eine großartige Wahl getroffen, du hast eine großartige Familie, eine glänzende Karriere … warum lassen wir die Vergangenheit nicht einfach ruhen?

Pause.

Verstehst du, was ich meine? Ihr sollt beide wissen, dass ihr meinen Segen habt.

TEDDY Danke schön.

MAX Keine Ursache. In wie vielen anderen Häusern hier im Viertel sitzt schon ein Doktor der Philosophie mit am Kaffeetisch?

Pause.

RUTH Da fällt Teddy bestimmt ein Stein vom Herzen … dass du mit mir einverstanden bist.

Pause.

Er war sich wohl nicht ganz sicher, ob du mit mir einverstanden sein würdest.

MAX Du bist doch eine bezaubernde Frau.

Pause.

RUTH Ich war …

MAX Was?

Pause.

Was sagt sie?

Alle sehen sie an.

RUTH Ich war … anders … als ich Teddy kennen lernte …

TEDDY Nein, das stimmt nicht. Du warst genau die Gleiche.

RUTH Das war ich nicht.

MAX Wen interessiert das schon? Pass auf, lebe in der Gegenwart, worüber zerbrichst du dir den Kopf? Vergiss nicht, die Erde ist etwa fünftausend Millionen Jahre alt, mindestens. Wer kann es sich da leisten, in der Vergangenheit zu leben?

Pause.

TEDDY Sie ist mir drüben eine große Hilfe. Sie ist eine wundervolle Frau und Mutter. Sie ist sehr beliebt. Sie hat jede Menge Freunde. Das Universitätsleben ist phantastisch … weißt du … es ist ein sehr gutes Leben. Wir haben ein hübsches Haus … uns fehlt es an nichts … wir haben alles, was wir wollen. Das ganze Milieu ist ausgesprochen anregend.

Pause.

Mein Institut … ist äußerst erfolgreich.

Pause.

Wir haben drei Söhne, weißt du.

MAX Alles Jungens? Ist doch komisch. Du hast drei, ich hab drei. Du hast drei Neffen, Joey. Joey! Du bist Onkel, hörst du? Du könntest ihnen Boxen beibringen.

Pause.

JOEY (zu RUTH) Ich bin Boxer. Abends, nach der Arbeit. Tagsüber bin ich bei einer Abbruchfirma.

RUTH Ach?

JOEY Ja. Wenn ich erst mehr Kämpfe kriege, könnte ich Profi werden.

MAX (zu LENNY) Fällt dir auf, wie locker er sich mit seiner Schwägerin unterhält? Das kommt daher, weil sie eine kluge und sympathische Frau ist.

Er beugt sich zu ihr.

Sag mal, glaubst du, die Kinder vermissen ihre Mutter?

Sie sieht ihn an.

TEDDY Natürlich tun sie das. Sie lieben sie. Wir sehen sie ja bald wieder.

Pause.

LENNY (zu TEDDY) Deine Zigarre ist aus.

TEDDY Ah ja.

LENNY Willst du Feuer?

TEDDY Nein. Nein.

Pause.

Deine ist auch aus.

LENNY Ah ja.

Pause.

Hey, Teddy, wir wissen noch gar nichts über deine Philosophenkarriere. Was lehrst du?

TEDDY Philosophie.

LENNY Dann möchte ich dich etwas fragen. Stellst du in den zentralen Aussagen des christlichen Theismus gewisse logische Ungereimtheiten fest?

TEDDY Für diese Frage bin ich nicht zuständig.

LENNY Na, dann sieh es mal so … du hast doch nichts dagegen, wenn ich dir ein paar Fragen stelle?

TEDDY Solange sie in mein Fachgebiet fallen.

LENNY Na, dann sieh es mal so. Wie kann das Unbekannte verehrungswürdig sein? Anders formuliert, wie kann man verehren, was man nicht kennt? Dennoch wäre die Behauptung lächerlich, dass das, was wir *kennen*, Verehrung verdient. Das, was wir kennen, verdient alles Mögliche, aber es ist doch einleuchtend, dass

Verehrung nicht dazugehört. Anders ausgedrückt, abgesehen vom Bekannten und vom Unbekannten, was gibt es noch?

Pause.

TEDDY Da fragst du leider den Falschen.

LENNY Aber du bist doch der Philosoph. Komm schon, frank und frei. Was hältst du von dieser ganzen Sache um Sein und Nichtsein?

TEDDY Was hältst du davon?

LENNY Nehmen wir zum Beispiel mal einen Tisch. Philosophisch betrachtet. Was ist das?

TEDDY Ein Tisch.

LENNY Ah. Du meinst, es ist bloß ein Tisch. Also, da würde dich jetzt so mancher um deine Sicherheit beneiden, stimmt's, Joey? Ich hab zum Beispiel ein paar Freunde, wir sitzen oft in der Ritz-Bar zusammen und trinken Likör, und die sagen dann immer solche Sachen wie: Nimm einen Tisch, nimm ihn. Na schön, sage ich, *nimm* einen Tisch, *nimm* einen Tisch, aber wenn du ihn hast, was machst du dann damit? Wenn man ihn mal hat, wohin damit?

MAX Man würde ihn wahrscheinlich verkaufen.

LENNY Du würdest nicht viel dafür kriegen.

JOEY Zu Brennholz machen.

LENNY sieht ihn an und lacht.

RUTH Seid da nicht so sicher. Ihr habt etwas vergessen. Schaut mich an. Ich … bewege mein Bein. Mehr nicht. Aber ich trage … Unterwäsche … die bewegt sich mit mir … das … weckt eure Aufmerksamkeit. Vielleicht interpretiert ihr das falsch. Ein einfacher Vorgang. Ein Bein ... bewegt sich. Meine Lippen bewegen sich. Warum beschränkt ihr ... eure Beobachtungen nicht darauf? Vielleicht kommt der Tatsache, dass sie sich bewegen, mehr Bedeutung zu ... als den Worten, die sie sprechen. Ihr müsst diese ... Möglichkeit ... im Auge behalten.

Stille.

TEDDY steht auf.

Ich wurde hier ganz in der Nähe geboren.

Pause.

Dann ... vor sechs Jahren bin ich nach Amerika gegangen.

Pause.

Nur Felsen. Und Sand. Es erstreckt sich ... so weit ... wohin man auch schaut. Und es gibt dort viele Insekten.

Pause.

Und es gibt dort viele Insekten.

Stille.

Sie bewegt sich nicht.

MAX steht auf.

MAX Zeit für das Boxstudio. Du musst ins Training, Joey.

LENNY (im Aufstehen) Ich komme mit.

JOEY bleibt sitzen und sieht RUTH an.

MAX Joe.

JOEY steht auf. Die drei gehen hinaus.

TEDDY setzt sich neben RUTH und hält ihre Hand.

Sie lächelt ihn an.

Pause.

TEDDY Ich denke, wir fahren zurück. Hmmm?

Pause.

Sollen wir heimfahren?

RUTH Warum?

TEDDY Wir wollten doch sowieso nur für ein paar Tage bleiben. Wir könnten es genauso gut … abkürzen, denke ich.

RUTH Warum? Gefällt's dir hier nicht?

TEDDY Doch, natürlich. Aber ich möchte jetzt gern zurück, die Jungs wiedersehen.

Pause.

RUTH Magst du deine Familie nicht?

TEDDY Welche Familie?

RUTH Deine Familie hier.

TEDDY Doch, natürlich mag ich sie. Wovon redest du?

RUTH Du magst sie nicht so gern, wie du gedacht hast?

TEDDY Doch, natürlich. Natürlich … mag ich sie. Ich weiß gar nicht, wovon du redest.

Pause.

Du. Weißt du, wie spät es jetzt drüben ist?

RUTH Was?

TEDDY Es ist Vormittag. Etwa elf Uhr.

RUTH Tatsächlich?

TEDDY Ja, sie sind etwa sechs Stunden hinter uns zurück … ich meine … hinter der Zeit hier. Die Jungs sind jetzt bestimmt am Pool … schwimmen. Stell dir vor. Da drüben ist Vormittag. Sonne. Wir fahren auf alle Fälle, hmmm? Es ist so sauber dort.

RUTH Sauber.

TEDDY Ja.

RUTH Ist es hier schmutzig?

TEDDY Nein, natürlich nicht. Aber dort ist es sauberer.

Pause.

Sieh mal, ich hab dich doch bloß hergebracht, damit du die Familie kennen lernst. Du kennst sie, also können wir abfahren. Bald beginnt das Wintersemester.

RUTH Du findest es schmutzig hier?

TEDDY Ich habe nicht gesagt, dass ich es hier schmutzig finde.

Pause.

Das hab ich nicht gesagt.

Pause.

Pass auf. Ich geh packen. Du ruhst dich ein bisschen aus. Ja? Sie kommen frühestens in einer Stunde zurück. Du kannst schlafen. Ruh dich aus. Bitte.

Sie sieht ihn an.

Du kannst mir bei meinen Vorlesungen helfen, wenn wir wieder drüben sind. Das fände ich prima. Du würdest mir damit einen großen Gefallen tun, ehrlich. Wir können bis in den Oktober hinein baden. Das weißt du doch. Hier kann man nirgends baden, nur im Schwimmbad die Straße runter. Weißt du, was das ist? Ein Pissoir. Ein versifftes Pissoir!

Pause.

Venedig hat dir doch gefallen? Es war herrlich, nicht wahr? Da hast du doch eine schöne Woche verlebt. Ich meine … ich habe dich dahin mitgenommen. Ich spreche Italienisch.

RUTH Aber wenn ich als Krankenschwester im Italienfeldzug gewesen wäre, wäre ich früher schon mal da gewesen.

Pause.

TEDDY Ruh du dich nur aus. Ich gehe packen.

TEDDY geht hinaus und die Treppe hoch.

Sie schließt die Augen.

LENNY kommt von hinten rechts.

Er geht ins Zimmer und setzt sich neben sie.

Sie öffnet die Augen.

Stille.

LENNY Die Tage nehmen ab.

RUTH Ja, es wird dunkel.

Pause.

LENNY Bald haben wir Winter. Zeit, die Garderobe zu wechseln.

Pause.

RUTH Eine gute Idee.

LENNY Was?

Pause.

RUTH Ich habe immer …

Pause.

Du ziehst dich gerne gut an?

LENNY O ja. Mir gefällt das.

Pause.

RUTH Mir gefällt …

Pause.

Wie findest du meine Schuhe?

LENNY Sehr hübsch.

RUTH Nein, ich krieg drüben nicht die richtigen.

LENNY Die kriegst du drüben nicht?

RUTH Nein … die gibt's drüben nicht.

Pause.

Ich war Model, bevor ich weggegangen bin.

LENNY Hast du Hüte vorgeführt?

Pause.

Ich hab mal einem Mädchen einen Hut gekauft. Wir haben ihn in einem Laden in einer Glasvitrine entdeckt. Ich sag dir, wie der aussah. Obendrauf war ein Strauß Osterglocken mit einer schwarzen Satinschleife drum rum, und drüber lag ein schwarzer Schleier. Ein Schleier. Ich sag dir. Sie war wie geschaffen dafür.

RUTH Nein … ich habe meinen Körper vorgeführt. Fotomodell für den Körper.

LENNY Atelieraufnahmen?

RUTH Das war, bevor ich … meine Kinder bekam.

Pause.

Nein, nicht immer im Atelier.

Pause.

Ein paarmal sind wir mit dem Zug aufs Land gefahren. Sechs- oder siebenmal. Wir kamen immer … an einem großen weißen Wasserturm vorbei. Das Anwesen … dieses Haus … war sehr groß … die Bäume … es gab einen Teich, weißt du … wir haben uns umgezogen und sind runter zum Teich gegangen … wir sind einen Weg entlanggegangen … über Steine … die lagen da … auf diesem Weg. Gleich … warte … ja … wenn wir uns im Haus umgezogen haben, bekamen wir einen Drink. Es gab ein kaltes Buffet.

Pause.

Manchmal sind wir im Haus geblieben, aber … meistens … sind wir runter zum See gegangen … und haben dort Modell gestanden.

Pause.

Kurz bevor wir nach Amerika gegangen sind, war ich noch einmal dort. Ich bin vom Bahnhof zum Tor gelaufen und dann die Auffahrt hochgegangen. Es brannte Licht … ich stand in der Auffahrt … das Haus war hell erleuchtet.

TEDDY kommt mit den Koffern die Treppe herunter. Er stellt sie ab und sieht LENNY an.

TEDDY Was hast du ihr erzählt?

Er geht zu RUTH.

Hier ist dein Mantel.

LENNY geht zur Musiktruhe und legt eine Platte mit langsamer Jazzmusik auf.

TEDDY Ruth. Mach schon. Zieh ihn an.

LENNY (zu RUTH) Nur einen Tanz noch, bevor du gehst?

TEDDY Wir gehen.

LENNY Nur den einen.

TEDDY Nein. Wir gehen.

LENNY Nur einen Tanz mit ihrem Schwager, bevor sie geht.

LENNY verbeugt sich vor ihr.

Madam?

RUTH steht auf. Sie tanzen langsam.

TEDDY bleibt mit RUTHS Mantel stehen.

MAX und JOEY kommen zur Haustür herein und ins Zimmer.

Sie bleiben stehen.

LENNY küsst RUTH. Sie verharren und küssen sich.

JOEY Herrgott, die lässt ja jeden ran.

Pause.

Das ist ’ne Nutte.

Pause.

Der gute Lenny hat eine Nutte hier.

JOEY geht zu den beiden. Er nimmt RUTH beim Arm. Er lächelt LENNY an. Er setzt sich mit RUTH aufs Sofa, umarmt und küsst sie.

Er schaut zu LENNY hoch.

JOEY Die ist genau mein Fall.

Er beugt sie nach hinten, bis sie unter ihm liegt. Er küsst sie. Er schaut zu TEDDY und MAX hoch.

Besser als jede Handmassage.

LENNY setzt sich auf die Armlehne des Sofas. Er streichelt RUTHS Haar, während JOEY sie umarmt.

MAX kommt nach vorn und wirft einen Blick auf die Koffer.

MAX Geht’s los, Teddy? Schon?

Pause.

Wann kommst du denn mal wieder rüber? Wenn du nächstes Mal kommst, vergiss aber nicht, uns vorher zu informieren, ob du verheiratet bist oder nicht. Wird mir immer ein Vergnügen sein, die werte Gattin kennen zu lernen. Ehrlich. Ich sag’s dir.

JOEY liegt schwer auf RUTH.

Sie liegen beinahe reglos.

LENNY streichelt RUTHS Haar.

Hör mal, glaubst du, ich weiß nicht, warum du mir verschwiegen hast, dass du verheiratet bist? Ich weiß, warum. Du hast dich geschämt. Du hast gedacht, ich wäre sauer, weil du eine Frau unter deinem Stand geheiratet hast. Du solltest mich besser kennen. Ich bin tolerant. Ich bin ein toleranter Mensch.

Er versucht RUTHS Gesicht unter JOEY zu sehen und wendet sich wieder TEDDY zu.

Sie ist schließlich ein hübsches Mädchen. Eine schöne Frau. Und Mutter außerdem. Mutter von drei Kindern. Du hast eine glückliche Frau aus ihr gemacht. Darauf kannst du stolz sein. Wir sprechen schließlich von einer Frau mit Klasse. Wir sprechen von einer Frau mit Gefühl.

JOEY und RUTH rollen vom Sofa herunter auf den Boden.

JOEY umklammert RUTH. LENNY nähert sich, bis er über ihnen steht. Er blickt zu ihnen herunter. Er berührt RUTH sanft mit dem Fuß. RUTH stößt JOEY plötzlich weg.

Sie steht auf.

JOEY erhebt sich und schaut sie an.

RUTH Ich möchte was essen. (Zu LENNY) Ich möchte was trinken. Hast du irgendwas zu trinken?

LENNY Es gibt was zu trinken.

RUTH Ich möchte was trinken, bitte.

LENNY Was denn?

RUTH Whisky.

LENNY Hab ich.

Pause.

RUTH Na, dann hol ihn.

LENNY geht zur Anrichte und holt eine Flasche und Gläser heraus.

JOEY geht zu RUTH.

RUTH Stell die Platte ab.

Er sieht sie an, dreht sich um und schaltet den Plattenspieler aus.

Ich will was zu essen.

Pause.

JOEY Ich kann nicht kochen. (Deutet auf MAX) Er ist der Koch.

LENNY bringt ihr ein Glas Whisky.

LENNY Soda extra?

RUTH Was soll ich mit so ’nem Glas? Aus dem kann ich nicht trinken. Hast du keinen Tumbler?

LENNY Doch.

RUTH Na, dann nimm den Tumbler.

Er bringt das Glas zurück, gießt Whisky in einen Tumbler und bringt ihn ihr.

LENNY On the rocks? Oder pur?

RUTH On the rocks? Was verstehst denn du davon?

LENNY Wir haben Eiswürfel. Aber die sind im Kühlschrank festgefroren.

RUTH trinkt.

LENNY schaut die anderen an.

Eine Runde für alle?

Er geht zur Anrichte und gießt Drinks ein.

JOEY tritt näher zu RUTH.

JOEY Was möchtest du essen?

RUTH schlendert durchs Zimmer.

RUTH (zu TEDDY) Hat deine Familie deine erkenntniskritischen Werke gelesen?

MAX Siehst du, das habe ich immer versäumt. Von seinen erkenntniskritischen Werken habe ich kein einziges gelesen.

TEDDY Du würdest sie nicht verstehen.

LENNY verteilt die Drinks.

JOEY Was möchtest du denn essen? Ich bin aber nicht der Koch.

LENNY Soda, Ted? Oder pur?

TEDDY Du würdest meine Werke nicht verstehen. Du hättest keinen blassen Schimmer, worum es geht. Du würdest die Bezugspunkte nicht bemerken. Du hältst nicht Schritt. Ihr alle haltet nicht Schritt. Es ist sinnlos, euch meine Werke zu schicken. Ihr würdet nichts verstehen. Das ist keine Frage der Intelligenz. Es geht um die Fähigkeit, die Welt auf eine bestimmte Weise zu betrachten. Es geht darum, inwieweit man die Dinge funktionieren lassen kann, anstatt von ihnen funktionalisiert zu werden. Ich will sagen, es geht um die Fähigkeit, beides zu verbinden, beides in Bezug zu setzen, beides auszubalancieren. Zu sehen, sehen zu *können*! Ich bin der, der sehen kann. Darum kann ich meine erkenntniskritischen Werke schreiben. Könnte euch nicht schaden … mal einen Blick reinzuwerfen … zu sehen, wie bestimmte Menschen … die Dinge … betrachten können … wie bestimmte Menschen imstande sind … eine gewisse intellektuelle Ausgewogenheit zu wahren. Intellektuelle Ausgewogenheit. Ihr seid bloß Objekte. Ihr … bewegt euch nur. Ich kann beobachten. Ich kann sehen, was ihr tut. Dasselbe wie ich. Es ist dasselbe, was auch ich tue. Aber ihr verliert euch darin. So weit kriegt ihr mich nicht … ich werde mich nicht darin verlieren.

Blackout.

Licht an.

Abend.

TEDDY sitzt im Mantel da, die Koffer neben sich. SAM.

Pause.

SAM Erinnerst du dich an MacGregor, Teddy?

TEDDY Mac?

SAM Ja.

TEDDY Natürlich.

SAM Was hast du von ihm gehalten? Hat er dir gefallen?

TEDDY Ja. Ich mochte ihn. Warum?

Pause.

SAM Du warst immer mein Liebling unter den Jungs, weißt du. Immer.

Pause.

Ich war so gerührt, als du mir aus Amerika geschrieben hast. Deinem Vater hattest du ja ein paarmal geschrieben, aber mir noch nie. Aber als dann der Brief von dir kam … also, da war ich sehr gerührt. Ich hab's ihm nie erzählt. Ich hab ihm nie erzählt, dass du dich bei mir gemeldet hast.

Pause.

(Flüsternd) Soll ich dir was verraten, Teddy? Du warst immer der Liebling deiner Mutter. Sie hat's mir gesagt. Du warst immer ihr … du warst immer ihr Augenstern.

Pause.

Bleib doch noch ein paar Wochen. Wir könnten uns prächtig amüsieren.

LENNY kommt zur Haustür herein und ins Zimmer.

LENNY Immer noch da, Ted? Du verpasst noch dein erstes Seminar.

Er geht zur Anrichte, öffnet sie, schaut nach rechts und links hinein, bleibt stehen.

Wo ist mein Käsebrötchen?

Pause.

Jemand hat mein Käsebrötchen genommen. Es war hier drin. (Zu SAM) Hast du's gemopst?

TEDDY Ich habe dein Käsebrötchen genommen, Lenny.

Stille.

SAM sieht beide an, nimmt seinen Hut und geht zur Haustür hinaus.

Stille.

LENNY Du hast mein Käsebrötchen genommen?

TEDDY Ja.

LENNY Ich habe mir dieses Brötchen eigenhändig gemacht. Ich habe es zerteilt und Butter draufgeschmiert. Ich habe eine Scheibe Käse abgeschnitten und zwischen die Hälften gelegt. Ich habe es auf einen Teller gelegt, und ich habe es in die Anrichte gestellt. Das habe ich alles gemacht, bevor ich aus dem Haus gegangen bin. Jetzt komme ich zurück, und du hast es gegessen.

TEDDY Und was willst du jetzt tun?

LENNY Ich erwarte eine Entschuldigung von dir.

TEDDY Aber ich habe es absichtlich genommen, Lenny.

LENNY Du meinst, du hast es nicht zufällig entdeckt?

TEDDY Ich hab gesehen, wie du es da reingestellt hast. Ich hatte Hunger, also hab ich es gegessen.

Pause.

LENNY Bodenlose Unverschämtheit.

Pause.

Wie kommst du dazu, so … rachsüchtig gegen deinen eigenen Bruder zu sein? Das haut mich glatt um.

Pause.

Also, Ted, ich würde mal sagen, das kommt der ungeschminkten Wahrheit relativ nah. Du hast echt die Hosen runtergelassen. Ich meine, jetzt ist alles erlaubt. Wie soll man das sonst interpretieren? Dem jüngeren Bruder das selbst geschmierte Käsebrötchen klauen, wenn er unterwegs ist und ein bisschen arbeitet, das ist nicht zweideutig, das ist unzweideutig.

Pause.

Ich muss sagen, du scheinst mir in den letzten sechs Jahren wirklich etwas grämlich geworden zu sein. Etwas grämlich. Etwas verkrochen. Etwas weniger aufgeschlossen. Schon merkwürdig, denn ich hätte gedacht, in den Vereinigten Staaten von Amerika, ich sage nur, Sonne und so, die weite Landschaft, auf dem guten alten Campus, in deiner Position, Vorlesungen halten, im Zentrum des intellektuellen Lebens drüben, auf dem guten alten Campus, im Trubel des gesellschaftlichen Lebens, die unzähligen Anregungen, deine vielen Kinder und alles, womit du dich amüsieren kannst, da am Pool, die Greyhound-Busse und all das, tonnenweise Eiswasser, bequeme Bermuda-Shorts und alles, auf dem guten alten Campus, keine Stunde am Tag oder in der Nacht, wo man nicht eine Tasse Kaffee kriegt oder einen Genever, da hätte ich gedacht, du wärest etwas aufgeschlossener geworden und nicht weniger. Du musst nämlich wissen, du hast Maßstäbe für uns gesetzt, Teddy. Deine Familie schaut auf zu dir, Junge, und weißt du, was sie tut? Sie gibt sich alle Mühe, deinem Beispiel zu folgen. Denn wir sind mächtig stolz auf dich. Darum haben wir uns so gefreut, dich wiederzusehen, dich an deinem Geburtsort wieder willkommen zu heißen. Darum.

Pause.

Nein, hör mal, Ted, ist doch klar, dass wir hier nicht so ein inhaltsreiches Leben führen wie du da drüben. Wir führen ein abgeschlosseneres Leben. Wir sind beschäftigt, klar. Joey ist mit seinem Boxen beschäftigt, ich bin mit meiner Tätigkeit beschäftigt. Dad spielt immer noch ganz passabel Poker, und außerdem kocht er, auf dem gewohnten Niveau, und Onkel Sam ist der beste Chauffeur der Firma. Aber trotzdem bilden wir eine Einheit, Teddy, und du bist ein wesentlicher

Bestandteil davon. Wenn wir im Hinterhof alle zusammensitzen und still den Nachthimmel betrachten, steht immer ein leerer Stuhl im Kreis, und zwar deiner. Und wenn du also endlich zu uns zurückkehrst, erwarten wir ein bisschen Entgegenkommen, ein bisschen je ne sais quoi, ein bisschen Großzügigkeit im Denken, eine liberale Einstellung, zu unserer Beruhigung. Das erwarten wir einfach. Aber bekommen wir das? Haben wir das bekommen? Hast du uns das gegeben?

Pause.

TEDDY Ja.

JOEY kommt mit einer Zeitung in der Hand die Treppe herunter und ins Zimmer.

LENNY (zu JOEY) Na, wie ist es gelaufen?

JOEY Äh … nicht schlecht.

LENNY Was soll das heißen?

Pause.

Was soll das heißen?

JOEY Nicht schlecht.

LENNY Ich will wissen, was du damit meinst … nicht schlecht.

JOEY Was geht dich das an?

LENNY Joey, seinem Bruder erzählt man alles.

JOEY Ich bin nicht ans Ziel gekommen.

LENNY Du bist nicht ans Ziel gekommen?

Pause.

(Mit Nachdruck) Du bist nicht ans Ziel gekommen? Aber du warst zwei Stunden lang mit ihr da oben.

JOEY Na und?

LENNY Du bist nicht ans Ziel gekommen, und hast sie zwei Stunden lang da oben gehabt!

JOEY Na, wennschon?

LENNY geht näher zu ihm.

LENNY Was willst du damit sagen?

JOEY Was meinst du?

LENNY Willst du damit sagen, sie geilt einen nur so zum Spaß auf?

Pause.

Die geilt einen nur so zum Spaß auf!

Pause.

Wie findest du das, Ted? Deine Frau, stellt sich heraus, ist eine, die einen nur so zum Spaß aufgeilt. Er hat sie zwei Stunden da oben gehabt, und er ist nicht zum Schuss gekommen.

JOEY Ich hab nicht gesagt, dass sie einen bloß zum Spaß aufgeilt.

LENNY Soll das ein Witz sein? Klingt für mich ganz so, als würde sie einen nur zum Spaß aufgeilen, was meinst du, Ted?

TEDDY Vielleicht hat er nicht das richtige Händchen.

LENNY Joey? Nicht das richtige Händchen? Mach dich nicht lächerlich. Der hat mehr Miezen vernascht als du Cremetörtchen. Er ist unwiderstehlich. Solche Typen kannst du mit der Lupe suchen.

Erzähl ihm doch mal von deiner letzten Puppe, Joey.

Pause.

JOEY Welche meinst du?

LENNY Die letzte! Als wir mit dem Auto angehalten haben …

JOEY Ach, die … ja … also … wir waren mit Lennys Wagen unterwegs, eines Abends letzte Woche …

LENNY Im Alfa.

JOEY Und, äh … sind die Straße … entlanggegondelt …

LENNY In der Nähe von Wormwood Scrubs.

JOEY Ja, da oben, wo der Knast ist …

LENNY Mal kurz in North Paddington nach dem Rechten sehen.

JOEY Und, äh … es war schon reichlich spät, oder?

LENNY Ja, es war spät. Und weiter?

Pause.

JOEY Und dann haben wir … also, am Bordstein, da hat dieses Auto geparkt … mit zwei Mädchen drin.

LENNY Und ihren Begleitern.

JOEY Ja, da saßen zwei Typen drin. Jedenfalls … wir sind ausgestiegen … und haben … den beiden Begleitern gesagt … sie sollen verschwinden … und das haben die auch gemacht … und dann haben wir … die Mädchen aus dem Auto geholt …

LENNY Wir sind mit ihnen nicht da beim Knast in die Büsche gegangen.

JOEY Aber nein. Nicht dahin. Da wären wir ja den Bullen aufgefallen … verstehst du. Wir sind mit ihnen auf ein Ruinengrundstück gegangen.

LENNY Trümmer. In die Trümmer.

JOEY Ja, massenweise Trümmer.

Pause.

Also … weißt du … dann haben wir sie uns vorgenommen.

LENNY Du hast das Beste ausgelassen. Er hat das Beste ausgelassen!

JOEY Was denn?

LENNY (ZU TEDDY) Die Puppe sagt zu ihm, von mir aus, sagt sie, aber nur mit Verhütung. Ich brauche ein Verhütungsmittel. Ich hab aber kein Verhütungsmittel, sagt der gute Joey zu ihr. Dann mach ich's nicht, sagt sie. Klar, machst du's, scheiß auf das Verhütungsmittel.

LENNY lacht.

Sogar meine Puppe musste lachen, wie sie das gehört hat. Ja, sogar die musste direkt ein bisschen lachen. Also, Joey ist schon ein echter Knaller, wenn der erst mal richtig in Fahrt kommt. Und jetzt war er mit deiner Frau zwei Stunden da oben und ist nicht mal zum Schuss gekommen. Also, das klingt für mich schon so, als würde deine Frau einen bloß zum Spaß aufgeilen, Ted. Was meinst du dazu, Joey? Bist du zufrieden? Erzähl mir bloß nicht, du bist zufrieden, ohne zum Schuss gekommen zu sein.

Pause.

JOEY Ich bin schon oft zum Schuss gekommen. Manchmal … ist man auch zufrieden … wenn man nicht zum Schuss gekommen ist. Ab und zu … ist man zufrieden … ohne zum Schuss gekommen zu sein.

LENNY starrt ihn an.

MAX und SAM kommen zur Haustür herein und ins Zimmer.

MAX Wo steckt die Hure? Immer noch im Bett? Die macht uns noch alle zu Tieren.

LENNY Die Kleine geilt einen nur so zum Spaß auf.

MAX Was?

LENNY Sie hat Joey an der Nase rumgeführt.

MAX Was soll das heißen?

TEDDY Er war mit ihr zwei Stunden da oben und ist nicht zum Schuss gekommen.

Pause.

MAX Mein Joey? Das hat sie meinem Jungen angetan?

Pause.

Meinem Jüngsten? Ts, ts, ts, ts. Wie geht's dir, mein Sohn? Alles in Ordnung?

JOEY Klar ist alles in Ordnung.

MAX (zu TEDDY) Macht sie das mit dir auch?

TEDDY Nein.

LENNY Der darf ran an den Speck.

MAX Glaubst du?

JOEY Darf er nicht.

Pause.

SAM Er ist ihr rechtmäßiger Ehemann. Sie ist seine rechtmäßige Ehefrau.

JOEY Darf er nicht! Der darf nicht ran an den Speck! Das sag ich dir. Das sag ich euch allen. Den Nächsten, der sagt, er darf ran an den Speck, bring ich um.

MAX Joey … warum regst du dich denn so auf? (Zu LENNY) Er ist frustriert. Siehst du, was hab ich dir gesagt?

LENNY Wer ist frustriert?

MAX Joey. Keiner behauptet, dass du Unrecht hast. Im Gegenteil, wir alle finden, du hast Recht.

Pause.

MAX wendet sich an die anderen.

Wisst ihr was? Vielleicht keine schlechte Idee, eine Frau im Haus. Vielleicht eine prima Sache. Wer weiß? Vielleicht sollten wir sie dabehalten.

Pause.

Vielleicht fragen wir sie mal, ob sie bleiben möchte.

Pause.

TEDDY Daraus wird leider nichts, Dad. Ihr geht's nicht so gut, und wir müssen nach Hause zu den Kindern.

MAX Ihr geht's nicht so gut? Ich hab dir doch gesagt, ich bin's gewöhnt, mich um Leute zu kümmern, denen es nicht so gut geht. Mach dir da mal keine Sorgen. Vielleicht behalten wir sie hier.

SAM Red keinen Unsinn.

MAX Wieso Unsinn?

SAM Du redest Quatsch.

MAX Ich?

SAM Sie hat drei Kinder.

MAX Sie kann noch mehr kriegen! Hier. Wenn sie so scharf darauf ist.

TEDDY Sie will keine mehr.

MAX Was weißt du schon, was sie will, Ted?

TEDDY (lächelt) Für sie ist es das Beste, wenn sie mit mir nach Hause kommt, Dad. Wirklich. Wir sind schließlich verheiratet.

MAX geht durchs Zimmer und schnipst mit den Fingern.

MAX Wir müssten sie natürlich bezahlen. Das ist euch doch klar? Wir können sie nicht ohne Taschengeld rumlaufen lassen. Sie wird einen kleinen Zuschuss brauchen.

JOEY Natürlich bezahlen wir sie. Sie muss etwas Geld in der Tasche haben.

MAX Meine Rede. Du kannst von einer Frau nicht erwarten, dass sie rumläuft ohne genügend Kleingeld, um ein Paar Strümpfe zu kaufen.

Pause.

LENNY Wo soll das Geld herkommen?

MAX Na, wie viel ist sie wert? Irgendeinen dreistelligen Betrag?

LENNY Ich hab dich gefragt, wo das Geld herkommen soll? Das bedeutet einen zusätzlichen Esser. Noch jemand, der Klamotten braucht. Kapierst du das?

JOEY Ich kaufe ihr Kleider.

LENNY Wovon?

JOEY Ich investiere einen Teil von meinem Lohn.

MAX Genau. Wir lassen den Hut rumgehen. Wir spenden was. Wir sind doch alle erwachsen, wir haben Verantwortungsgefühl. Wir tun alle ein bisschen was in den Hut. Das ist demokratisch.

LENNY Das wird nicht ganz billig, Dad.

Pause.

Sie ist keine Frau, die gern in Secondhandklamotten rumläuft. Sie ist topmodisch gekleidet. Du willst doch nicht, dass sie in Sachen herumläuft, in denen sie nicht optimal aussieht?

MAX Lenny, wenn ich dazu was anmerken dürfte? Soll keine Kritik sein. Aber ich glaube, du konzentrierst dich zu sehr auf die wirtschaftlichen Aspekte. Es gibt noch andere Aspekte. Es gibt den menschlichen Aspekt. Du verstehst, was ich meine? Es gibt menschliche Aspekte. Vergiss die nicht.

LENNY Bestimmt nicht.

MAX Also, denk dran.

Pause.

Hört mal, wir müssen sie zumindest annähernd so behandeln, wie sie es gewohnt ist. Sie ist schließlich keine von der Straße, sie ist meine Schwiegertochter!

JOEY Stimmt.

MAX Na bitte, so machen wir's. Joey spendet was, Sam spendet was …

SAM sieht MAX an.

Ich gebe ein paar Kröten von meiner Rente dazu, Lenny spuckt auch was aus. Wär doch gelacht. Was ist mit dir, Ted? Was zahlst du in die Kasse?

TEDDY Ich zahl gar nichts in die Kasse.

MAX Was? Du tust nicht mal was zur Unterstützung deiner eigenen Frau? Du miese Pottsau. Deine Mutter würde tot umfallen, wenn sie dich jetzt gehört hätte.

LENNY Hey, Dad.

LENNY kommt nach vorn.

Ich hab eine bessere Idee.

MAX Welche?

LENNY Wir können uns die ganzen Ausgaben sparen. Ich kenne solche Frauen. Wenn die erst mal anfangen, ruinieren sie einem den ganzen Haushaltsplan. Ich hab eine bessere Idee. Ich könnte sie in die Greek Street mitnehmen.

Pause.

MAX Du willst sie auf den Strich schicken?

Pause.

Wir schicken sie auf den Strich. Ein genialer Einfall, eine großartige Idee. Du meinst, sie soll sich das Geld selber verdienen – auf dem Rücken?

LENNY Ja.

MAX Wunderbar. Allerdings ginge das nur stundenweise. Wir wollen doch nicht, dass sie die Nacht außer Haus ist.

LENNY Ich kann die Stundenzahl beschränken.

MAX Wie viele?

LENNY Vier Stunden pro Nacht.

MAX (zweifelnd) Reicht das?

LENNY Bei vier Stunden pro Nacht wird sie ordentlich was anschaffen.

MAX Na, du musst es wissen. Wir wollen das Mädchen schließlich auf gar keinen Fall überstrapazieren. Sie wird ja auch hier ihre Verpflichtungen haben. In welchen Teil der Greek Street schickst du sie?

LENNY Es muss nicht unbedingt die Greek Street sein, Dad. Ich hab da in der Ecke mehrere Wohnungen.

MAX Ach ja? Und wo bleibe ich? Warum überlässt du mir keine?

LENNY Du bist geschlechtslos.

JOEY He, Moment mal, was soll das?

MAX Ich weiß, was Lenny meint. Lenny meint, sie kann ihre Kosten selbst tragen. Was sagst du, Teddy? Das löst alle unsere Probleme.

JOEY Hey, Moment mal. Ich will sie nicht mit irgendwem teilen.

MAX Was hast du gesagt?

JOEY Ich will sie nicht mit einem Haufen Rowdys teilen!

MAX Rowdys! Du arroganter Arsch! So was von arrogant. (Zu LENNY) Wirst du irgendwelche Rowdys zu ihr schicken?

LENNY Meine Kunden sind ausgesprochen vornehm, Joey. So vornehm wirst du im Leben nie.

MAX Du darfst dich glücklich schätzen, dass wir dich mitmachen lassen.

JOEY Ich war nicht darauf vorbereitet, dass ich sie mit jemand teilen muss!

MAX Du wirst sie aber teilen müssen! Sonst fährt sie gleich wieder nach Amerika zurück. Kapiert?

Pause.

Es ist schon knifflig genug, ohne dass du auch noch quer schießt. Mir bereitet was ganz anderes Kopfzerbrechen. Vielleicht ist sie den Anforderungen doch nicht gewachsen. Was? Teddy, du kannst das am besten beurteilen. Glaubst du, sie wäre den Anforderungen gewachsen?

Pause.

Ich meine, wenn sie keinen richtig ranlässt? Wenn das bei ihr zur Gewohnheit wird? Das bringt uns nichts.

Pause.

TEDDY Das war nur das Vorspiel … vermute ich … mehr war das vermutlich nicht.

MAX Das Vorspiel? Zwei volle Stunden? Verdammt langes Vorspiel!

LENNY Ich glaube, in der Hinsicht müssen wir uns keine Sorgen machen, Dad.

MAX Woher weißt du das?

LENNY Ich spreche als Fachmann.

LENNY geht zu TEDDY.

LENNY Hör mal, Teddy, du könntest uns eigentlich unter die Arme greifen. Wenn ich dir ein paar Geschäftskarten schicken würde, nach Amerika … du weißt schon, ganz stilvoll mit einem Namen und einer Telefonnummer drauf, ganz diskret, also, du könntest sie dort verteilen … an verschiedene Leute, die vielleicht gerade eine Reise hier rüber planen. Du würdest natürlich ein paar Prozente kriegen.

MAX Du müsstest ihnen ja nicht auf die Nase binden, dass sie deine Frau ist.

LENNY Nein, sie würde von uns einen anderen Namen bekommen. Dolores oder so.

MAX Oder die Spanische Jacky.

LENNY Nein, da muss man dezenter sein, Dad. Wir würden ihr einen netten Namen geben … wie Cynthia … oder Gillian.

Pause.

JOEY Gillian.

Pause.

LENNY Nein, ich meine Folgendes, Teddy, du kennst doch sicher einen Haufen Professoren, Institutsleiter, solche Leute eben. Die fliegen schnell hier rüber, logieren im Savoy, die brauchen was, wo sie mal gemütlich und gepflegt einen wegstecken können. Und du lieferst ihnen die nötigen Details aus erster Hand.

MAX Klar. Du kannst ihnen die entsprechenden Details liefern. Jede Wette, das dauert keine zwei Monate, und wir haben eine Warteliste.

LENNY Du könntest unser Repräsentant in den Staaten sein.

MAX Natürlich. Wir würden auf internationaler Ebene operieren! Wenn das richtig gut läuft, kriegen wir Rabatt bei Pan Am.

Pause.

TEDDY Sie würde altern … sehr rasch.

MAX Nein … heutzutage nicht! Bei dem staatlichen Gesundheitsdienst? Alt! Wie kann sie da alt werden? Sie wird sich großartig amüsieren.

RUTH kommt die Treppe herunter. Sie ist angezogen.

Sie kommt ins Zimmer.

Sie lächelt die Anwesenden an und setzt sich.

Stille.

TEDDY Ruth … die Familie hat dich eingeladen, noch ein wenig länger zu bleiben. Als … als eine Art Gast. Wenn dich das reizt, habe ich nichts dagegen. Wir kommen zu Hause ganz gut zurecht … bis du zurückkehrst.

RUTH Wahnsinnig nett von ihnen.

Pause.

MAX Unser Angebot kommt von Herzen.

RUTH Wie süß von euch.

MAX Aber hör mal … es wäre uns ein Vergnügen.

Pause.

RUTH Ich glaube, ich würde euch zu viel Umstände bereiten.

MAX Umstände? Wovon redest du? Was denn für Umstände? Hör mal, ich sag dir was. Seit die arme Jessie gestorben ist, haben wir keine Frau mehr im Haus gehabt, was, Sam? Nicht eine einzige. In diesem Haus. Und ich sag dir auch, warum. Weil ihnen das Andenken ihrer Mutter so teuer war, dass jede andere Frau es besudelt hätte. Aber du … Ruth … du bist nicht nur hübsch und schön, du gehörst auch zur Familie. Du bist eine Verwandte. Dein Platz ist hier.

Pause.

RUTH Ich bin ganz gerührt.

MAX Kein Wunder. Ich bin selber gerührt.

Pause.

TEDDY Ruth, eines solltest du noch wissen … du wirst deinen Teil beitragen müssen, wenn du bleibst. Finanziell. Mein Vater ist nicht sehr vermögend.

RUTH (zu MAX) Oh, das tut mir aber Leid.

MAX Aber nein, du musst nur eine Kleinigkeit beisteuern, mehr nicht. Ein paar Kröten. Nicht viel. Wir warten eben noch drauf, dass Joey sich an die Spitze boxt. Wenn Joey erst mal an der Spitze ist … also dann …

Pause.

TEDDY Oder du kommst mit mir nach Hause.

LENNY Wir würden dir eine Wohnung besorgen.

Pause.

RUTH Eine Wohnung?

LENNY Ja.

RUTH Wo?

LENNY In der Stadt.

Pause.

Aber wohnen würdest du hier bei uns.

MAX Na klar, was denn sonst. Hier wäre dein Zuhause. Im Schoß der Familie.

LENNY Du müsstest abends bloß für ein paar Stunden in die Wohnung rüber, mehr nicht.

MAX Bloß ein paar Stunden, mehr nicht. Mehr nicht.

LENNY Und du verdienst so viel Geld, dass es für hier reicht.

Pause.

RUTH Wie viele Zimmer hätte diese Wohnung?

LENNY Nicht viele.

RUTH Ich würde mindestens drei Zimmer und ein Bad brauchen.

LENNY Du würdest keine drei Zimmer und ein Bad brauchen.

MAX Ein Badezimmer braucht sie.

LENNY Aber nicht drei Zimmer.

Pause.

RUTH Doch, die brauche ich. Wirklich.

LENNY Zwei genügen.

RUTH Nein. Zwei würden nicht reichen.

Pause.

Ich brauche ein Ankleidezimmer, ein Zimmer zum Ausruhen und ein Schlafzimmer.

Pause.

LENNY Gut, wir besorgen dir eine 3-Zimmer-Wohnung mit Bad.

RUTH Und mit welchem Komfort?

LENNY Mit allem Komfort.

RUTH Ein Dienstmädchen?

LENNY Natürlich.

Pause.

Für den Anfang würden wir dich finanzieren, und wenn du dich dann etabliert hättest, könntest du uns das Geld zurückzahlen, in Raten.

RUTH Nein, damit wäre ich nicht einverstanden.

LENNY Ach, und warum nicht?

RUTH Ihr müsstet eure ursprünglichen Auslagen einfach als Kapitalinvestition betrachten.

Pause.

LENNY Verstehe. Abgemacht.

RUTH Ihr würdet natürlich meine Garderobe stellen?

LENNY Wir würden alles stellen. Alles, was du brauchst.

RUTH Ich würde entsetzlich viel brauchen. Sonst wäre ich unzufrieden.

LENNY Es würde dir an nichts fehlen.

RUTH Ich würde selbstverständlich eine Liste machen von dem, was ich alles brauche, und diese Liste müsstet ihr in Anwesenheit von Zeugen unterschreiben.

LENNY Selbstverständlich.

RUTH Alle Aspekte der Vereinbarung und die Arbeitsbedingungen müssten zur beiderseitigen Zufriedenheit geklärt sein, bevor es zum Vertragsabschluss käme.

LENNY Natürlich.

Pause.

RUTH Ja, das könnte sich als praktikables Arrangement erweisen.

LENNY Ich denke schon.

MAX Und du hättest natürlich den ganzen Tag frei. Du könntest hier ein bisschen kochen, wenn du Lust hättest.

LENNY Die Betten machen.

MAX Mal gründlich alles sauber schrubben.

TEDDY Allen Gesellschaft leisten.

SAM kommt nach vorne.

SAM (in einem Atemzug) MacGregor hat Jessie hinten in meinem Taxi genommen, während ich sie spazieren gefahren habe.

Er krächzt und bricht zusammen.

Er liegt reglos da.

Sie sehen ihn an.

MAX Was hat er denn? Ist er tot umgefallen?

LENNY Ja.

MAX Eine Leiche? Eine Leiche auf meinem Fußboden? Bringt ihn hier raus! Schafft ihn raus hier!

JOEY beugt sich über SAM.

JOEY Er ist nicht tot.

LENNY Wahrscheinlich war er tot, etwa dreißig Sekunden lang.

MAX Nicht mal tot ist er!

LENNY sieht zu SAM hinunter.

LENNY Ja, er atmet noch ein bisschen.

MAX (zeigt auf SAM) Wisst ihr, was dieser Mensch hatte?

LENNY Hat.

MAX Hat! Eine kranke Phantasie.

Pause.

RUTH Ja, die Vorstellung klingt doch sehr verlockend.

MAX Sollen wir das jetzt gleich per Handschlag besiegeln, oder möchtest du damit noch warten.

RUTH Ach, damit warten wir noch.

TEDDY steht auf.

Er sieht zu SAM hinunter.

TEDDY Ich wollte ihn eigentlich bitten, dass er mich zum Flughafen fährt.

Er geht zu den Koffern und nimmt einen.

Deinen Koffer lasse ich hier, Ruth. Ich geh einfach die Straße rauf bis zur U-Bahn.

MAX Hör mal, wenn du andersrum gehst, die erste links, dann die erste rechts, du erinnerst dich, kommt da vielleicht gerade ein Taxi vorbei.

TEDDY Ja, das könnte ich machen.

MAX Oder du nimmst die U-Bahn bis Piccadilly Circus, dauert keine zehn Minuten, und von da ein Taxi raus zum Flughafen.

TEDDY Ja, das mache ich wahrscheinlich.

MAX Denk dran, das kostet den doppelten Fahrpreis. Sie berechnen dir die Rückfahrt gleich mit. Es sind über sechs Meilen.

TEDDY Ja. Also, Wiedersehn, Dad. Pass auf dich auf.

Sie schütteln sich die Hand.

MAX Danke, mein Sohn. Hör mal. Ich will dir noch was sagen. Es war prima, dich wiederzusehen.

Pause.

TEDDY Es war prima, dich wiederzusehen.

MAX Wissen deine Jungs, dass es mich gibt? Was? Meinst du, sie würden gern mal ein Foto von ihrem Großvater sehen?

TEDDY Ja, garantiert.

MAX holt seine Brieftasche hervor.

MAX Ich hab eines einstecken. Hier. Augenblick. Bitte schön. Meinst du, das gefällt ihnen?

TEDDY (nimmt das Foto) Sie werden begeistert sein.

Er wendet sich an LENNY.

Auf Wiedersehen, Lenny.

Sie schütteln sich die Hand.

LENNY Ciao, Ted. War nett, dich zu sehen. Gute Reise.

TEDDY Wiedersehn, Joey.

JOEY rührt sich nicht.

JOEY Ciao.

TEDDY geht zur Haustür.

RUTH Eddie.

TEDDY dreht sich um.

Pause.

Lass mal was hören.

TEDDY geht und schließt die Haustür.

Stille.

RUTH sitzt entspannt im Sessel.

SAM liegt reglos da.

JOEY geht langsam durchs Zimmer.

Er kniet sich vor RUTHS Sessel hin.

Sie berührt ihn leicht am Kopf.

Er legt den Kopf in ihren Schoß.

MAX beginnt hinter ihnen auf und ab zu gehen.

LENNY steht reglos.

MAX wendet sich an LENNY.

MAX Ich bin wohl zu alt. Sie glaubt, ich bin ein alter Mann.

Pause.

So alt bin ich gar nicht.

Pause.

(Zu RUTH) Glaubst du, ich bin zu alt für dich?

Pause.

Pass auf. Bildest du dir ein, du hättest es die ganze Zeit nur mit dem großen Lahmarsch da zu tun? Bildest du dir ein, du hast es bloß mit ihm zu tun … du kriegst die ganze Zeit nur ihn? Du wirst arbeiten müssen. Du wirst sie nehmen müssen, wie sie kommen, kapiert?

Pause.

Begreift sie das?

Pause.

Lenny, glaubst du, sie kapiert …

Er fängt an zu stottern.

Was … was … was … wir vorhaben? Was … wir beabsichtigen? Glaubst du, das ist ihr klar?

Pause.

Ich glaube nicht, dass ihr das klar ist.

Pause.

Verstehst du, was ich meine? Hör zu, ich hab so das komische Gefühl, dass sie uns ganz übel aufs Kreuz legen wird, wollen wir wetten? Sie wird uns benutzen, sie wird uns ausnutzen, das sag ich dir! Ich hab's im Urin! Wollen wir wetten?

Pause.

Sie wird sich nicht … anpassen!

Er ächzt, klammert sich an seinen Stock und sinkt neben RUTHS Sessel auf die Knie. Er sackt in sich zusammen. Er stöhnt nicht mehr. Sein Körper strafft sich. Er bleibt knien und sieht sie an.

Ich bin kein alter Mann.

Pause.

Hörst du?

Er hält ihr das Gesicht hin.

Küss mich.

Sie streichelt weiter JOEYS Kopf.

LENNY sieht reglos zu.

VORHANG

Betrogen | Betrayal

Deutsch von Heinrich Maria Ledig-Rowohlt

Die Uraufführung von *Betrogen* war am 15. 11. 1978 am National Theatre, London (Regie: Peter Hall).

Die deutschsprachige Erstaufführung war am 17. 12. 1978 am Burgtheater (Akademietheater) Wien (Regie: Peter Wood).

Personen: EMMA, JERRY, ROBERT, EIN KELLNER

1977 ist Emma 38

Jerry und Robert sind 40

1977

Szene I

Kneipe. 1977. Frühling.

Zwölf Uhr mittags.

EMMA sitzt an einem Ecktisch. JERRY kommt mit Getränken, ein Glas Bier für sich, ein Glas Wein für sie. Er setzt sich. Sie lächeln, trinken einander schweigend zu.

Er lehnt sich zurück und mustert sie dabei.

JERRY Also …

EMMA Wie geht's dir?

JERRY Ganz gut.

EMMA Du siehst gut aus.

JERRY Na, so gut geht's mir auch wieder nicht.

EMMA Wieso – wo fehlt's denn?

JERRY Kater.

Er hebt sein Glas.

Zum Wohl.

Er trinkt.

Wie geht's dir selber?

EMMA Ausgezeichnet.

Sie schaut sich in der Bar um. Dann kehrt ihr Blick zu ihm zurück.

Ganz wie in alten Zeiten.

JERRY Mmm. Lange her.

EMMA Ja.

Pause.

Neulich habe ich an dich gedacht.

JERRY Großer Gott. Warum?

Sie lacht.

Warum?

EMMA Na ja. Manchmal ist es doch ganz schön, zurückzudenken.

JERRY Unbedingt.

Pause.

Wie geht es denn so?

EMMA Ach, nicht schlecht.

Pause.

Weißt du eigentlich, wie lange wir uns nicht gesehen haben?

JERRY Also, ich war damals bei dieser Vernissage. Wann war das gleich?

EMMA Nein, das meine ich nicht.

JERRY Ach, du meinst, nur wir zwei?

EMMA Ja.

JERRY Hmm …

EMMA Vor zwei Jahren.

JERRY Ja, würde ich auch denken. Hm.

Pause.

EMMA Lange her.

JERRY Ja, lange.

Pause.

Wie läuft es denn? Die Galerie?

EMMA Was glaubst denn du, wie es läuft?

JERRY Gut. Sehr gut. Würde ich sagen.

EMMA Freut mich, dass du das glaubst. Und außerdem stimmt es. Es macht mir Spaß.

JERRY Komisches Volk, diese Maler, was?

EMMA So komisch sind sie auch wieder nicht.

JERRY Ach nein? Schade.

Pause.

Wie geht's Robert?

EMMA Wann hast du ihn zuletzt gesehen?

JERRY Seit Monaten nicht mehr. Weiß auch nicht, wieso. Warum?

EMMA Wieso warum?

JERRY Warum fragst du, wann ich ihn zuletzt gesehen habe?

EMMA Nur so. Was macht Sam?

JERRY Du meinst Judith?

EMMA Meinst du?

JERRY Immer, wie sich's gehört. Ich erkundige mich nach deinem Mann, du dich nach meiner Frau.

EMMA Ja, natürlich. Wie geht's deiner Frau?

JERRY Ganz gut.

Pause.

EMMA Sam muss jetzt – schon groß sein.

JERRY Ja, ist er. Ziemlich groß. Läuft eine Menge. Guter Langstreckenläufer. Er will Zoologie studieren.

EMMA Ach was? Sehr gut. Und Sarah?

JERRY Sie ist zehn.

EMMA Nein! Aber das muss sie wohl sein.

JERRY Muss sie wohl.

Pause.

Ned ist fünf. Richtig?

EMMA Das weißt du noch.

JERRY Wie sollte ich das vergessen.

Pause.

EMMA Ja.

Pause.

Dir geht's also gut?

JERRY Oh … ja, klar.

Pause.

EMMA Denkst du je an mich?

JERRY Ich brauche nicht an dich zu denken.

EMMA Ah?

JERRY Ich brauche nicht an dich zu *denken*.

Pause.

Jedenfalls geht's mir ganz gut. Wie steht's mit dir?

EMMA Gut, wirklich. Ganz gut.

JERRY Du siehst blendend aus.

EMMA Wirklich? Danke. Ich freue mich, dich zu sehen.

JERRY Ich auch. Ich meine, dich zu sehen.

EMMA Denkst du manchmal an mich?

JERRY Manchmal.

Pause.

Neulich habe ich Charlotte gesehen.

EMMA Nein? Wo denn? Sie hat nichts davon gesagt.

JERRY Sie hat mich nicht gesehen. Auf der Straße.

EMMA Aber du hast sie seit Jahren nicht gesehen.

JERRY Ich hab sie erkannt.

EMMA Wie denn? Wie konntest du –?

JERRY Eben so.

EMMA Wie sah sie denn aus?

JERRY Ganz du.

EMMA Nein, ernsthaft, wie fandest du sie?

JERRY Ich fand sie einfach hinreißend.

EMMA Ja. Sie ist sehr … Sie ist schon toll. Sie ist dreizehn.

Pause.

Erinnerst du dich an damals … o Gott, es war … als du sie hochgehoben hast, du hast sie in die Luft geworfen und wieder aufgefangen.

JERRY Sie war federleicht.

EMMA Sie erinnert sich noch daran, weißt du.

JERRY Wirklich?

EMMA Hm. Wie du sie in die Luft geschleudert hast.

JERRY Was für ein Gedächtnis.

Pause.

Sie weiß doch nichts … von uns?

EMMA Natürlich nicht. Sie erinnert sich bloß an dich als einen alten Freund.

JERRY Klar.

Pause.

Ja, an dem Tag waren alle dabei: dein Mann, meine Frau, sämtliche Kinder. Das weiß ich noch.

EMMA An welchem Tag?

JERRY Als ich sie in die Luft geschleudert habe. In deiner Küche.

EMMA Es war in deiner Küche.

Schweigen.

JERRY Liebste.

EMMA Sag das nicht.

Pause.

Das alles …

JERRY Scheint so lange her.

EMMA Wirklich?

JERRY Nochmal dasselbe?

Er nimmt die Gläser und geht zum Tresen. Sie sitzt still da. Er kommt mit Getränken zurück und setzt sich wieder.

EMMA Ich habe neulich an dich gedacht.

Pause.

Ich fuhr durch Kilburn. Plötzlich merkte ich, wo ich war. Ich hielt einfach an, und dann fuhr ich den Kinsale Drive runter und bog in den Wessex Grove. Ich fuhr am Haus vorbei und hielt dann fünfzig Meter weiter, so wie wir es früher gemacht haben, weißt du noch?

JERRY Ja.

EMMA Aus dem Haus kamen gerade Leute. Sie gingen die Straße runter.

JERRY Was für Leute?

EMMA Ach … junge Leute. Dann bin ich ausgestiegen und die Stufen hinaufgegangen. Ich habe die Klingeln angeschaut, die Namen an den Klingeln. Ich habe unseren Namen gesucht.

Pause.

JERRY Green.

Pause.

War nicht mehr da?

EMMA Nein.

JERRY Na, wir sind schließlich auch nicht mehr da. Seit Jahren nicht mehr.

EMMA Nein, stimmt.

Pause.

JERRY Ich höre, du siehst Casey ab und zu.

EMMA Was?

JERRY Casey. Ich habe nur gehört, dass du … ihn ab und zu siehst.

EMMA Wer hat dir das gesagt?

JERRY Ach … Leute … halt Gerede.

EMMA Großer Gott.

JERRY Das Komische daran war, dass es mich nur irritiert hat. Also irritiert, dass niemand über uns so getratscht hat, damals. Beinahe hätte ich gesagt, nun hör mal, vielleicht trifft sie sich ab und zu mit Casey, na wennschon, aber sie und ich hatten sieben Jahre lang ein Verhältnis miteinander und keiner von euch Scheißkerlen hatte auch nur die geringste Ahnung.

Pause.

EMMA Ich weiß nicht. Vielleicht haben alle es gewusst, die ganze Zeit.

JERRY Ach was. Wir haben es glänzend hingekriegt.

Niemand hat was gewusst. Wer kam damals schon nach Kilburn? Nur du und ich.

Pause.

Wie dem auch sei, was ist nun mit dir und Casey?

EMMA Was soll denn sein?

JERRY Na, was habt ihr denn miteinander?

EMMA Wir treffen uns ab und zu.

JERRY Ich dachte, du schätzt seine Bücher gar nicht besonders.

EMMA Inzwischen habe ich meine Meinung darüber geändert. Oder seine Bücher haben sich geändert. Bist du etwa eifersüchtig?

JERRY Worauf denn?

Pause.

Ich kann gar nicht eifersüchtig auf Casey sein. Ich bin sein Agent. Ich habe ihm bei seiner Scheidung geholfen. Ich lese alle seine Manuskripte. Ich habe deinen Mann überredet, seinen ersten Roman zu veröffentlichen. Ich bringe ihn nach Oxford, damit er vor den Studenten spricht. Er ist … meine Entdeckung. Ich habe ihn entdeckt, als er noch Lyrik schrieb, und das ist verdammt lange her.

Pause.

Er hat mich sogar nach Southampton runtergeschleppt, um mich seinen Eltern vorzustellen. Ich kann gar nicht eifersüchtig auf Casey sein. Und außerdem ist es ja auch nicht so, als hätten wir noch etwas miteinander. Schließlich haben wir uns seit Jahren nicht gesehen. Nein, ich bin sehr glücklich, wenn du glücklich bist.

Pause.

Wie steht's mit Robert?

Pause.

EMMA Also … Ich glaube, wir werden uns trennen.

JERRY Oh?

EMMA Wir hatten ein langes Gespräch … gestern Nacht.

JERRY Gestern Nacht?

EMMA Weißt du, was ich herausgefunden habe … gestern Nacht? Er hat mich seit Jahren betrogen. Er hat … seit Jahren Frauengeschichten gehabt.

JERRY Nein? Großer Gott.

Pause.

Aber wir haben ihn jahrelang betrogen.

EMMA Und er hat mich jahrelang betrogen.

JERRY Also das habe ich nicht geahnt.

EMMA Ich auch nicht.

Pause.

JERRY Weiß Casey davon?

EMMA Nenn ihn doch nicht immer Casey. Er heißt Roger.

JERRY Ja, Roger.

EMMA Ich habe *dich* angerufen. Ich weiß auch nicht warum.

JERRY Komisch. Dabei waren wir so enge Freunde – Robert und ich, auch wenn ich ihn seit ein paar Monaten nicht gesehen habe, aber die ganzen Jahre lang all die Treffen, all die gemeinsamen Mittagessen … ich wäre nie auf den Gedanken gekommen … ich hätte nie vermutet … dass es in seinem Leben … noch jemanden gab außer dir. Nie. Wenn du zum Beispiel mit jemandem in der Kneipe bist oder im Restaurant, zum Beispiel, da geht er doch von Zeit zu Zeit mal pinkeln. Tun wir doch alle. Aber wenn er stattdessen heimlich telefonieren geht, dann spürt man es irgendwie, weißt du, man kann dieses Tuut-tuut-tuut direkt spüren. Also, mit Robert war das nie so. Der hat nie irgendein Tuut-tuut-Telefonat geführt, wenn ich mit ihm zusammen war. Das Komische daran ist, dass ich es war, der die Tuut-tuut-Telefonate geführt hat, mit dir, während er sich an der Bar voll laufen ließ. Das ist das Allerkomischste.

Pause.

Wann hat er dir das alles erzählt?

EMMA Gestern Nacht. Ich glaube, wir waren die ganze Nacht auf.

Pause.

JERRY Ich habt die ganze Nacht miteinander gesprochen?

EMMA Ja. Ja doch.

Pause.

JERRY Von mir war nicht die Rede, oder?

EMMA Was?

JERRY Ich hab nur –

EMMA Ich habe dich heute Morgen nur angerufen, das ist alles, weil ich … weil wir alte Freunde sind … Ich bin die ganze Nacht auf gewesen … Es ist alles aus … Ich hatte plötzlich den Wunsch, dich zu sehen.

JERRY Also hör mal. Ich bin froh, dich zu sehen. Wirklich. Es tut mir Leid … wegen …

EMMA Erinnerst du dich? Ich meine, du erinnerst dich doch?

JERRY Natürlich erinnere ich mich.

Pause.

EMMA Du konntest dir Wessex Grove anfangs eigentlich gar nicht leisten, oder?

JERRY Oh, Liebe findet immer einen Weg.

EMMA Ich habe die Vorhänge gekauft.

JERRY Du hast einen Weg gefunden.

EMMA Hör mal, ich hab dich nicht aus Nostalgie sehen wollen. Was soll's denn auch. Ich wollte nur sehen, wie es dir geht. Wirklich. Wie geht es dir?

JERRY Das ist doch ohne Belang.

Pause.

Du hast also Robert letzte Nacht nichts von mir erzählt?

EMMA Ich musste.

Pause.

Er hat mir alles erzählt. Ich habe ihm alles erzählt. Wir waren die ganze Nacht … auf. Irgendwann kam Ned dann runter. Ich musste ihn wieder hinaufbringen, ihn wieder ins Bett bringen. Dann bin ich wieder nach unten gegangen. Ich glaube, unsere Stimmen haben ihn aufgeweckt. Du weißt …

JERRY Du hast ihm alles erzählt?

EMMA Ich musste.

JERRY Du hast ihm alles erzählt … über uns?

EMMA Ich musste.

Pause.

JERRY Aber er ist mein ältester Freund. Ich habe seine eigene Tochter in meinen eigenen Armen hochgewirbelt und wieder aufgefangen, in meiner Küche. Er hat mir dabei zugesehen.

EMMA Was macht das schon. Es ist alles vorbei.

JERRY Ist es das? Was denn?

EMMA Alles. Alles ist vorbei.

Sie trinkt.

1977 SPÄTER

Szene 2

JERRYS Arbeitszimmer. 1977. Frühling.

JERRY sitzt. ROBERT steht, ein Glas in der Hand.

JERRY Nett, dass du gleich gekommen bist.

ROBERT Aber ich bitte dich.

JERRY Doch, doch. Ich weiß, es war nicht so einfach für dich … ich weiß … die Kinder …

ROBERT Schon gut. Es klang ziemlich dringend.

JERRY Na ja … hast du jemanden gefunden?

ROBERT Was?

JERRY Für die Kinder.

ROBERT Ja, ja. Lass schon. Alles in bester Ordnung. Außerdem ist Charlotte kein Baby mehr.

JERRY Nein.

Pause.

Willst du dich nicht setzen?

ROBERT Ja – warum nicht. Ja, gleich.

Pause.

JERRY Judith ist im Krankenhaus … hat Nachtdienst. Die Kinder sind … hier … oben.

ROBERT Hm. Hm.

JERRY Ich muss mit dir reden. Es ist wichtig.

ROBERT Schieß los.

JERRY Ja.

Pause.

ROBERT Du siehst mitgenommen aus.

Pause.

Wo fehlt's denn?

Pause.

Doch nicht wegen dir und Emma?

Pause.

Ich weiß das alles.

JERRY Ja. Das … habe ich gehört.

ROBERT Ah.

Pause.

Na also, so wichtig ist das ja nicht. Ist schließlich schon Jahre her.

JERRY Es ist aber wichtig. –

ROBERT Tatsächlich? Warum?

JERRY steht auf und geht herum.

JERRY Ich dachte, ich würde verrückt.

ROBERT Wann?

JERRY Heute Abend. Jetzt gerade. Ob ich dich anrufen sollte. Ich musste dich anrufen. Ich habe … zwei Stunden gebraucht, bis ich es über mich brachte. Und dann warst du mit den Kindern … Ich dachte, ich könnte dich nicht sehen … Ich dachte, ich würde verrückt. Ich bin dir sehr dankbar … dass du gekommen bist.

ROBERT Ach, nun hör schon auf! Lass endlich hören, was du zu sagen hast.

Pause.

JERRY Ich weiß nicht, warum sie es dir erzählt hat. Ich weiß nicht, was sie dazu gebracht hat, dir davon zu erzählen. Ich verstehe es einfach nicht. Hör mal, ich weiß, du hast … also, ich habe sie heute gesehen … Wir haben uns getroffen. Ich habe sie seit Jahren nicht … sie hat mir erzählt, dass es zwischen euch Ärger gegeben hat … und so weiter. Ich weiß das. Ich meine, es tut mir Leid.

ROBERT Braucht dir nicht Leid zu tun.

JERRY Wieso nicht?

Pause.

Wie gesagt, ich verstehe nicht … warum sie es für nötig gehalten hat … nach all den Jahren … dir davon zu erzählen … so plötzlich … gestern Nacht …

ROBERT Gestern Nacht?

JERRY Ohne mich vorher zu fragen. Ohne mich auch nur vorzuwarnen. Schließlich sind wir beide …

ROBERT Sie hat mir nicht gestern Nacht davon erzählt.

JERRY Was soll das heißen?

Pause.

Ich weiß, was sich gestern Nacht abgespielt hat. Sie hat mir davon erzählt. Ihr seid doch die ganze Nacht auf gewesen?

ROBERT Stimmt.

JERRY Und sie hat dir ... gestern Nacht ... von uns beiden erzählt ... oder etwa nicht?

ROBERT Nein, hat sie nicht. Sie hat mir gestern Nacht nichts von euch beiden erzählt. Sie hat mir vor vier Jahren von euch beiden erzählt.

Pause.

Deshalb brauchte sie mir auch gestern Nacht nichts von euch zu erzählen. Weil ich es ja schon wusste. Und sie wusste, dass ich es wusste, weil sie es mir vor vier Jahren selbst erzählt hat.

Schweigen.

JERRY Was?

ROBERT Ich glaube, ich setze mich lieber.

Er nimmt Platz.

Ich dachte, du wüsstest es.

JERRY Wüsste was?

ROBERT Dass ich wusste. Dass ich es seit Jahren wusste. Ich dachte, du wüsstest das.

JERRY Du dachtest, ich wüsste es?

ROBERT Sie sagte, du wüsstest es nicht. Aber ich habe ihr das nicht abgenommen.

Pause.

Wie dem auch sei. Ich dachte, du wüsstest es. Aber du wusstest es gar nicht?

JERRY Sie hat es dir erzählt ... wann?

ROBERT Na ja, ich bin dahinter gekommen. So war es. Ich habe ihr erzählt, dass ich dahinter gekommen sei, und dann hat sie ... die Tatsachen ... bestätigt.

JERRY Wann?

ROBERT Oh, das ist schon lange her, Jerry.

Pause.

JERRY Aber wir haben uns doch getroffen, wir beide, so oft … in den letzten vier Jahren. Wir haben zusammen gegessen.

ROBERT Aber nie Squash gespielt.

JERRY Ich war dein bester Freund.

ROBERT Oh, sicher, ja.

JERRY starrt ihn an und stützt dann den Kopf in seine Hände.

Ach, reg dich nicht auf. Es lohnt sich nicht.

Schweigen.

JERRY richtet sich auf.

JERRY Warum hat sie es mir nicht erzählt?

ROBERT Ja, mein Lieber, das darfst du mich nicht fragen.

JERRY Warum hast du es mir nicht erzählt?

Pause.

ROBERT Ich dachte, du wüsstest es vielleicht.

JERRY Aber du warst schließlich nicht *sicher!* Du *wusstest* es nicht!

ROBERT Nein.

JERRY Warum hast du es mir dann nicht erzählt?

Pause.

ROBERT Was erzählt?

JERRY Dass du es wusstest. Du Scheißkerl.

ROBERT Ach, nenn mich nicht Scheißkerl, Jerry.

Pause.

JERRY Was machen wir jetzt bloß?

ROBERT Du und ich, wir machen gar nichts. Meine Ehe ist hin. Ich muss die nötigen Regelungen treffen, das ist alles. Wegen der Kinder.

Pause.

JERRY Du bist doch nicht auf die Idee gekommen, es Judith zu erzählen?

ROBERT Judith was erzählen? Oh, über dich und Emma. Meinst du, sie wusste nichts davon? Bist du da ganz sicher?

Pause.

Nein, ich bin tatsächlich nicht auf die Idee gekommen, es Judith zu erzählen. Du verstehst anscheinend nicht. Du scheinst nicht zu verstehen, dass mich die ganze Sache einen Dreck schert. Es stimmt zwar, ich habe Emma ein paarmal geschlagen. Aber doch nicht, um ein Prinzip zu verteidigen. Es ging mir dabei nicht um Moral. Ich hatte einfach Lust, ihr eine ordentliche Tracht Prügel zu verpassen. Der alte Trieb … Du verstehst schon.

Pause.

JERRY Aber du hast sie jahrelang betrogen, oder etwa nicht?

ROBERT O ja.

JERRY Und sie hat nichts davon gewusst, oder?

ROBERT Ach nein?

Pause.

JERRY Ich jedenfalls nicht.

ROBERT Nein, du hast überhaupt nicht viel gewusst, was?

Pause.

JERRY Nein.

ROBERT Doch, hast du.

JERRY Doch, habe ich. Ich habe schließlich mit ihr gelebt.

ROBERT Ja. An den Nachmittagen.

JERRY Ziemlich lange Nachmittage, manchmal. Sieben Jahre.

ROBERT Ja, darüber wusstest du sicher alles, was es zu wissen gab. Über sieben Jahre Nachmittage. Ich weiß darüber gar nichts.

Pause.

Ich hoffe, sie hat dich gut versorgt.

Schweigen.

JERRY Früher haben wir uns gemocht.

ROBERT Das tun wir immer noch.

Pause.

Kürzlich bin ich dem alten Casey begegnet. Ich glaube, er hat was mit meiner Frau. Wir haben seit Jahren nicht mehr Squash gespielt, Casey und ich. Wir waren verdammt gute Spieler.

JERRY Er ist dicker geworden.

ROBERT Ja, fand ich auch.

JERRY Er hat das Beste hinter sich.

ROBERT Tatsächlich?

JERRY Findest du nicht?

ROBERT In welcher Hinsicht?

JERRY Sein Werk. Seine Bücher.

ROBERT Oh, seine Bücher. Seine Kunst. Ja, seine Bücher scheinen nachzulassen.

JERRY Verkauft sich immer noch gut.

ROBERT Oh, verkauft sich sehr gut. Verkauft sich in der Tat äußerst gut. Gut für uns. Für dich und mich.

JERRY Ja.

ROBERT Irgendjemand hat mir erzählt – wer war's doch gleich – muss wohl jemand aus der Werbeabteilung gewesen sein – vor ein paar Tagen – als Casey oben in York war, um sein letztes Buch zu signieren, in einer Buchhandlung, zusammen mit Barbara Spring, haben die Leute stundenlang Schlange gestanden, damit er ihnen sein Buch signiert. Aber nur eine alte Dame und ihr Hund wollten eine Widmung von Barbara Spring. Wenn man mich fragt, ich finde Barbara Spring … gut, du nicht?

JERRY Doch.

Pause.

ROBERT Wie dem auch sei, mit Casey sind wir beide gut dran, oder nicht?

JERRY Sehr gut.

Pause.

ROBERT Hast du in letzter Zeit irgendwelche guten Bücher gelesen?

JERRY Ich habe Yeats gelesen.

ROBERT Ah. Yeats. Ja.

Pause.

JERRY Damals auf Torcello hast du Yeats gelesen.

ROBERT Auf Torcello?

JERRY Erinnerst du dich nicht? Ist Jahre her. Du bist frühmorgens allein nach Torcello gefahren. Und hast Yeats gelesen.

ROBERT Ja, das stimmt. Das hab ich dir erzählt, ja.

Pause.

Ja.

Pause.

Wo fährst du diesen Sommer hin, du und die Familie?

JERRY Zum Lake District. –

1975

Szene 3

Wohnung. 1975. Winter.

JERRY und EMMA.

Schweigen.

JERRY Was willst du nun tun?

Pause.

EMMA Ich weiß einfach nicht mehr, was wir überhaupt tun, das ist es.

JERRY Hm.

Pause.

EMMA Ich meine, diese Wohnung ...

JERRY Ja.

EMMA Kannst du dich überhaupt noch erinnern, wann wir das letzte Mal hier waren?

JERRY War es nicht im Sommer?

EMMA So? Sommer?

JERRY Ich weiß, es scheint –

EMMA Es war Anfang September.

JERRY Na ja, das ist doch Sommer, nicht wahr?

EMMA Es war übrigens ziemlich kalt. Es war Frühherbst.

JERRY Jetzt ist es auch ganz schön kalt.

EMMA Wir wollten uns doch einen zweiten elektrischen Ofen kaufen.

JERRY Ja, den habe ich dann nie besorgt.

EMMA Ziemlich sinnlos, ihn zu besorgen, wenn wir doch nie hier sind.

JERRY Aber jetzt sind wir hier.

EMMA Nicht richtig.

Schweigen.

JERRY Tja, es hat sich vieles geändert. Du bist so beschäftigt gewesen. Dein Job und all das.

EMMA Tja, ich weiß. Aber ich mach das gern. Es macht mir Freude.

JERRY Nein, das ist schon toll. Das ist großartig für dich. Aber du hast –

EMMA Wenn man eine Galerie leitet, muss man sie auch leiten. Man muss einfach da sein.

JERRY Aber du hast nachmittags eben keine Zeit. Oder?

EMMA Nein.

JERRY Wie können wir uns dann treffen?

EMMA Aber denk bloß daran, wie oft du im Ausland bist. Du bist nie hier.

JERRY Aber wenn ich hier bin, hast du nachmittags keine Zeit. Also können wir uns nicht treffen.

EMMA Wir können zusammen essen.

JERRY Wir können zusammen essen, aber wir können nicht mittags schnell zum Essen den ganzen Weg hier rausfahren. Für so etwas bin ich einfach zu alt.

EMMA Das habe ich auch nicht sagen wollen.

Pause.

Siehst du, früher, da … waren wir erfinderisch, wir waren entschlossen, es war … es schien unmöglich, sich zu treffen … unmöglich … und doch haben wir es geschafft. Wir haben uns hier getroffen, wir haben diese Wohnung gemietet, und wir haben uns in dieser Wohnung getroffen, weil wir es wollten.

JERRY Und wenn wir es noch so sehr wollten, was heißt das schon, wenn du nachmittags keine Zeit mehr hast und ich in Amerika bin.

Schweigen.

Nachts kam das sowieso nie in Frage, und das weißt du. Ich habe eine Familie.

EMMA Ich habe auch eine Familie.

Pause.

JERRY Das weiß ich nur zu gut. Vielleicht darf ich daran erinnern, dass dein Mann mein ältester Freund ist.

EMMA Was meinst du damit?

JERRY Ich *meine* gar nichts damit.

EMMA Aber was willst du dann damit sagen?

JERRY Guter Gott! Ich *will* gar nichts damit sagen. Ich habe genau das gesagt, was ich sagen wollte.

EMMA Ah, so!

Pause.

Fest steht, dass wir früher mehr Phantasie hatten. Wir haben uns einfach eine Nacht genommen, alles arrangiert und sind in ein Hotel gegangen.

JERRY Ja. Haben wir.

Pause.

Aber das war … hauptsächlich … bevor wir diese Wohnung hatten.

EMMA Wir waren nicht viele Nächte zusammen … in dieser Wohnung.

JERRY Nein.

Pause.

Eigentlich nirgendwo viele Nächte.

Schweigen.

EMMA Kannst du dir das leisten … Monat für Monat die Wohnung zu halten?

JERRY Ach …

EMMA Es ist Verschwendung. Niemand kommt her. Ich halte es kaum aus, daran zu denken … leer. Tag und Nacht. Tag für Tag und Nacht für Nacht. Ich meine, das Geschirr und die Vorhänge und die Bettlaken und all das. Und das Tischtuch, das ich aus Venedig mitgebracht habe. (Lacht) Einfach absurd.

Pause.

Es ist bloß … ein leeres Zuhause.

JERRY Es ist eben kein Zuhause.

Pause.

Ich weiß … ich weiß, was du wolltest … aber es

konnte doch nie … wirklich ein Zuhause sein. Du hast ein Zuhause. Ich habe ein Zuhause. Mit Vorhängen und all dem. Und Kindern. Zwei Kinder bei dir zu Hause und bei mir zu Hause. Hier gibt es keine Kinder, und deshalb ist es auch nicht so ein Zuhause.

EMMA Es sollte auch nie so ein Zuhause sein, oder?

Pause.

Für dich war es doch nie ein Zuhause, in welchem Sinn auch immer.

JERRY Nein, für mich war es eine Wohnung … du weißt schon.

EMMA Fürs Bumsen.

JERRY Nein, für die Liebe.

EMMA Tja, davon ist wohl nicht viel übrig geblieben.

Schweigen.

JERRY Ich bin nicht der Meinung, dass wir uns nicht mehr lieben.

Pause.

EMMA Ah, so.

Pause.

Was willst du anfangen mit der … Einrichtung?

JERRY Was?

EMMA Dem Zeug hier.

Schweigen.

JERRY Du weißt, dass das ganz einfach ist, wenn wir es wirklich wollen.

EMMA Du meinst, es Mrs. Banks für ein Butterbrot verkaufen und … und sie kann es dann möbliert vermieten?

JERRY Genau. War das Bett nicht schon vorher da?

EMMA Was?

JERRY Nein?

EMMA Wir haben das Bett gekauft. Wir haben alles gekauft. Wir haben das Bett zusammen gekauft.

JERRY Ah. Ja.

Sie steht auf.

EMMA Also, du regelst dann alles? Mit Mrs. Banks?

Pause.

Ich will nichts behalten. Wüsste nicht, wohin damit. Ich habe ein Zuhause, mit Tischtüchern und allem, was dazugehört.

JERRY Ich werde mit Mrs. Banks darüber sprechen. Ein paar Pfund werden dabei schon herausspringen, also …

EMMA Nein, ich will kein *Geld*, besten Dank.

Schweigen.

Sie zieht den Mantel über.

Ich gehe jetzt.

Er dreht sich um und sieht zu ihr hin.

Oh, hier ist mein Schlüssel.

Nimmt das Schlüsselbund aus der Tasche, versucht den Schlüssel vom Ring zu lösen.

Himmel nochmal.

Versucht verzweifelt, den Schlüssel vom Ring zu lösen, wirft ihm das Schlüsselbund zu.

Mach du ihn ab.

Er fängt das Schlüsselbund auf und sieht sie an.

Bitte, tu's einfach. Ich muss Charlotte von der Schule abholen. Ich gehe mit ihr einkaufen.

Er nimmt den Schlüssel vom Ring.

Ist dir klar, dass es Nachmittag ist? Es ist mein freier Nachmittag in der Galerie. Deshalb bin ich hier. Wir haben Donnerstagnachmittag geschlossen. Kann ich mein Schlüsselbund haben?

Er gibt es ihr.

Danke. Hör mal. Ich glaube, wir haben genau die richtige Entscheidung getroffen.

Sie geht.

Er steht einfach da.

1974

Szene 4

Das Haus von ROBERT und EMMA. Wohnzimmer. 1974.

Herbst.

ROBERT gießt JERRY einen Drink ein. Er geht zur Tür.

ROBERT Emma! Jerry ist hier!

EMMA (von oben) Wer?

ROBERT Jerry.

EMMA Ich komme.

ROBERT reicht JERRY den Drink.

JERRY Cheers.

ROBERT Cheers. Sie bringt gerade Ned ins Bett. Ich denke, in einer Minute ist er weg.

JERRY Weg?

ROBERT Traumland.

JERRY Ah. Apropos, wie steht es mit deinem Schlaf?

ROBERT Was?

JERRY Habt ihr immer noch unruhige Nächte? Wegen Ned, meine ich?

ROBERT Oh, ich verstehe. Eigentlich nicht. Nein, er hat sich gebessert. Aber du weißt, was man sagt?

JERRY Was denn?

ROBERT Man sagt, Jungen seien schlimmer als Mädchen.

JERRY Schlimmer?

ROBERT Babys. Man sagt, kleine Jungen schreien mehr als kleine Mädchen.

JERRY Stimmt das?

ROBERT Entspricht das nicht deiner Erfahrung?

JERRY Hm … Ja, ich glaube schon. Und deiner?

ROBERT Ja. Wie erklärst du dir das? Warum, glaubst du, ist das so?

JERRY Ja also, ich vermute … Jungen sind ängstlicher.

ROBERT Babys?

JERRY Ja.

ROBERT Wovor zum Teufel sollen sie denn Angst haben? In ihrem Alter?

JERRY Tja, also … vor der Welt, nehme ich an. Verlassen nicht gern den Mutterschoß und so.

ROBERT Aber was ist mit kleinen Mädchen? Die müssen doch auch den Mutterschoß verlassen.

JERRY Stimmt. Aber niemand redet groß darüber, dass kleine Mädchen den Mutterschoß verlassen. Oder?

ROBERT Ich jedenfalls bin bereit, darüber zu reden.

JERRY Ach so. Gut, und was hast du dazu zu sagen?

ROBERT Ich habe dir eine Frage gestellt.

JERRY Was denn für eine?

ROBERT Warum behauptest du, dass für Jungen das Verlassen des Mutterschoßes ein größeres Problem ist als für Mädchen?

JERRY Habe ich so etwas behauptet?

ROBERT Du bist sogar weiter gegangen und hast behauptet, dass kleine Jungen mehr Angst vor der Welt haben als kleine Mädchen.

JERRY Bist du denn der Meinung, dass das so ist?

ROBERT Bin ich, ja.

Pause.

JERRY Warum, meinst du, ist das so?

ROBERT Ich weiß keine Antwort darauf.

Pause.

JERRY Meinst du, es hat irgendetwas mit dem Unterschied der Geschlechter zu tun?

Pause.

ROBERT Großer Gott, wie Recht du hast. Das muss es wohl sein.

EMMA kommt herein.

EMMA Hallo. Welche Überraschung.

JERRY Ich habe mit Casey zu Abend gegessen.

EMMA Wo?

JERRY Hier gleich um die Ecke.

EMMA Ich dachte, er wohnt … in Hampstead oder so.

ROBERT Du bist nicht auf dem Laufenden.

EMMA Ach nein?

JERRY Er hat Susanne verlassen. Er wohnt hier um die Ecke, allein.

EMMA Oh.

ROBERT Schreibt einen Roman über einen Mann, der seine Frau und drei Kinder verlässt und am anderen Ende von London allein eine Wohnung mietet, um einen Roman zu schreiben über einen Mann, der seine Frau und drei Kinder verlässt –

EMMA Ich hoffe, der ist besser als der letzte.

ROBERT Der letzte? Ah, der letzte. War das nicht der über einen Mann, der in einem großen Haus in Hampstead lebt mit seiner Frau und drei Kindern und einen Roman schreibt –?

JERRY (sich EMMA zuwendend) Warum mochtest du ihn nicht?

EMMA Das hab ich dir eigentlich schon gesagt.

JERRY Ich halte ihn für das Beste, was er bisher geschrieben hat.

EMMA Vielleicht ist er das Beste, was er *geschrieben* hat, aber er ist immer noch verdammt unehrlich.

JERRY Unehrlich? Wieso unehrlich?

EMMA Das hab ich dir eigentlich schon gesagt.

JERRY Hast du das?

ROBERT Ja, das hat sie. Einmal, als wir alle beim Abendessen zusammensaßen, ich erinnere mich noch, du, ich, Emma und Judith – wo war's noch –, Emma hielt uns beim Nachtisch einen Vortrag über das Unehrliche an Casey am Beispiel seines letzten Romans, «Ausgetrocknet». Es war höchst anregend. Judith musste leider mittendrin aufbrechen. Sie hatte Nachtschicht im Krankenhaus. Apropos, wie geht's Judith?

JERRY Ausgezeichnet.

Pause.

ROBERT Wann spielen wir mal Squash?

JERRY Du bist mir zu gut.

ROBERT Überhaupt nicht. Ich bin gar nicht gut. Ich bin bloß fitter als du.

JERRY Aber warum denn? Warum bist du fitter als ich?

ROBERT Weil ich Squash spiele.

JERRY Oh, du spielst also? Regelmäßig?

ROBERT Hm.

JERRY Mit wem denn?

ROBERT Ob du es glaubst oder nicht, mit Casey.

JERRY Mit Casey? Guter Gott. Wie spielt er denn?

ROBERT Als Squash-Spieler ist er von brutaler Ehrlichkeit. Nein, ernsthaft, wir haben seit Jahren nicht mehr gespielt. Wir müssen miteinander spielen. Du warst ziemlich gut.

JERRY Ja, ich war nicht schlecht. Also schön. Ich rufe dich an.

ROBERT Ja, tu das mal.

JERRY Wir verabreden uns dann.

ROBERT Ausgezeichnet.

JERRY Ja, das müssen wir unbedingt tun.

ROBERT Und dann lade ich dich zum Essen ein.

JERRY Nein, nein. Ich lade dich zum Essen ein.

ROBERT Der Gewinner zahlt das Essen.

EMMA Darf ich zuschauen?

Pause.

ROBERT Wobei?

EMMA Warum kann ich nicht zuschauen? Und dann lade ich euch beide zum Essen ein?

ROBERT Hm, um ganz offen zu sein, wir hätten nicht gern eine Frau dabei, stimmt's, Jerry? Weißt du, eine Partie Squash ist nicht bloß eine Partie Squash. Es ist mehr als das. Erst wird gespielt, und dann geht's unter die Dusche, und dann wird einer gehoben. Und dann kommt das Essen. Schließlich hat man sich verausgabt. Man hat hart gekämpft. Man will einfach sein Glas Bier und sein Essen. Und das Allerletzte, was man will, ist, dass eine Frau einen einlädt. Um es ganz schonungslos zu sagen, man wünscht sich alle Frauen dabei kilometerweit weg. Man will sie nicht im Squash Court haben. Man will sie nicht im Duschraum haben, nicht in der Kneipe, nicht im Restaurant. Siehst du, beim Essen will man dann mit seinem Freund über die Squash-Partie reden oder über Kricket oder Bücher, oder Frauen sogar. Man will einfach in aller Gemütlichkeit und ohne unliebsame Unterbrechung sich dem jeweiligen Thema widmen. Darum geht's. Was meinst du, Jerry?

JERRY Ich habe seit Jahren nicht mehr Squash gespielt.

Pause.

ROBERT Also, lass uns nächste Woche spielen.

JERRY Nächste Woche kann ich nicht. Ich bin in New York.

EMMA In New York?

JERRY Ich fliege mit einem von meinen prominenteren Autoren hin, um genau zu sein.

EMMA Mit wem?

JERRY Casey. Jemand will den Roman von ihm verfilmen, den du nicht magst. Wir fliegen rüber, um das zu besprechen. Wir hatten die Wahl, hinzufliegen oder die kommen zu lassen. Casey meinte, er hätte einen kleinen Abstecher verdient.

EMMA Und du?

JERRY Was?

EMMA Hast du auch einen kleinen Abstecher verdient?

ROBERT Nimmst du Judith mit?

JERRY Nein. Er kann nicht allein rüberfliegen. Wir müssen die Partie Squash verschieben, bis ich zurück bin. In einer Woche oder spätestens zehn Tagen.

ROBERT Ausgezeichnet.

JERRY (zu EMMA gewandt) Auf bald dann. Danke für den Drink.

EMMA Auf bald.

ROBERT und JERRY gehen. Sie steht still da. ROBERT kommt zurück. Er küsst sie. Sie erwidert den Kuss. Sie macht sich frei von ihm, lehnt den Kopf an seine Schulter, weint still vor sich hin. Er nimmt sie in seine Arme.

1973

Szene 5

Hotelzimmer. Venedig. 1973. Sommer.

EMMA liegt auf dem Bett und liest.

ROBERT sieht aus dem Fenster. Sie blickt zu ihm auf, wendet sich dann wieder dem Buch zu.

EMMA Morgen fahren wir doch nach Torcello?

ROBERT Was?

EMMA Wir fahren doch morgen nach Torcello?

ROBERT Ja. Richtig.

EMMA Ich freue mich darauf.

ROBERT Hm.

EMMA Ich kann's kaum erwarten.

Pause.

ROBERT Gutes Buch?

EMMA Hm. Ja.

ROBERT Was ist es denn?

EMMA Dieser neue Roman. Dieser Spinks.

ROBERT Ach, der. Jerry hat davon gesprochen.

EMMA Jerry?

ROBERT Er hat mir letzte Woche beim Mittagessen davon erzählt.

EMMA Tatsächlich? Mag er ihn?

ROBERT Spinks ist einer von seinen Autoren. Er hat ihn entdeckt.

EMMA Ach, das wusste ich nicht.

ROBERT Das Manuskript kam einfach so mit der Post.

Pause.

Du findest es gut?

EMMA Ja. Es gefällt mir sehr.

ROBERT Jerry findet es auch gut. Warum isst du nicht mal mit uns zu Mittag, dann könnten wir uns darüber unterhalten.

EMMA Muss das wirklich sein?

Pause.

So gut ist es auch wieder nicht.

ROBERT Soll das heißen, es ist nicht gut genug, um mit Jerry und mir beim Essen darüber zu reden?

EMMA Wovon zum Teufel redest du eigentlich?

ROBERT Ich muss es selbst erst wieder lesen, jetzt, wo es erschienen ist.

EMMA Wieder?

ROBERT Jerry wollte, dass wir es veröffentlichen.

EMMA Ach, wirklich?

ROBERT Ja, natürlich. Na, ich hab es jedenfalls abgelehnt.

EMMA Warum?

ROBERT Oh … zu dem Thema gibt es doch wohl nicht mehr allzu viel zu sagen.

EMMA Und was ist deiner Ansicht nach das Thema?

ROBERT Ehebruch.

EMMA Aber nein.

ROBERT Nein? Was dann?

EMMA Ich hab es noch nicht zu Ende gelesen. Ich sag's dir, wenn ich fertig bin.

ROBERT Schön, das tu mal.

Pause.

Aber vielleicht spreche ich überhaupt von einem ganz anderen Roman.

Schweigen.

Übrigens bin ich gestern bei American Express gewesen.

Sie blickt zu ihm auf.

EMMA Ach?

ROBERT Ja. Ich wollte ein paar Traveller-Schecks einlösen. Man kriegt da einen besseren Kurs als hier im Hotel.

EMMA Ach, tatsächlich?

ROBERT O ja. Jedenfalls lag dort ein Brief für dich. Sie fragten mich, ob ich zu dir gehöre, und ich sagte ja. Daraufhin haben sie mich gefragt, ob ich den Brief mitnehmen möchte. Ich meine, sie haben ihn mir gegeben. Aber ich sagte, nein, ich lasse ihn da. Hast du ihn bekommen?

EMMA Ja.

ROBERT Du bist wohl gestern Abend vorbeigegangen, als du einkaufen warst?

EMMA Genau.

ROBERT Na schön, ich bin froh, dass du ihn hast.

Pause.

Ehrlich gesagt, war ich ziemlich erstaunt, dass sie ihn mir aushändigen wollten. In England wäre so was unmöglich. Aber diese Italiener … sorglos und unbekümmert. Ich meine, bloß weil ich Downs heiße und du Downs heißt, steht doch noch nicht fest, dass wir Mr. und Mrs. Downs sind. Was sie in ihrer fröhlichen mediterranen Art voraussetzten. Wir könnten doch durchaus und mit sehr viel mehr Wahrscheinlichkeit einander fremd sein. Nehmen wir mal an, ich, den sie lächelnd für deinen Mann halten, hätte den Brief an mich genommen mit der Erklärung, ich sei dein Mann, wäre aber in Wahrheit ein völlig Fremder und öffnete den Brief und läse ihn einfach so aus purer Neugierde, um ihn dann in einen Kanal zu werfen, auf die Weise hättest du den Brief nie erhalten und wärst um dein legales Recht gekommen, deine eigene Post zu öffnen, und das alles wegen diesem venezianischen «je m'en foutisme». Am liebsten würde ich an den Dogen von Venedig schreiben.

Pause.

Übrigens war es genau der Gedanke, dass ich ebenso gut ein ganz Fremder sein könnte, der mich davon abgehalten hat, dir den Brief mitzubringen.

Pause.

Was sie natürlich nicht wussten und auch nicht

gut wissen konnten, war, dass ich eben doch dein Mann bin.

EMMA Eine liederliche Bande.

ROBERT Aber mit mediterranem Lächeln.

Pause.

EMMA Er war von Jerry.

ROBERT Ja, ich habe seine Handschrift erkannt.

Pause.

Wie geht's ihm?

EMMA Ganz gut.

ROBERT Gut. Und Judith?

EMMA Gut.

Pause.

ROBERT Was machen die Kinder?

EMMA Ich glaube, er hat sie gar nicht erwähnt.

ROBERT Dann sind sie sicher wohlauf. Wenn sie krank wären oder so, hätte er das sicher erwähnt.

Pause.

Sonst was Neues?

EMMA Nein.

Schweigen.

ROBERT Freust du dich auf Torcello?

Pause.

Wie oft sind wir eigentlich schon auf Torcello gewesen? Zweimal. Ich weiß noch, wie begeistert du warst, als ich dich das erste Mal mit hingenommen habe. Du warst ganz bezaubert davon. Das war doch vor zehn Jahren? So etwa … sechs Monate nach unserer Hochzeit. Ja. Weißt du noch? Ob es dir wohl morgen dort auch wieder so gefällt?

Pause.

Schreibt Jerry eigentlich gute Briefe?

Sie lacht kurz auf.

Du zitterst ja. Ist dir kalt?

EMMA Nein.

ROBERT Früher hat er mir auch geschrieben. Lange Briefe über Ford Madox Ford. Übrigens habe ich ihm auch geschrieben. Lange Briefe, über … oh, W. B. Yeats, glaube ich. Das war damals, als wir Lyrikzeitschriften herausgaben. Er eine in Cambridge, ich eine in Oxford. Wusstest du das? Wir waren brillante junge Männer. Und enge Freunde. Na ja, enge Freunde sind wir immer noch. All das ist lange her, vor deiner Zeit, lange bevor ich dich kennen lernte. Lange bevor er dich kennen lernte. Ich habe versucht, mich zu erinnern, wann ich ihn dir vorgestellt habe. Ich kann mich einfach nicht mehr erinnern. Ich habe ihn dir doch vorgestellt? Ja, aber wann? Kannst du dich noch erinnern?

EMMA Nein.

ROBERT Du erinnerst dich nicht?

EMMA Nein.

ROBERT Komisch.

Pause.

Trauzeuge bei unserer Hochzeit war er doch nicht, oder?

EMMA Du weißt genau, dass er das war.

ROBERT Ah ja. Doch. Also dann habe ich ihn dir bei der Gelegenheit vorgestellt.

Pause.

Enthielt der Brief auch eine Nachricht für mich?

Pause.

Ich meine, irgendetwas Geschäftliches? Irgendwas, das den Verlag betrifft? Hat er wieder ein neues Talent entdeckt? Er hat ein großes Talent, Talente zu entdecken, der alte Jerry.

EMMA Nichts dergleichen.

ROBERT Nichts dergleichen. Nicht einmal ein Gruß?

Schweigen.

EMMA Wir lieben uns.

ROBERT Ah. Ja. Ich habe mir so etwas gedacht, so etwas in der Richtung.

EMMA Wann?

ROBERT Was?

EMMA Wann hast du das gedacht?

ROBERT Gestern. Gestern erst. Als ich seine Handschrift auf dem Brief sah. Davor war ich ahnungslos.

EMMA Ah.

Pause.

Tut mir Leid.

ROBERT *Leid?*

Schweigen.

Wo findet das … statt? Muss ein bisschen heikel sein. Ich meine, wir haben zwei Kinder, er hat zwei Kinder, von seiner Frau ganz abgesehen …

EMMA Wir haben eine Wohnung zusammen.

ROBERT Ah. Ich verstehe.

Pause.

Hübsch?

Pause.

Eine Wohnung. Dann ist sie ganz gut organisiert, eure … eh … Affäre?

EMMA Ja.

ROBERT Wie lange?

EMMA Schon länger.

ROBERT Ja, wie lange genau?

EMMA Fünf Jahre.

ROBERT *Fünf Jahre?*

Pause.

Und Ned ist ein Jahr alt.

Pause.

Hast du gehört, was ich gesagt habe?

EMMA Ja. Er ist dein Sohn. Jerry war in Amerika. Zwei Monate.

Schweigen.

ROBERT Hat er dir aus Amerika geschrieben?

EMMA Selbstverständlich. Und ich habe ihm geschrieben.

ROBERT Hast du ihm erzählt, dass du mit Ned schwanger warst?

EMMA Nicht brieflich.

ROBERT Aber als du es ihm erzählt hast, hat er sich da gefreut, dass ich Vater wurde?

Pause.

Ich habe Jerry immer gemocht. Um ganz ehrlich zu sein, habe ich ihn immer mehr gemocht als dich. Vielleicht hätte ich selbst eine Affäre mit ihm haben sollen.

Schweigen.

Sag mal, freust du dich auf unsere Fahrt nach Torcello?

1973 SPÄTER

Szene 6

Wohnung. 1973. Sommer.

EMMA und JERRY stehen da und küssen sich. Sie hält dabei einen Korb und ein Paket in der Hand.

EMMA Liebster.

JERRY Liebste.

Er hält sie umarmt. Sie lacht.

EMMA Ich muss die Sachen loswerden.

Sie stellt den Korb auf den Tisch.

JERRY Was ist da drin?

EMMA Mittagessen.

JERRY Was?

EMMA Nur was du magst.

Er gießt Wein in die Gläser.

Wie sehe ich aus?

JERRY Wunderschön.

EMMA Sehe ich gut aus?

JERRY Das tust du.

Er reicht ihr ein Glas Wein.

EMMA (schlürfend) Hm.

JERRY Wie war es denn?

EMMA Es war himmlisch.

JERRY Seid ihr auf Torcello gewesen?

EMMA Nein.

JERRY Wieso nicht?

EMMA Oh, ich weiß nicht. Die Schnellboote streikten, oder so was.

JERRY Ein Streik?

EMMA Ja, an dem Tag, als wir hinwollten.

JERRY Ah. Und gab's keine Gondeln?

EMMA Gondeln fahren nicht nach Torcello.

JERRY Also, früher fuhren sie ja auch hin, bevor es Schnellboote gab. Wie wäre man sonst hingekommen?

EMMA Das dauert ja Stunden.

JERRY Ja. Mag sein.

Pause.

Ich habe deinen Brief bekommen.

EMMA Gut.

JERRY Du meinen auch?

EMMA Ja, natürlich. Hab ich dir gefehlt?

JERRY Ja. Übrigens war ich nicht ganz auf dem Damm.

EMMA Was?

JERRY Oh, nichts weiter. Ein Virus.

Sie küsst ihn.

EMMA Du hast mir gefehlt.

Sie wendet sich ab, sieht sich um.

Du bist nicht hier gewesen … überhaupt nicht?

JERRY Nein.

EMMA Muss staubgesaugt werden.

JERRY Später.

Pause.

Ich habe heute Morgen mit Robert gesprochen.

EMMA Ja?

JERRY Ich lade ihn Donnerstag zum Essen ein.

EMMA Donnerstag? Warum?

JERRY Ich bin dran.

EMMA Nein, ich meine, warum du ihn zum Essen einlädst?

JERRY Weil ich dran bin. Das letzte Mal hat er mich eingeladen.

EMMA Du weißt schon, was ich meine.

JERRY Nein. Was?

EMMA Was ist der Anlass oder der Grund für dieses Essen?

JERRY Kein Anlass, kein Grund. Wir halten das seit Jahren so. Mal lädt er ein, dann lade ich ihn ein.

EMMA Du missverstehst mich.

JERRY Ach ja? Wieso?

EMMA Na, ganz einfach. Ihr trefft euch doch öfter zum Essen, um über einen bestimmten Schriftsteller oder über ein bestimmtes Buch zu sprechen, richtig? Und so gibt es denn für eure Treffen oder Essen auch einen Anlass oder einen Grund.

JERRY Also, diesmal jedenfalls nicht.

Pause.

EMMA Hast du irgendwelche neuen Schriftsteller entdeckt, während ich weg war?

JERRY Nein. Sam ist vom Rad gestürzt.

EMMA Nein.

JERRY Er war ohnmächtig. Er war eine Minute ohnmächtig.

EMMA Warst du dabei?

JERRY Nein. Judith. Er ist wieder auf den Beinen. Und dann habe ich diesen Virus bekommen.

EMMA Ach, du liebe Güte.

JERRY Ich hatte also für nichts Zeit.

EMMA Na, jetzt wird alles besser, wo ich wieder da bin.

JERRY Ja.

EMMA Oh, ich habe diesen Spinks gelesen, das Buch, das du mir gegeben hast.

JERRY Was hältst du davon?

EMMA Ausgezeichnet.

JERRY Robert hasst es. Er wollte es nicht veröffentlichen.

EMMA Wie ist er so?

JERRY Wer?

EMMA Spinks.

JERRY Spinks? Ein dürrer Kerl, ungefähr fünfzig. Trägt Tag und Nacht eine dunkle Brille. Er lebt allein, möbliert. So ähnlich wie hier. Er macht … nicht viel Umstände.

EMMA Möblierte Zimmer genügen ihm?

JERRY Ja.

EMMA Mir genügen sie auch. Und dir? Magst du es noch? Unser Zuhause?

JERRY Es ist herrlich, kein Telefon zu haben.

EMMA Und herrlich, mich zu haben?

JERRY Du bist schon in Ordnung.

EMMA Ich koche und plage mich für dich.

JERRY Das tust du.

EMMA Ich habe was aus Venedig mitgebracht – für das Haus.

Öffnet das Paket, nimmt ein Tischtuch heraus. Breitet es auf dem Tisch aus.

Gefällt es dir?

JERRY Es ist wunderschön.

Pause.

EMMA Glaubst du, dass wir jemals zusammen nach Venedig fahren?

Pause.

Nein. Wahrscheinlich nicht.

Pause.

JERRY Du findest also, ich sollte Robert am Donnerstag oder am Freitag nicht zum Essen treffen?

EMMA Warum sagst du das?

JERRY Meinst du, ich sollte ihn überhaupt nicht sehen?

EMMA Das habe ich nicht gesagt. Du kannst ihn nicht gut schneiden. Sei nicht albern.

Pause.

JERRY Ich habe mich furchtbar erschrocken, als du fort warst. Ich hatte in meinem Büro mit ein paar Rechtsanwälten einen Vertrag zu besprechen. Plötzlich konnte ich mich nicht mehr erinnern, was ich mit deinem Brief getan hatte. Ich war mir nicht mehr sicher, ob ich ihn in den Safe gelegt hatte. Ich sagte, ich müsste etwas im Safe suchen. Ich öffnete den Safe. Der Brief war nicht da. Und ich musste weiter den verdammten Vertrag besprechen … Ich sah ihn immer vor mir, wie er irgendwo im Haus herumlag, wie ihn jemand aufhob …

EMMA Hast du ihn gefunden?

JERRY Er steckte in einer Jackentasche – in meinem Schrank – in meinem Kleiderschrank – zu Hause.

EMMA Gott.

JERRY Und noch etwas ist mir vor ein paar Monaten passiert. Ich habe dir nichts davon erzählt. Wir beide hatten uns abends noch getroffen. Also, wir hatten ein Glas miteinander getrunken, und ich komme gegen acht nach Hause, komme durch die Tür, Judith sagt: «Hallo, du bist ein bisschen spät dran.» – «Tut mir Leid», sage ich,

«ich habe noch Spinks auf ein Glas getroffen.» – «Spinks?», sagt sie. «Wie komisch. Er hat eben angerufen, vor fünf Minuten, wollte dich sprechen, hat überhaupt nicht erwähnt, dass er mit dir zusammen war.» – «Na, du kennst doch Spinks», sage ich, «geschwätzig ist der nicht gerade. Vielleicht ist ihm etwas eingefallen, was er vergessen hatte mir zu sagen. Ich rufe ihn später an.» Ich ging dann hinauf, um nach den Kindern zu sehen, und dann aßen wir gemeinsam zu Abend.

Pause.

Hör mal, kannst du dich erinnern, wann das war, vor ein paar Jahren. Wir waren alle in deiner Küche, muss wohl um Weihnachten gewesen sein oder so, erinnerst du dich? Die Kinder tollten herum, und plötzlich griff ich mir Charlotte und hob sie hoch, ganz hoch, und dann auf und ab, auf und ab. Erinnerst du dich, wie sie lachte?

EMMA Alle lachten.

JERRY Sie war so leicht. Und dein Mann war da und meine Frau und all die Kinder und alle standen wir da in deiner Küche und lachten. Ich werd das nicht mehr los.

EMMA Tatsächlich war es in deiner Küche.

Er ergreift ihre Hand. Sie stehen einen Augenblick beieinander. Sie gehen zum Bett und legen sich hin.

Warum solltest du sie auch nicht hochheben?

Sie streichelt ihn. Sie umarmen sich.

1973 SPÄTER

Szene 7

Restaurant. 1973. Sommer.

ROBERT sitzt am Tisch. Trinkt Weißwein. Der KELLNER führt JERRY an den Tisch. JERRY nimmt Platz.

JERRY Hallo, Robert.

ROBERT Hallo.

JERRY (zum KELLNER) Einen Scotch on the rocks, bitte.

KELLNER Mit Wasser?

JERRY Was?

KELLNER Möchten Sie ihn mit Wasser?

JERRY Nein. Kein Wasser, on the rocks.

KELLNER Sehr wohl, Signore.

ROBERT Scotch? Im Allgemeinen trinkst du mittags doch keinen Scotch.

JERRY Na ja, ich habe einen Virus gehabt.

ROBERT Ah.

JERRY Und das Einzige, um ihn loszuwerden, war Scotch – mittags und abends. Deshalb trinke ich mittags Scotch. Falls es einen Rückfall gibt.

ROBERT So was wie täglich einen Apfel?

JERRY Genau.

Der KELLNER bringt Scotch on the rocks.

Cheers.

ROBERT Cheers.

KELLNER Die Karte, Signori.

Er überreicht beiden die Menükarte und geht wieder.

ROBERT Wie geht's? Vom Virus abgesehen?

JERRY Gut.

ROBERT Was ist mit unserer Squash-Partie?

JERRY Ja, wenn ich den Virus los bin.

ROBERT Ich dachte, du wärst ihn los.

JERRY Warum, meinst du, trinke ich mittags Scotch?

ROBERT Ach ja. Aber wir sollten wirklich spielen. Wir haben seit Jahren nicht miteinander gespielt.

JERRY Wie alt bist du jetzt eigentlich?

ROBERT Sechsunddreißig.

JERRY Dann bin ich auch sechsunddreißig.

ROBERT Mindestens.

JERRY Bisschen anstrengend, Squash.

ROBERT Ruf mich an, damit wir endlich spielen.

JERRY Wie war es in Venedig?

KELLNER Haben Sie schon gewählt, Signori?

ROBERT Was nimmst du?

JERRY (sieht ihn kurz an und blickt dann wieder in die Speisekarte) Ich nehme Melone. Und Piccata al limone und einen grünen Salat.

KELLNER Insalata verde. Prosciutto e melone?

JERRY Nein, nur Melone. Auf Eis.

ROBERT Ich nehme Prosciutto und Melone. Gegrillte Scampi und Spinat.

KELLNER E spinaci. Grazie, Signore.

ROBERT Und so schnell wie möglich eine Flasche Corvo Bianco.

KELLNER Sì, Signore. Molte grazie.

Er geht.

JERRY Ist das der, der schon immer hier war? Oder ist es sein Sohn?

ROBERT Du meinst, ob sein Sohn schon immer hier war?

JERRY Nein, ob *er* sein Sohn ist? Ich meine, ist er der Sohn von dem, der schon immer hier war?

ROBERT Nein, er ist sein Vater.

JERRY Ah, das ist er?

ROBERT Er ist der, der so wunderbares Italienisch spricht.

JERRY Ja, aber dein Italienisch ist auch ganz gut, nicht wahr?

ROBERT Nein, keineswegs.

JERRY Doch. Doch.

ROBERT Emma ist es, die gut Italienisch spricht. Emmas Italienisch ist sehr gut.

JERRY Tatsächlich? Das wusste ich gar nicht.

Der KELLNER kommt mit der Flasche.

KELLNER Corvo Bianco, Signori.

ROBERT Danke.

JERRY Also wie war es denn nun? Venedig.

KELLNER Venezia, Signore? Wunderschön. Eine der schönsten Städte Italiens. Sehen Sie das Gemälde da an der Wand. Das ist Venedig.

ROBERT In der Tat.

KELLNER Wissen Sie, was es nicht gibt in Venedig?

JERRY Was?

KELLNER Traffico.

Er lächelt und geht.

ROBERT Cheers.

JERRY Cheers.

ROBERT Wann warst du das letzte Mal da?

JERRY Oh, Jahre her.

ROBERT Wie geht's Judith?

JERRY Was? Oh, na ja, nicht schlecht. Viel zu tun.

ROBERT Und den Kindern?

JERRY Ganz gut. Sam ist gestürzt –

ROBERT Was?

JERRY Nein, nein, nichts weiter. Wie war es denn also?

ROBERT Früher bist du doch mit Judith hingefahren?

JERRY Ja, aber seit Jahren nicht mehr.

Pause.

Und Charlotte? Hat's ihr gefallen?

ROBERT Ich glaube schon.

Pause.

Mir jedenfalls.

JERRY Freut mich.

ROBERT Ich bin nach Torcello gefahren.

JERRY Oh, wirklich? Herrliche Insel.

ROBERT Ein unwahrscheinlicher Tag. Ich bin ganz früh aufgestanden – und – brumm – quer über die Lagune – nach Torcello. Kein Mensch unterwegs.

JERRY Wieso brumm?

ROBERT Schnellboot.

JERRY Ah. Ich dachte –

ROBERT Was?

JERRY Bei mir ist es so lange her und wahrscheinlich irre ich mich. Ich dachte, man fährt mit der Gondel nach Torcello.

ROBERT Das würde Stunden dauern. Nein, nein – brumm – im Morgengrauen über die Lagune.

JERRY Hört sich gut an.

ROBERT Ich war mutterseelenallein.

JERRY Und Emma?

ROBERT Die schlief noch, glaube ich.

JERRY Ah.

ROBERT Ich war stundenlang auf der Insel allein. Im Grunde war das der Höhepunkt der ganzen Reise.

JERRY So, war es das? Na, hört sich fabelhaft an.

ROBERT Ja. Ich habe mich ins Gras gelegt und Yeats gelesen.

JERRY Yeats auf Torcello?

ROBERT Passt sehr gut zusammen.

Der KELLNER bringt die Speisen.

KELLNER Einmal Melone. Einmal Prosciutto e melone.

ROBERT Prosciutto für mich.

KELLNER Buon appetito.

ROBERT Emma hat diesen Roman gelesen. Den von deinem Knaben da. Wie heißt er doch?

JERRY Keine Ahnung. Wie?

ROBERT Spinks.

JERRY Oh, Spinks. Ja. Den du nicht mochtest.

ROBERT Den, den ich nicht verlegen wollte.

JERRY Ich weiß. Und Emma, mochte sie ihn?

ROBERT Sie schien ganz besessen davon.

JERRY Gut.

ROBERT Du selber magst ihn ja, nicht wahr?

JERRY Das tue ich.

ROBERT Und hat er großen Erfolg?

JERRY Hat er.

ROBERT Also, sag mal, bin ich dann ein Verleger mit überragendem kritischem Urteil oder einfach ein dummer Verleger?

JERRY Ein dummer Verleger.

ROBERT Du hast Recht. Ich bin ein sehr dummer Verleger.

JERRY Nein, bist du nicht. Was redest du da? Du bist ein guter Verleger. Wie kannst du nur so daherreden?

ROBERT Ich bin ein schlechter Verleger, weil ich Bücher hasse. Oder, um genau zu sein, Prosa. Und um noch genauer zu sein, moderne Prosa, moderne Romane meine ich, Romane. Erstlinge und zweite Romane, diese ganzen literarischen Hoffnungen und Sensibilitäten, über die ich zu entscheiden habe, für die ich das Geld des Verlages riskieren muss und dann auf den dritten Roman hoffe, dafür sorgen muss, dass er geschrieben wird, mich um den Schutzumschlag kümmern, zusehen, dass ein Dinner für die wichtigsten Kritiker arrangiert wird, dass es eine Signierstunde bei Hatchards gibt, dass der glückliche Autor sich dabei zu Tode schwitzt – und das alles im Namen der Literatur. Weißt du, worin ihr euch gleicht, Emma und du? Ihr liebt beide die Literatur. Ich meine, ihr liebt die moderne literarische Prosa. Ich meine, ihr liebt den modernen Roman, von dem neuen Casey oder Spinks. Das bringt euch beide in Ekstase.

JERRY Du hast wohl zu viel getrunken.

ROBERT Ach ja? Heißt das, du glaubst nicht, dass es Emma in Ekstase bringt?

JERRY Wie soll ich das wissen? Sie ist deine Frau.

Pause.

ROBERT Ja. Ja. Ganz richtig. Ich sollte dich da gar nicht befragen. Ich sollte dabei niemand zu befragen haben.

JERRY Ich hätte gern noch etwas Wein.

ROBERT Ja, ja doch. Kellner! Noch eine Flasche Corvo Bianco. Und wo bleibt unser Essen? Mit dem Laden hier geht es auch bergab. Allerdings, in Venedig ist es noch schlimmer. Dort scheren sie sich einen Dreck um dich. Ich bin nicht etwa betrunken. Von Corvo Bianco kann man gar nicht betrunken werden. Also weißt du … neulich Abend … ich war noch spät auf … ich hasse Cognac … er stinkt nach moderner Literatur. Nein, hör mal, entschuldige …

Der KELLNER kommt mit der Flasche.

KELLNER Corvo Bianco.

ROBERT Wir behalten unsere Gläser. Wo bleibt unser Essen?

KELLNER Kommt.

ROBERT Ich gieße selbst ein.

Der KELLNER geht mit den Melonentellern fort.

Nein, hör mal, entschuldige, trink doch noch ein Glas. Ich will dir sagen, was los ist. Ich halte es einfach nicht aus, wieder in London zu sein. Ich war glücklich wie selten, nicht in Venedig, das meine ich nicht, ich meine auf Torcello, wie ich da so am frühen Morgen allein herumspaziert bin. Ich war so glücklich, am liebsten wäre ich immer dageblieben.

JERRY Wir alle …

ROBERT Ja, wir alle … denken manchmal so. Und du selbst, wie steht's bei dir?

Pause.

Das soll nicht heißen, dass irgendetwas bei mir

schief läge. Ich habe meine Familie. Emma und ich verstehen uns gut. Ich bete sie an. Und wenn ich schon davon spreche, ich halte Casey für einen erstklassigen Schriftsteller.

JERRY Meinst du das wirklich?

ROBERT Erstklassig. Ich bin stolz, ihn zu verlegen, und du hast ihn entdeckt, und das war sehr clever von dir.

JERRY Danke.

ROBERT Du hast eine gute Nase und du engagierst dich. Und ich respektiere das an dir. Emma übrigens auch. Wir sprechen oft davon.

JERRY Wie geht's Emma?

ROBERT Ausgezeichnet. Komm doch mal auf einen Drink zu uns. Sie freut sich immer, wenn du kommst.

1971

Szene 8

Wohnung. 1971. Sommer.

Leere Wohnung – Küchentür geöffnet. Tisch gedeckt; Geschirr, Gläser, eine Flasche Wein.

JERRY schließt die Wohnungstür auf und kommt herein.

JERRY Hallo!

EMMA aus der Küche, rufend.

EMMA Hallo!

EMMA kommt aus der Küche. Sie trägt eine Schürze.

Ich bin eben erst gekommen. Ich wollte eigentlich viel früher hier sein. Ich mache uns gerade einen Eintopf. Dauert noch Stunden.

Er küsst sie. Sie spricht weiter.

Hast du großen Hunger?

JERRY Ja.

Er küsst sie.

EMMA Also wirklich. So werde ich ja nie fertig. Setz dich doch. Ich muss wieder in die Küche.

JERRY Was für eine entzückende Schürze.

EMMA Danke.

Sie küsst ihn, geht zurück in die Küche. Sie ruft aus der Küche. Er gießt ein Glas Wein ein.

Was hast du denn alles getan?

JERRY Ich bin im Park spazieren gegangen.

EMMA Wie war es?

JERRY Wunderschön. Alles leer. Leichter Nebel.

Pause.

Ich habe unter einem Baum gesessen. Alles war ganz still. Ich habe lange auf das Flüsschen geschaut.

Pause.

EMMA Und dann?

JERRY Dann bin ich mit dem Taxi zum Wessex Grove gefahren. Nummer 31. Und bin die Stufen hinaufgestiegen und habe die Haustür geöffnet, und dann bin ich die Treppe hinaufgestiegen und habe die Wohnungstür geöffnet und dich hier vorgefunden mit einer neuen Schürze, wie du einen Eintopf machst.

EMMA kommt aus der Küche.

EMMA Er ist aufgesetzt.

JERRY Der jetzt aufgesetzt ist.

EMMA gießt sich einen Wodka ein.

Wodka? Vor dem Essen?

EMMA Hatte gerade Lust darauf.

Sie trinkt.

Gestern habe ich Judith getroffen. Hat sie es dir erzählt?

JERRY Nein, hat sie nicht.

Pause.

Wo denn?

EMMA Beim Essen.

JERRY Beim Essen?

EMMA Hat sie es dir nicht erzählt?

JERRY Nein.

EMMA Komisch.

JERRY Wieso Essen? Wo denn?

EMMA Bei Gino.

JERRY Gino? Was zum Teufel hat sie bei Gino zu suchen?

EMMA Sie aß zu Mittag. Mit einer Frau.

JERRY Einer Frau?

EMMA Ja.

Pause.

JERRY Gino ist ziemlich weit weg vom Krankenhaus.

EMMA Keineswegs.

JERRY Hm … Wohl doch nicht.

Pause.

Und du?

EMMA Ich?

JERRY Was hast du bei Gino getan?

EMMA Mit meiner Schwester zu Mittag gegessen.

JERRY Ah.

Pause.

EMMA Judith … hat dir nichts davon gesagt?

JERRY Ich habe sie heute nicht gesehen. Ich war gestern Abend mit Casey aus, und es wurde spät. Und heute früh war sie schon weg.

Pause.

EMMA Glaubst du, sie weiß Bescheid?

JERRY Bescheid?

EMMA Ja, ob sie Bescheid weiß? Über uns?

JERRY Nein.

EMMA Bist du sicher?

JERRY Sie ist viel zu beschäftigt. Das Krankenhaus. Und die Kinder. Im Übrigen neigt sie nicht zu … Spekulationen.

EMMA Was ist mit Hinweisen? Geht sie nicht gerne … Hinweisen nach?

JERRY Was denn für Hinweise?

EMMA Hm, es muss doch welche geben … die ihr auffallen müssten … denen sie nachspüren könnte.

JERRY Es gibt keine … die ihr auffallen könnten.

EMMA Oh, also … schön.

Pause.

JERRY Sie hat einen Verehrer.

EMMA Tatsächlich?

JERRY Wieder so ein Arzt. Sie trifft sich mit ihm. Es ist … irritierend. Na ja, sie sagt, dass weiter nichts dabei sei. Er mag sie, sie schätzt ihn und so weiter und so weiter. Vielleicht ist es gerade das, was mich irritiert. Ich weiß eigentlich nicht genau, was da vor sich geht.

EMMA Oh, warum soll sie keinen Verehrer haben? Ich habe auch einen Verehrer.

JERRY Wen?

EMMA Hm … Dich, denke ich.

JERRY Ah, ja.

Er ergreift ihre Hand.

Ich bin mehr als das.

Pause.

EMMA Sag mal … hast du je daran gedacht … dein Leben zu ändern?

JERRY Zu ändern?

EMMA Mmnn.

Pause.

JERRY Unmöglich.

Pause.

EMMA Glaubst du, dass sie dir untreu ist?

JERRY Nein. Jedenfalls weiß ich es nicht.

EMMA Jetzt zum Beispiel. Als du in Amerika warst?

JERRY Nein.

EMMA Bist du je untreu gewesen?

JERRY Wem?

EMMA Mir, natürlich.

JERRY Nein.

Pause.

Warst du … mir?

EMMA Nein.

Pause.

Wenn sie es wäre, was würdest du tun?

JERRY Ist sie aber nicht. Zu beschäftigt, hat zu viel um die Ohren. Sie ist eine sehr gute Ärztin. Sie ist mit sich und ihrem Leben zufrieden. Sie liebt die Kinder.

EMMA Ah.

JERRY Sie liebt mich.

Pause.

EMMA Ah.

Schweigen.

JERRY Das will schon was heißen.

EMMA Bestimmt.

JERRY Aber ich bete dich an.

Pause.

Ich bete dich an.

EMMA ergreift seine Hand.

EMMA Ja.

Pause.

Hör mal, ich muss dir etwas sagen.

JERRY Was?

EMMA Ich bin schwanger. Während du in Amerika warst.

Pause.

Nicht von einem anderen. Von meinem Mann.

Pause.

JERRY Ja. Ja, natürlich.

Pause.

Das freut mich riesig für dich.

1968

Szene 9

Das Haus von ROBERT und EMMA. Schlafzimmer. 1968. Winter.

Das Schlafzimmer ist schwach beleuchtet. JERRY sitzt im Schatten. Durch die Tür leichte Musik. Die Tür öffnet sich. Helles Licht fällt herein. Musik. EMMA kommt herein, schließt die Tür hinter sich. Sie geht auf den Spiegel zu, entdeckt JERRY.

EMMA Guter Gott.

JERRY Ich habe auf dich gewartet.

EMMA Was soll das heißen?

JERRY Ich wusste, du würdest kommen.

Er trinkt aus seinem Glas.

EMMA Ich bin nur hereingekommen, um mir die Haare zu kämmen.

Er steht auf.

JERRY Das wusste ich. Ich wusste, dass du dir die Haare kämmen würdest. Ich wusste, dass du hier reinkommen würdest.

Sie geht zum Spiegel. Kämmt ihr Haar. Er beobachtet sie.

Du bist eine wunderschöne Gastgeberin.

EMMA Gefällt's dir nicht auf der Party?

JERRY Du bist wunderschön.

Er geht auf sie zu.

Hör mal. Ich habe dich die ganze Nacht beobachtet. Ich muss dir sagen, ich möchte dir sagen, ich muss dir einfach sagen –

EMMA Ich bitte dich.

JERRY Du bist unglaublich.

EMMA Du bist betrunken.

JERRY Trotzdem.

Er schlingt die Arme um sie.

EMMA Jerry.

JERRY Ich war euer Trauzeuge. Ich habe dich in Weiß gesehen. Ich sah dich in Weiß vorüberschweben.

EMMA Ich war gar nicht in Weiß.

JERRY Weißt du auch, was eigentlich hätte geschehen müssen?

EMMA Was?

JERRY Ich hätte dich hernehmen sollen, in deinem Weiß, vor der Hochzeit. Ich hätte dich besudeln müssen, in deinem weißen Hochzeitskleid schänden müssen, in deinem Brautkleid. Ehe ich dich als Trauzeuge zur Hochzeit führte.

EMMA Du warst der Trauzeuge meines Mannes. Der Trauzeuge deines besten Freundes.

JERRY Nein, dein Trauzeuge.

EMMA Ich muss zurück.

JERRY Du bist himmlisch. Ich bin verrückt nach dir. All die Worte, die ich gebrauche, spürst du das nicht? Sind nie zuvor gesagt worden, spürst du das nicht? Ich bin verrückt nach dir. Es ist wie ein Schirokko. Bist du jemals in der Sahara gewesen? Hör mich an. Es ist wahr. Hör mal. Ich bin überwältigt. Du bist so bezaubernd.

EMMA Bin ich nicht.

JERRY Du bist so wunderschön. Sieh doch nur, wie du mich anschaust.

EMMA Ich … schau dich nicht an.

JERRY Sieh doch nur, wie du mich anschaust. Ich kann nicht ohne dich sein. Ich bin überwältigt. Ich bin total außer mir, du blendest mich, du Juwel, mein Juwel. Ich werde nie wieder schlafen können, nein, hör doch, es ist wahr. Ich kann keinen Fuß mehr vor den anderen setzen, ich werde zum Krüppel, ich breche zusammen, ich löse mich in nichts auf, bin völlig gelähmt. Mein Leben ist in deinen Händen, dazu hast du mich gebracht, in einen Zustand der Katatonie, weißt du, was das heißt, ein Zustand der Katatonie? Weißt du es, weißt du es? Ein Zustand … Wo der Fürst der Leere regiert, der Fürst des Mangels, der Fürst der Verzweiflung. Ich liebe dich.

EMMA Mein Mann ist nebenan.

JERRY Jeder weiß es. Die ganze Welt weiß es. Sie weiß es. Aber die werden es nie wissen. Die werden es nie wissen, die leben in einer anderen Welt. Ich bete dich an. Ich bin verrückt vor Liebe zu dir. Ich kann einfach nicht glauben, dass, wovon jeder in diesem Augenblick sagt, dass es je passiert ist, je passiert ist. Nichts ist je passiert. Nichts. Das hier ist das Einzige, was je passiert ist. Deine Augen bringen mich um. Ich bin verloren. Du bist wunderbar.

EMMA Nein.

JERRY Ja.

Er küsst sie. Sie macht sich von ihm frei. Er küsst sie wieder.

Gelächter nebenan. Sie macht sich wieder von ihm frei. Die Tür geht auf. ROBERT kommt herein.

EMMA Dein bester Freund ist betrunken.

JERRY Da du mein bester und ältester Freund bist und gegenwärtig mein Gastgeber, erlaubte ich mir, die Gelegenheit zu nutzen, um deiner Frau zu sagen, wie wunderschön sie ist.

ROBERT Absolut zutreffend.

JERRY Es ist absolut zutreffend, dass man … dieser Tatsache ins Auge sieht … und Zeugnis ablegt, ohne zu erröten, ein Zeugnis allerreinster Anerkennung, ohne jede Einschränkung.

ROBERT Absolut.

JERRY Und wie wundervoll für euch, dass das so ist, dass dies der Fall ist, dass ihre Schönheit der Fall ist.

ROBERT Ganz richtig.

JERRY geht auf ROBERT zu und fasst ihn am Ellbogen.

JERRY Ich spreche als dein ältester Freund, dein Trauzeuge.

ROBERT Das bist du in der Tat.

Er legt JERRY beide Hände kurz auf die Schulter, wendet sich um, verlässt das Zimmer.

EMMA geht auf die Tür zu. JERRY ergreift ihren Arm. Sie bleibt stehen. Sie stehen unbeweglich da und sehen einander an.

Celebration

Deutsch von Michael Walter

Die Uraufführung von *Celebration* war am 16. 3. 2000 am Almeida Theatre, London (Regie: Harold Pinter).

Die deutschsprachige Erstaufführung war am 28. 3. 2001 am Thalia Theater, Hamburg (Regie: Stephan Kimmig).

Personen: LAMBERT (Mitte 40), JULIE (Mitte 40), MATT (Mitte 40), PRUE (Mitte 40), RUSSELL (Mitte 30), SUKI (28), RICHARD (Mitte 50), SONIA (Mitte 30), OBER (25)

Ein Restaurant. Zwei Sitznischen im Halbrund mit Tisch.

LAMBERT, JULIE, MATT und PRUE sitzen an einem Tisch.

RUSSELL und SUKI sitzen an dem anderen.

Tisch eins

OBER Wer bekommt die Ente?

LAMBERT Die Ente ist für mich.

JULIE Nein, ist sie nicht.

LAMBERT Nein, ist sie nicht. Für wen dann?

JULIE Für mich.

LAMBERT Und was kriege ich? Ich dachte, die Ente krieg ich?

JULIE (zum OBER) Die Ente ist für mich.

MATT (zum OBER) Huhn für meine Frau, Steak für mich.

OBER Huhn für die Dame.

PRUE Danke sehr.

OBER Und wer bekommt das Steak?

MATT Ich.

Er nimmt eine Flasche Wein und schenkt ein.

Also dann. Frascati für die Damen. Und Valpolicella für mich.

LAMBERT Und für mich. Ich meine, was ist mit mir? Was hab ich bestellt? Ich hab keine Ahnung mehr! Was hab ich bestellt?

JULIE Wen interessiert das?

LAMBERT Wen das interessiert? Mich, verdammt nochmal.

PRUE Julie, Lambert. Alles Gute zum Hochzeitstag.

MATT Prost.

Sie heben die Gläser und trinken.

Tisch zwei

RUSSELL Sie glauben an mich.

SUKI Wer, sie?

RUSSELL Na sie. Was meinst du mit: Wer, sie? Sie eben.

SUKI Ach ja?

RUSSELL Ja, sie glauben an mich. Sie setzen auf mich. Sie investieren in mich. In meinen Weitblick. Sie glauben an mich.

SUKI Hör mal. Ich glaube dir. Ehrlich. Tu ich. Nein, wirklich, ehrlich. Bestimmt glauben sie an dich. Und das völlig zu Recht. Ich meine, hör zu, ich möchte, dass du reich bist, glaub mir, ich möchte, dass du reich bist, dann kannst du mir Häuser kaufen und Dessous, und ich weiß dann, dass du mich wirklich liebst.

Sie trinken.

RUSSELL Hör mal, sie war bloß Sekretärin. Das ist alles. Mehr nicht.

SUKI So wie ich.

RUSSELL Was meinst du mit: So wie du? Sie war überhaupt nicht wie du.

SUKI Ich war auch mal Sekretärin.

RUSSELL Das war eine Schnepfe. Eine Schnepfe. Die sind doch alle gleich, diese Sekretärinnen, diese Schnepfen. Die sind wie Politiker. Sie lieben die Macht. Kaum haben die mal ein bisschen Macht, benutzen sie die. Sie gehen nach Haus, sie hängen sich ans Telefon, sie erzählen alles ihren Freundinnen, sie lachen sich schief. Hör mir zu. Ich bin ehrlich. So einen wie mich kannst du lange suchen. Ich bin drauf reingefallen. Ich hab's zugegeben. Sie hat mich eben um ihren kleinen Finger gewickelt.

SUKI Komisch. Ich dachte, sie hat dich um *deinen* kleinen Finger gewickelt.

Pause.

RUSSELL Du weißt nicht, wie diese Mädchen sind. Diese Sekretärinnen.

SUKI Doch, weiß ich schon.

RUSSELL Weißt du nicht.

SUKI Doch, allerdings.

RUSSELL Was meinst du mit: Allerdings?

SUKI Ich bin schon hinter dem einen oder anderen Aktenschrank gewesen.

RUSSELL Was?

SUKI Damals. Als knackige junge Sekretärin. Ich weiß, wie ein Aktenschrank von hinten aussieht.

RUSSELL Ach ja?

SUKI Klar. Hör zu. Ich würde selber in dich investieren, wenn ich Geld hätte. Und weißt du, warum? Weil ich an dich glaube.

RUSSELL Was soll das jetzt mit dem Aktenschrank?

SUKI Ach, da war ich noch eine knackige junge Sekretärin. Heute würde ich solche Sachen nie tun. Niemals. Kommt gar nicht in Frage. Das Problem war nur, ich war so erregbar, ihre Erregung hat mich so erregt, aber heute würde ich solche Sachen nie tun, jetzt, wo ich eine erwachsene Frau bin und kein dummes junges Ding mehr, ein dummes und leichtfertiges junges Mädchen, so ein flatterhaftes, frivol flirtendes, kicherndes junges Ding, manchmal, da hab ich's kaum von einem Aktenschrank zum nächsten geschafft, so erregt war ich, ich war so knackig und wackelig, es war schrecklich, die Männer konnten einfach nicht die Hände von mir lassen, sie waren schier unersättlich, aber um zu wichtigeren Dingen zurückzukommen, sie glauben zu Recht an dich, warum sollten sie nicht an dich glauben?

Tisch eins

JULIE Ich hab's ihm immer gesagt. Immer. Aber er hört nicht zu. Ich sag's ihm in einem fort. Aber er hört nicht zu.

PRUE Du meinst, er hört einfach nicht zu?

JULIE In einem fort sag ich's ihm.

PRUE (ZU LAMBERT) Warum hörst du nicht auf deine Frau? Die hält dir die Stange, auch wenn's mal eng wird. Du hast eine Frau, die alles für dich tut, vergiss das ja nie.

LAMBERT Ich hab eine Frau, die alles für mich tut, wo?

PRUE Hier! An diesem Tisch.

LAMBERT Unterm Tisch, würd ich wetten.

Er schaut unter dem Tisch nach.

Gott. Unterm Tisch tut sie wirklich alles für mich. Schon immer. Kaum zu glauben.

JULIE Warum kaufst du dir kein neues Auto und fährst es gegen die nächste Wand?

LAMBERT Sie liebt mich.

MATT Nein, sie liebt neue Autos.

LAMBERT Mit weichen Liegesitzen.

MATT Da gab's mal ein Lied.

LAMBERT Wie ging das?

MATT Die ist spitz.
Die ist spitz.
Trägt 'nen engen Rock mit Schlitz.
Sie hat Titten wie Brigitte Bardot
Und 'nen weichen Liegesitz.

LAMBERT Ein wirklich schönes Lied.

MATT Ein Lied, das ich schon immer gut fand. Weißt du, was es ist? Ein traditionelles Volkslied.

LAMBERT Es hat Klasse.

MATT Es hat Tradition und Klasse.

LAMBERT Die kann man heute mit der Lupe suchen.

MATT Worauf du einen lassen kannst.

LAMBERT Hey, Matt!

MATT Was?

LAMBERT hält die Flasche Valpolicella hoch. Sie ist leer.

LAMBERT Die Flasche hier macht schlapp.

MATT dreht sich um und ruft.

MATT Ober!

Tisch zwei

RUSSELL Also. Mal ehrlich. Findest du, ich habe einen guten Charakter?

SUKI Ja, finde ich. Ich finde schon. Find ich schon, ja. Also … ich meine … ich finde, du könntest schon einen ganz guten Charakter haben, das Problem ist nur, letzten Endes läuft es darauf hinaus, dass du quasi überhaupt keinen Charakter hast – im Grunde, meine ich, das ist das Entscheidende.

RUSSELL Im Grunde?

SUKI Ja, das Entscheidende ist, eigentlich hast du überhaupt gar keinen Charakter, oder? Im Grunde. Au fond. Aber ich würde mir deswegen jetzt keine Sorgen machen. Nimm mich, zum Beispiel. Ich habe auch keinen Charakter. Ich bin nur ein Rohr. Ich bin nur ein Rohr im Wind. Stimmt's? Du weißt, es stimmt. Ich bin nur ein Rohr im Wind.

RUSSELL Du bist eine Nutte.

SUKI Eine Nutte im Wind.

RUSSELL Und der Wind fährt dir unter den Rock.

SUKI Genau. Woher weißt du das? Woher kennst du dieses Gefühl? Ich wusste gar nicht, dass Männer sich mit so was überhaupt auskennen. Wo Männer doch keine Röcke tragen. Darum hätte ich auch nie gedacht, dass Männer überhaupt wissen, wie das ist, wenn der Wind einem Mädchen unter den Rock fährt. Weil Männer doch keine Röcke tragen.

RUSSELL Arschloch.

SUKI Nicht ganz.

RUSSELL Arschloch.

SUKI Meine Güte. Bin ich das wirklich?

RUSSELL Ja. Bist du wirklich.

SUKI Bin ich das wirklich?

RUSSELL Ja. Bist du wirklich.

Tisch eins

LAMBERT Wie geht nochmal dieses andere Lied? Dieser Klassiker, wie du immer sagst.

MATT Wasch mich in dem Wasserloch,
Aus dem deine Tochter kroch.

LAMBERT Genau. (Zu JULIE) Kennst du den?

JULIE Hab ich nicht im Repertoire, Liebling.

LAMBERT Das ist hier das beste Restaurant der Stadt. Angeblich.

MATT Angeblich.

LAMBERT Heute Abend knallen wir uns die Birne zu. Weißt du, wie viel Geld ich letztes Jahr gemacht hab?

MATT Logo knallen wir uns die Birne zu.

LAMBERT Wir knallen uns die Birne zu.

PRUE (zu JULIE) Seine Mutter hat mich immer gehasst. Das war Hass auf den ersten Blick. Ihr ganzes Leben lang hat sie mir nie was geschenkt. Nichts. Die hätte mir nicht mal ihre Nasenpopel gegönnt.

JULIE Ich weiß.

PRUE Nicht mal ihre Nasenpopel. Ehrlich.

JULIE Alle Schwiegermütter sind so. Sie lieben ihre Söhne. Sie lieben ihre Jungs. Sie wollen nicht, dass ihre Söhne von anderen Mädchen gebumst werden. Stimmt's, oder hab ich Recht?

PRUE Absolut. Alle Mütter wollen, dass ihre Söhne von ihnen selbst gebumst werden.

JULIE Von ihren Müttern.

PRUE Alle Mütter –

LAMBERT Alle Mütter wollen von ihren Müttern gebumst werden.

MATT Oder von sich selbst.

PRUE Nein, andersrum.

LAMBERT Wie jetzt?

MATT Alle Mütter wollen von ihren Söhnen gebumst werden.

LAMBERT Stopp mal –

MATT Mir geht's darum –

LAMBERT Aber mir geht's darum – wie alt muss man sein?

JULIE Für was?

LAMBERT Um von der eigenen Mutter gebumst zu werden.

MATT Klappt immer, Alter. Klappt immer.

Alle trinken.

LAMBERT Wie hat dir dein Essen geschmeckt, Liebling?

JULIE Ich fand's nicht überragend.

LAMBERT Nicht überragend?

JULIE Nein.

LAMBERT Ich schleppe sie in den besten Laden der Stadt – gebe ein Vermögen aus – und sie findet es nicht überragend.

MATT Schon vergessen, warum wir hier sind? Heute ist euer Jubiläum.

LAMBERT Welches Jubiläum?

PRUE Euer Hochzeitstag.

LAMBERT Ich weiß nur eins. Wir sitzen hier im scheißteuersten Restaurant der Stadt, und sie findet es nicht überragend.

RICHARD kommt an den Tisch.

RICHARD Guten Abend.

MATT Guten Abend.

PRUE Guten Abend.

JULIE Guten Abend.

LAMBERT Guten Abend, Richard. Wie läuft's?

RICHARD Ausgezeichnet. Sie waren im Theater?

MATT Nein. Im Ballett.

RICHARD Im Ballett? Was gab es?

LAMBERT Verdammt gute Frage.

MATT Kaum zu beantworten.

RICHARD Hat es Ihnen gefallen?

LAMBERT Unglaublich gut.

JULIE Was für 'n Ballett?

MATT Mit den hohen Tönen hatten die alle Probleme, oder?

RICHARD Essen in Ordnung?

MATT Köstlich.

LAMBERT Erste Sahne. Fantastico.

PRUE Himmlisch.

LAMBERT Meine Frau fand es nicht überragend.

RICHARD So?

JULIE Der Ober war lecker.

RICHARD Welcher?

JULIE Der mit dem pelzbesetzten Tanga.

LAMBERT Den legt er zum Frühstück ab.

JULIE Was man von dir nicht behaupten kann.

RICHARD Schön, dass Sie alle da sind.

PRUE Sie fand das Essen nicht überragend. Das stimmt. Hat sie gesagt. Sie fand es staubtrocken. Sie hat gesagt – was hast du gesagt, Schätzchen? – sie ist meine Schwester – sie hat gesagt, selbst mit einer Hand zwischen den Beinen könnte sie besser kochen – sie hat gesagt – nein, ehrlich – sie hat gesagt, selbst wenn sie reinpinkelt, kriegt sie noch eine bessere Soße hin als die auf dem Teller. Nicht dass Sie denken, das war ein Witz – sie ist meine Schwester, ich kenne sie schon mein ganzes Leben, mein ganzes Leben lang, seit wir kleine unschuldige Mädchen waren, unser ganzes Leben lang, seit wir als Babys im Kinderzimmer lagen und hörten, wie Mami Papi die Fresse poliert hat. Am nächsten Tag haben wir das Blut auf den Laken gesehen – als das Kinderfräulein in der Küche war – meine Schwester und ich – und das Kinderfräulein war in der Küche – und das Küchenmädchen war in der Speisekammer, und das Dienstmädchen war in der Waschküche und wusch das Blut aus den Laken. So sind meine kleine Schwester und ich aufgewachsen, und wenn sie reinpinkelt, kriegt sie immer noch eine bessere Soße hin als Sie.

MATT Also, ich sag mal, ich find's toll, hier zu sein.

LAMBERT Toll, hier zu sein.

JULIE Ganz, ganz toll.

MATT Wirklich toll.

RICHARD Vielen Dank.

PRUE steht auf und geht zu RICHARD.

PRUE Darf ich mich bei Ihnen bedanken? Darf ich mich persönlich bei Ihnen bedanken? Ich möchte mich selber bei Ihnen bedanken, auf meine Art.

RICHARD Herzlichen Dank.

PRUE Nein, nein, ich möchte mich wirklich auf ganz persönliche Art bei Ihnen bedanken.

JULIE Sie möchte Ihnen persönlich danken.

PRUE Darf ich Sie küssen? Ich möchte Sie auf den Mund küssen.

JULIE Komisch. Ich möchte ihn auch auf den Mund küssen.

Sie steht auf und geht zu ihm.

Weil, man hat mich verleumdet, man hat mich diffamiert. Ich habe nie gesagt, dass ich Ihre Soße nicht mag. Ich liebe Ihre Soße.

PRUE Wir können ihn nicht beide gleichzeitig auf den Mund küssen.

LAMBERT Ihr könntet ihm ein Stück Würfelzucker in den Arsch blasen.

RICHARD Also, das freut mich sehr. Es freut mich wirklich. Ich hoffe, wir sehen uns später noch.

Er geht. PRUE und JULIE setzen sich.

Schweigen.

MATT Reizender Mann.

LAMBERT Darum ist das ja hier auch das beste und teuerste Restaurant in ganz Europa – weil er auf einem gewissen Niveau *besteht*, er *besteht* drauf, dass das Niveau knallhart gewahrt wird, kapiert? Dass das

Niveau auf höchstem Niveau gewahrt wird, auf dem scheißhöchsten Niveau überhaupt –

MATT Der spart an nichts.

LAMBERT Der und sparen? Natürlich spart der nicht – ums Verrecken nicht. Der spart an gar nichts!

PRUE Ich kenne ihn von früher.

MATT Was meinst du damit?

PRUE Als er noch Küchenchef war.

LAMBERTS Handy klingelt.

LAMBERT Scheiße, wer ist das?

Er schaltet es ein.

Ja? Was?

Er hört kurz zu.

Ich hab gesagt, keine Anrufe! Heut ist mein scheiß Hochzeitstag!

Er schaltet es aus.

Fotze.

Tisch zwei

SUKI Ich bin so stolz auf dich.

RUSSELL Ja?

SUKI Und ich weiß, diese Leute sind anständige Leute. Diese Leute, die an dich glauben. Das sind anständige Leute. Oder?

RUSSELL Hochanständige Leute.

SUKI Und wenn ich sie kennen lerne, wenn du mich ihnen vorstellst, werden sie mich mit Respekt behandeln, ja? Die wollen mich dann nicht gleich hinter einem Aktenschrank bumsen?

SONIA kommt an den Tisch.

SONIA Guten Abend.

RUSSELL Guten Abend.

SUKI Guten Abend.

SONIA Alles zu Ihrer Zufriedenheit?

RUSSELL Wunderbar.

SONIA Keine Beanstandungen?

RUSSELL Absolut keine Beanstandungen. Rundum alles absolut numero uno.

SONIA Das ist ein schönes Kompliment.

RUSSELL Kommt von Herzen.

SONIA Sie waren im Theater?

SUKI In der Oper.

SONIA Wirklich, was gab es?

SUKI Also … da ging's drunter und drüber. Total viel Gesinge. Eigentlich fast nur, ehrlich gesagt. Die haben gar nicht mehr aufgehört. Stimmt's?

RUSSELL (zu SONIA) Hören Sie, ich würde Sie gern etwas fragen.

SONIA Absolut, fragen Sie mich alles, was Sie wollen.

RUSSELL Wie sind Sie aufgewachsen?

SONIA Komisch. Das fragt mich jeder. Jeden scheint das zu interessieren. Ich weiß auch nicht, warum.

Komisch, oder? So viele Leute sind neugierig, wie ich aufgewachsen bin. Ich habe keine Ahnung, warum. Was sie eigentlich damit meinen, ist natürlich – wie habe ich es zu meiner jetzigen Position gebracht – zur Maîtresse d'Hôtel – nicht wahr? Das ist doch Ihre Frage? Also, geboren bin ich in Bethnal Green. Meine Mutter war Fußpflegerin. Einen Vater hatte ich nicht.

RUSSELL Phantastisch.

SONIA Möchten Sie unseren Grießflammeri probieren?

RUSSELL En masse.

SONIA lächelt und geht.

RUSSELL Hab ich dir schon mal vom Grießflammeri meiner Mutter erzählt?

SUKI Noch nie. Bitte erzähl mir davon.

RUSSELL Soll ich dir wirklich davon erzählen? Du sagst das jetzt nicht einfach nur so?

SUKI Liebling. Gib mir deine Hand. Hier. Ich habe deine Hand. Ich halte deine Hand. Und jetzt erzähl mir bitte. Bitte erzähl mir vom Grießflammeri deiner Mutter. Wie war er?

RUSSELL Er war, als würde man in einem Ozean der Fülle ertrinken.

SUKI Wie schön. Du bist ein Dichter.

RUSSELL Früher wollte ich mal Dichter werden. Aber mein Vater hat mich nicht gerade dazu ermutigt. Für ihn war ich ein Arschloch.

SUKI Der war bloß eifersüchtig auf dich, sonst nichts. Du warst eine Bedrohung für ihn. Er hat gedacht, du willst ihm seine Frau wegnehmen.

RUSSELL Seine Frau?

SUKI Na, du kennst doch den Spruch.

RUSSELL Was?

SUKI Ach, du kennst doch den Spruch.

Der OBER kommt an den Tisch und schenkt Wein nach.

OBER Dürfte ich etwas einwerfen?

RUSSELL Hm?

OBER Ich sagte, dürfte ich mir einen Einwurf erlauben?

SUKI Wir bitten darum.

OBER Ich habe nur zufällig gehört, wie Sie vorhin über T. S. Eliot gesprochen haben.

SUKI Ach, das haben Sie gehört?

OBER Ja. Und da dachte ich mir, es würde Sie vielleicht interessieren, dass mein Großvater T. S. Eliot ziemlich gut gekannt hat.

SUKI Wirklich?

OBER Ich behaupte nicht, dass sie enge Freunde waren. Aber er war verdammt mehr als ein flüchtiger Bekannter. Er hat sie eigentlich alle gekannt: Ezra Pound, W. H. Auden, Cecil Day Lewis, Louis MacNeice, Stephen Spender, George Barker, Dylan Thomas, und noch ein paar Jahre früher war er so etwas wie ein Saufkumpan von D. H. Lawrence, Joseph Conrad, Ford Madox Ford, W. B. Yeats, Aldous Huxley, Virginia Woolf und dem verkalkten Thomas Hardy. Mein Großvater arbeitete damals an seiner politischen Karriere. Man sah in ihm schon den künftigen Schatzkanzler oder zumindest den kommenden Marineminister, aber stattdessen beschloss er, im Spanischen Bürgerkrieg ein Bataillon zu kommandieren, aber so, wie sich die Dinge entwickelten, verbrachte er den Großteil seiner Freizeit in den Vereinigten Staaten, als guter Kumpel von Ernest Hemingway – sie haben bis in die Puppen Gin Rommé gespielt. Er war aber auch Intimus von William Faulkner, Scott Fitzgerald, Upton Sinclair, John Dos Passos – Sie wissen schon – die ganze wilde Chicago-Gang – ganz zu schweigen von John Steinbeck, Erskine Caldwell, Carson McCullers und anderen Mitgliedern der alten Südstaaten-Garde. Ich meine – ich will damit nur sagen – mein Großvater war ein äußerst vielseitiger Mann. Er hatte immer seine Taschenbibel dabei, und er hatte ein Händchen für Taschenbillard. Er war eine Säule im Zentrum des intellektuellen und literarischen Lebens der 10er, 20er und 30er Jahre. Er war James Joyce' Patentante.

Schweigen.

RUSSELL Arbeiten Sie schon lange hier?

OBER Jahre.

RUSSELL Und Sie bleiben, bis der Besitzer wechselt?

OBER Wollen Sie damit sagen, dass ich demnächst gefeuert werde?

SUKI So ein netter Junge wie Sie doch nicht.

OBER Ganz ehrlich, ich glaube, das würde ich nicht verkraften. Dieses Restaurant ist für mich wie ein Mutterschoß. Und ich würde lieber in meinem Schoß bleiben. Das ist mir entschieden lieber, als geboren zu werden.

RUSSELL Kann ich Ihnen nicht verdenken. Also, wenn wir das nächste Mal über T. S. Eliot sprechen, schicke ich Ihnen eine Postkarte.

OBER Das würde mich überglücklich machen. Danke. Danke. Sie sind unglaublich liebenswürdig.

SUKI Wie reizend von Ihnen.

OBER Liebenswürdig und liebenswert.

Er geht.

SUKI Was für ein netter junger Mann.

Tisch eins

LAMBERT Ihr werdet's nicht glauben. Ihr werdet es einfach nicht glauben – und ich erzähl das auch nur, weil ich hier unter Freunden bin – und ich weiß, dass ich gemocht werde, weil ich meiner Familie und meinen Freunden vertraue – weil ich weiß, dass sie mich voll und ganz mögen – also – dass sie mir vertrauen, im Innersten – mich im Innersten respektieren – sonst würde ich das jetzt nicht erzählen. Ich würde euch hier nicht allen mein Herz ausschütten, wenn ich denken würde, ihr könntet mich ums Verrecken nicht leiden – ich könnte nicht offen und ehrlich zu euch sein, wenn ich denken würde, ihr denkt, ich sei ein Riesenarschloch. Wenn ich denken würde, es wär euch am liebsten, man würde mich aufhängen, rädern und vierteilen, verdammt – ich könnte nie offen und ehrlich zu euch sein, wenn das in Wahrheit so wäre – niemals …

Schweigen.

Aber wie ich gerade sagen wollte, ihr werdet's nicht glauben, aber ich war mal verliebt, und dieses Mädchen, in das ich verliebt war, das war auch in mich verliebt. Das weiß ich.

Pause.

JULIE War das nicht ich, Liebling?

LAMBERT Wer?

MATT Sie.

LAMBERT Sie? Nein, nicht sie. Ein Mädchen. Ich bin mit ihr immer am Fluss spazieren gegangen.

JULIE Lambert hat sich oben in einem Bus in mich verliebt. Auf einer Kurzstrecke. Von Fulham Broadway nach Shepherd's Bush, hat aber gereicht. Er hat am ganzen Körper gezittert. Das weiß ich noch. (Zu PRUE) Zu Hause bin ich dann gekommen und hab mich zu dir aufs Bett gesetzt, stimmt's?

LAMBERT Ich bin mit diesem Mädchen immer am Fluss spazieren gegangen. Ich war jung, ein kleiner Hosenscheißer.

MATT Komisch. Das hör ich heute zum ersten Mal. Dabei hab ich dich doch ziemlich gut gekannt, oder?

LAMBERT Was meinst du mit: Du hast mich ziemlich gut gekannt? Du hast mich überhaupt nicht gekannt. Einen Dreck weißt du von mir. Wer zum Teufel bist du eigentlich?

MATT Ich bin dein großer Bruder.

LAMBERT Ich red hier von Liebe, Alter. Du weißt schon, von echter beschissener Liebe, wo man am Fluss spazieren geht und Händchen hält.

MATT Ich habe ihn an dem Tag gesehen, wo er geboren wurde. Wisst ihr, wie er ausgesehen hat? Wie ein Alkoholiker. Sternhagelvoll. Er konnte kaum stehen.

JULIE Er hat gezittert wie Espenlaub oben auf dem Bus. Das werd ich nie vergessen.

PRUE Ich war da, als du nach Haus gekommen bist. Ich weiß noch, was du gesagt hast. Du bist in mein Zimmer gekommen. Hast dich auf mein Bett gesetzt.

MATT Was hat sie gesagt?

PRUE Wir waren schließlich Schwestern, oder?

MATT Und, was hat sie gesagt?

PRUE Ich werde nie vergessen, was du gesagt hast. Du hast dich auf mein Bett gesetzt. Oder? Weißt du noch?

LAMBERT Dieses Mädchen war in mich verliebt – das versuch ich euch gerade zu erzählen.

PRUE Weißt du noch, was du gesagt hast?

Tisch zwei

RICHARD kommt an den Tisch.

RICHARD Guten Abend.

RUSSELL Guten Abend.

SUKI Guten Abend.

RICHARD Alles zu Ihrer Zufriedenheit?

RUSSELL Erstklassig.

RICHARD Das freut mich.

SUKI Darf ich etwas sagen?

RICHARD Unbedingt –

SUKI In Ihrem Restaurant fühlen sich alle so wohl. Ich meine, Frauen *und* Männer. Bei Ihnen ist jeder glücklich.

RICHARD Das hoffen wir, dass man sich bei uns wohl fühlt und glücklich ist.

RUSSELL In diesem Restaurant fühlt man sich glücklich und wohl. Nehmen Sie mich, zum Beispiel. Nehmen Sie mich. Eigentlich bin ich eine total gestörte Persönlichkeit, manche Leute würden mich einen Psychopathen nennen. (Zu SUKI) Stimmt's?

SUKI Ja.

RUSSELL Aber wenn ich in diesem Restaurant sitze, merke ich an mir plötzlich überhaupt keine psychopathischen Neigungen mehr. Ich will nicht gleich alle ringsherum umbringen, ich will nicht gleich jedem eine Bombe unter den Arsch schieben. Ich fühle etwas völlig anderes, so etwas wie Ausgeglichenheit, eine Art Harmonie, ich liebe meine Mitgäste. Das ist ganz ungewohnt für mich. Normalerweise fühle ich – wie schon gesagt – völlige Bosheit und blanken Hass auf alle in meiner Nähe – aber hier fühle ich Liebe. Wie erklären Sie sich das?

SUKI Das ist das Ambiente.

RICHARD Ja, ich glaube, das Ambiente ist dieses ungreifbare, undefinierbare Etwas.

RUSSELL Ganz genau.

SUKI Es ist ungreifbar. Sie haben absolut Recht.

RUSSELL Absolut.

RICHARD Absolut richtig. Aber trotzdem – das gebe ich offen zu – existiert es. Und man spürt, man ist Teil davon. Ohne genau zu wissen, was es ist.

RUSSELL Ja. Ich hatte mal einen alten Lehrer, der hat immer gesagt, das Ambiente umgibt einen. Das hat er immer wieder gesagt. Er wohnte in einem kleinen Haus in einem hübschen kleinen Dorf, aber er hat nie einen von uns Jungs zum Tee eingeladen.

RICHARD Ja, komisch, dass Sie das sagen. Ich bin selbst in einem kleinen Dorf aufgewachsen.

SUKI Nein? Tatsächlich?

RICHARD Ja, ist das nicht verrückt? In einem kleinen Dorf auf dem Land.

RUSSELL Wie, mitten auf dem Land?

RICHARD Absolut. Und einmal, da hat mich mein Vater in die Dorfkneipe mitgenommen. Da war ich noch *so* klein. Viel zu jung natürlich, um mit ihm ein Bier zu trinken. Aber ich habe einen Blick reingeworfen. Schwarze Balken.

RUSSELL Auf dem Dach?

RICHARD Stützbalken für die Decke. Alte Männer, die Pfeife rauchten, natürlich keine Musik, Käsebrötchen, Gewürzgurken, Glück. Ich glaube, dieses Restaurant – das Sie mit Ihrem Besuch beehren – wurde von dieser Kneipe aus meiner Kindheit inspiriert. Es ist Ihnen hoffentlich nicht entgangen, dass Ihnen als kleine Aufmerksamkeit des

Hauses Gewürzgurken serviert werden, sobald Sie Platz genommen haben.

SUKI Die waren von Ihnen! Das war Ihre Idee!

RICHARD Ich glaube, das Konzept für dieses Restaurant geht zurück auf das Wirtshaus aus meiner Kindheit.

SUKI Ich finde das unglaublich rührend.

Tisch eins

LAMBERT Ich möchte mein Glas erheben.

MATT Worauf?

LAMBERT Auf meine Frau. Auf unseren Hochzeitstag.

JULIE Ach, Liebling! Du hast dran gedacht!

LAMBERT Ich möchte mein Glas erheben. Bitte erhebt eure Gläser und stoßt auf meine Frau an.

JULIE Ich bin ganz gerührt, ehrlich. Ich muss sagen –

LAMBERT Heb dein scheiß Glas und halt's Maul!

JULIE Aber Liebling, das ist blanke Aggression. Normalerweise steht er nicht auf blanke Aggression. Meistens verpackt er sie in Wörter aus Zuckerwatte. Was hast du denn, Süßer? Er ist verschnupft, das ist es.

LAMBERT Ich will, dass wir auf unseren Hochzeitstag trinken. Wir sind so viele verdammte Jahre verheiratet, dass ich sie gar nicht mehr zählen kann, und es kommt mir nicht einen Tag zu lang vor.

PRUE Prost.

MATT Prost.

JULIE Komisch, dass unsere Kinder nicht hier sind. Als sie noch klein waren, waren wir so oft mit ihnen zusammen, den kleinen Würmern, haben uns um sie gekümmert.

PRUE Ich weiß.

JULIE Mit ihnen gespielt.

PRUE Sie gefüttert.

JULIE Waren ihre Mütter.

PRUE Mich haben sie immer viel mehr geliebt als ihn.

JULIE Mich auch. Sie haben mich abgöttisch geliebt. Ich war ihre Mutter.

PRUE Ja, ich auch. Ich war die Mutter meiner Kinder.

MATT Sie haben kein Gedächtnis.

LAMBERT Wer?

MATT Kinder. Sie haben kein Gedächtnis. Die erinnern sich an nichts. Die erinnern sich nicht daran, wer ihr Vater war oder wer ihre Mutter war. Für so was haben die doch gar keinen Sinn. Die erinnern sich nicht an ihr eigenes Leben.

SONIA kommt an den Tisch.

SONIA Alles zu Ihrer Zufriedenheit?

JULIE Perfekt.

SONIA Waren Sie heute Abend in der Oper?

JULIE Nein.

PRUE Nein.

SONIA Im Theater?

PRUE Nein.

JULIE Nein.

MATT Wir feiern was.

SONIA Ach Gott! Einen Geburtstag?

MATT Ein Jubiläum.

PRUE Meine Schwester und ihr Mann. Ihren Hochzeitstag. Ich war ihre Brautjungfer.

MATT Und ich sein Trauzeuge.

LAMBERT Ich wollt sie ja gleich auf dem Altar bumsen, aber da hat mich einer gebremst.

SONIA Wirklich?

MATT Ich hab ihn gebremst. Er zog seinen Reißverschluss auf und kriegte von mir einen Tritt in den Arsch. Das hätte einen schönen Skandal gegeben. Die Weltpresse stand vor der Tür.

JULIE Stürmisch war er schon immer.

SONIA Hier kommen so viele unterschiedliche Menschen zusammen, Menschen aus allen Lebensbereichen.

PRUE Nein wirklich?

SONIA O ja. Menschen aus allen Lebensbereichen. Menschen aus den verschiedensten Ländern. Ich sage oft: «Man muss kein Englisch sprechen, um gutes Essen zu mögen.» Wie oft habe ich das schon gesagt. Man muss nicht mal Englisch verstehen. Es ist wie mit Sex, oder? Man muss kein Engländer sein, um Sex zu mögen. Man muss kein Englisch sprechen, um Sex zu mögen. Viele Leute mögen Sex und sind keine Engländer. Ich kenne beispielsweise ein, zwei Belgier, die lieben Sex, und die sprechen kein Wort Englisch. Für die Ungarn gilt übrigens dasselbe.

LAMBERT Ja. Ich hab mal einen Typen kennen gelernt, der war in Venezuela geboren, der konnte auch kein scheiß Wort Englisch.

MATT Mochte er Sex?

LAMBERT Sex?

SONIA Ja, komisch, dass Sie das jetzt sagen. Ich kannte mal einen Mann aus Marokko, der interessierte sich brennend für Sex.

JULIE Was ist aus ihm geworden?

SONIA Das wühlt mich jetzt richtig auf. Ich glaube, ich muss gleich weinen.

PRUE Sie Ärmste. Hat er Sie sitzen lassen?

SONIA Er ist tot. Er starb in den Armen einer anderen Frau. Während sie dabei waren. Verstehen Sie, wie tragisch mein Leben verlaufen ist?

Pause.

MATT Also, ich schon. Bei den anderen weiß ich nicht.

JULIE Ich verstehe das.

PRUE Ich auch.

SONIA Einen schönen Abend noch.

Sie geht.

LAMBERT Tolle Frau.

Der OBER kommt an den Tisch und schenkt Wein nach.

OBER Dürfte ich etwas einwerfen?

MATT Was?

OBER Dürfte ich mir einen Einwurf erlauben?

MATT Nur zu.

OBER Ich habe nur zufällig gehört, wie Sie vorhin über die Hollywood-Studios in den 30er Jahren gesprochen haben.

PRUE Das haben Sie gehört?

OBER Ja. Und da dachte ich mir, es würde Sie vielleicht interessieren, dass mein Großvater ein enger Vertrauter war von vielen der alten Hollywood-Filmstars damals. Er ist mit Clark Gable und Peter Lorre immer um die Häuser gezogen, und er gehörte zu den ganz wenigen gebürtigen Engländern, die Hedy Lamarr flachgelegt haben.

JULIE Nein?

LAMBERT Und wie war sie im Bett?

OBER Wirklich scharf, hat er gesagt.

JULIE Jede Wette.

OBER Natürlich hatte in Hollywood damals die irische Mafia das Sagen. Und es bestanden sehr enge Verbindungen zwischen einigen berühmten irischen Filmstars und einigen berühmten irischen Gangstern in Chicago. Al Capone und Victor Mature, zum Beispiel. Beides Iren. Dann gab es noch John Dillinger, den umschwärmten Gangster, und Gary Cooper, den umschwärmten Filmstar. Das waren Juden.

Schweigen.

JULIE Da kommt man ins Grübeln, was?

PRUE Da kommt man aber wirklich ins Grübeln.

LAMBERT Seht ihr das Mädchen da an dem Tisch? Die kenne ich. Die hab ich gebumst, als sie achtzehn war.

JULIE Was, am Flussufer?

LAMBERT winkt SUKI. SUKI winkt zurück. Sie flüstert RUSSELL etwas ins Ohr, steht auf und geht zu LAMBERTS Tisch. RUSSELL folgt ihr.

SUKI Lambert! Du bist das!

LAMBERT Suki! Du kennst mich noch!

SUKI Kennst du mich denn noch?

LAMBERT Ob ich dich noch kenne? Und *ob* ich dich kenne!

SUKI Das ist Russell, mein Mann.

LAMBERT Hallo, Russell.

RUSSELL Hallo, Lambert.

LAMBERT Das ist Julie, meine Frau.

JULIE Hallo, Suki.

SUKI Hallo, Julie.

RUSSELL Hallo, Julie.

JULIE Hallo, Russell.

LAMBERT Und das ist mein Bruder, Matt.

MATT Hallo, Suki, hallo, Russell.

SUKI Hallo, Matt.

RUSSELL Hallo, Matt.

LAMBERT Und das ist seine Frau Prue. Sie ist Julies Schwester.

SUKI Ich glaub's nicht!

PRUE Doch, wir sind Schwestern, und sie sind Brüder.

SUKI Unglaublich!

RUSSELL Hallo, Prue.

PRUE Hallo, Russell.

SUKI Hallo, Prue.

PRUE Hallo, Suki.

LAMBERT Setzt euch. Quetscht euch rein. Was wollt ihr trinken?

Sie setzen sich.

Was nehmt ihr?

RUSSELL Ein Schluck von dem Roten wäre jetzt wunderbar.

LAMBERT Suki?

RUSSELL Sie nimmt das Gleiche.

SUKI (zu LAMBERT) Stehst du immer noch so auf Gartenarbeit?

LAMBERT Ich?

SUKI (zu JULIE) Als ich ihn kannte, stand er total auf Gartenarbeit.

LAMBERT Tja, also, ich würd sagen, auf Gartenarbeit stehe ich immer noch, in Maßen.

JULIE Er mag Gras.

LAMBERT Das stimmt. Ich mag Gras.

JULIE Grünes Gras.

SUKI Früher hast du doch Blumen geliebt, oder? Liebst du Blumen immer noch?

JULIE Blumen sind für ihn das Größte. Neulich habe ich ihn dabei erwischt, wie er einen vollen Pisspott in eine Vase mit Lilien gekippt hat.

RUSSELL Mein Vater war Gärtner.

MATT Nicht Ihr Großvater?

RUSSELL Nein, mein Vater.

SUKI Stimmt, er war Gärtner. Er war ständig mit einem Rasenmäher unterwegs.

LAMBERT Was, sogar in der Old Kent Road?

RUSSELL Er war sehr erdverbunden.

MATT Und Ihr Großvater?

RUSSELL Ich hatte keinen.

MATT (zeigt auf den OBER) Der schon.

JULIE Komisch, dass Sie damals gedacht haben, mein Mann steht auf Gartenarbeit. Ich dachte immer, er steht auf Mädchenärsche.

SUKI Wirklich?

PRUE O ja, er hat schon immer gern gefummelt.

MATT Was meinst du damit? Woher willst du das wissen?

PRUE Ach, reg dich ab. Das ist längst Vergangenheit.

MATT Was?

SUKI Manchmal hab ich das Gefühl, die Vergangenheit vergeht nie.

RUSSELL Was meinst du damit?

JULIE Sie meinen, gestern ist heute?

SUKI Richtig. Ihnen geht's genauso, oder?

JULIE Ja.

MATT Blödsinn.

JULIE Obwohl, ich möchte nicht nochmal leben. Sie etwa? Einmal ist mehr als genug.

LAMBERT Ich würde gern nochmal leben. Ich werde es mir sogar zur Lebensaufgabe machen, nochmal zu leben. Ich werde als besserer Mensch zurückkommen, als gebildeterer Mensch, als liebenswürdigerer Mensch, als netterer Mensch.

JULIE Wohl kaum.

Pause.

PRUE Wo sich die zwei wohl kennen gelernt haben? Lambert und Suki, meine ich.

RUSSELL Hinter einem Aktenschrank.

Schweigen.

JULIE Was ist ein Aktenschrank?

RUSSELL Etwas, wohinter man verschwindet.

Pause.

LAMBERT Nein, ich nicht, Kumpel. Da haben Sie den Falschen erwischt. Meine Frau hat ganz Recht. Ich weiß nicht mal, wie ein Aktenschrank aussieht. Ich würde einen Aktenschrank nicht mal erkennen, wenn er hier um die Ecke käme.

Pause.

JULIE Und als was arbeiten Sie jetzt, Suki?

SUKI Oh, ich bin jetzt Lehrerin. Ich unterrichte Kinder.

PRUE Was, kleine Jungs und Mädchen?

SUKI Und Sie?

PRUE Oh, Julie und ich – wir sind karitativ tätig. Auf dem karitativen Sektor.

RUSSELL Das fordert sicher die ganze Frau.

JULIE Ja, wir sind Tag und Nacht im Einsatz, nicht wahr?

PRUE Ja, wir haben alle Hände voll zu tun.

MATT (zu RUSSELL) Sie sind Banker? Stimmt's?

RUSSELL Stimmt.

MATT (zu LAMBERT) Er ist Banker.

LAMBERT Mit einer großen Zukunft.

MATT Bildet er sich jedenfalls ein.

LAMBERT Ich hätte da eine Frage. Woher wusstest du, dass er Banker ist?

MATT So, wie der auftritt?

LAMBERT Klar.

SUKI Und ihr zwei?

LAMBERT Wir zwei?

SUKI Ja.

LAMBERT Tja, wir sind Berater. Matt und ich. Strategieberater.

MATT Strategieberater.

LAMBERT Das heißt, wir tragen keine Waffen.

MATT und LAMBERT lachen.

Müssen wir nicht!

MATT Wir sind friedliche Strategieberater.

LAMBERT Weltweite Friedenssicherung.

RUSSELL Wundervoll.

LAMBERT Hm?

RUSSELL Wirklich beeindruckend. Von Ihrer Sorte brauchen wir noch ein paar mehr.

Pause.

Wir brauchen mehr Leute wie Sie. Die Verantwortung tragen. Das Kommando übernehmen. Den Frieden sichern. Den Frieden durchsetzen. Frieden erzwingen. Wir brauchen mehr von Ihrer Sorte. Ich denke, ich werde mal mit meiner Bank reden. Ich wechsele in Kürze zu einer kapitalkräftigeren Bank. Mit denen werd ich mal reden. Ein gemeinsames Mittagessen vorschlagen. Im Zentrum. Ich kenne da das ideale Restaurant. Die Kellnerinnen da haben alle Mordstitten.

SUKI Treibst du das mit den Titten nicht ein bisschen zu weit?

RUSSELL Ich? Ich dachte, du.

Pause.

LAMBERT Vorsicht. Sie sprechen mit Ihrer Frau.

MATT Wo bleibt der Respekt, Kumpel.

LAMBERT Respekt muss sein. Mehr verlangen wir nicht.

MATT Das ist nicht viel verlangt.

LAMBERT Aber es ist entscheidend.

Pause.

RUSSELL Und wie läuft's in der Strategieberatungs-Branche momentan so?

LAMBERT Hervorragend, mein Freund. Hervorragend.

MATT Hervorragend. Uns fliegen die gebratenen Tauben nur so in den Mund.

RICHARD und SONIA kommen mit einer Magnumflasche Champagner an den Tisch, der OBER bringt ein Tablett Gläser. Alle staunen.

RICHARD Zur Feier eines unvergesslichen Hochzeitstags.

MATT wirft einen Blick auf das Flaschenetikett.

MATT Das Beste vom Besten.

Die Flasche wird geöffnet. RICHARD schenkt ein.

LAMBERT Möge der beste Mann gewinnen!

JULIE Die Frau gewinnt immer.

PRUE Immer.

SUKI So was hört man gern.

PRUE Die Frau gewinnt immer.

RICHARD und SONIA erheben ihre Gläser.

RICHARD Auf das glückliche Paar. Alles Gute. Ihnen allen alles Gute.

ALLE Prost. Prost …

MATT Was für ein wundervolles Restaurant.

SONIA Ja. Wir geben uns wirklich Mühe. Das darf ich wohl sagen. Wir bemühen uns. Das ist das Entscheidende. Nicht wahr?

RICHARD Ja. Wir geben uns wirklich Mühe. Wir bemühen

uns um das Wohl unserer Gäste. Das darf ich wohl sagen.

LAMBERT steht auf und geht zu ihnen.

LAMBERT Was Sie da sagen, bedeutet mir sehr viel. Ich muss Sie umarmen.

Er umarmt RICHARD.

Und Sie muss ich auch umarmen.

Er umarmt SONIA.

Das erlebt man total selten, wisst ihr. Normalerweise passiert so was nie. Normalerweise – also – normalerweise sind die Menschen so distanziert. Finde ich jedenfalls. Nehmen wir einen x-beliebigen Typ – dieser x-beliebige Typ weiß doch gar nicht, dass ein anderer x-beliebiger Typ überhaupt existiert. Das zieht sich durch die ganze Geschichte, oder?

MATT Genau.

LAMBERT Der eine Typ weiß doch gar nicht, dass da noch ein anderer Typ existiert. Jetzt mal ganz allgemein. Ist mir schon oft aufgefallen.

SONIA (zu JULIE und PRUE) Ich finde es so rührend, dass Sie Schwestern sind. Ich hatte mal eine Schwester. Aber sie hat einen Ausländer geheiratet, und seitdem habe ich sie nicht mehr gesehen.

PRUE Manche Ausländer sind gar nicht so übel.

SONIA Oh, ich finde Ausländer reizend. Die meisten Leute hier heute Abend im Restaurant sind Ausländer. Der Mann meiner Schwester hatte viel Charme, aber er hatte auch einen riesigen Schnauzbart. Bei der Hochzeit musste ich ihn küssen. Ich kann Ihnen gar nicht sagen, wie scheußlich das war. Mit meiner zarten Haut.

OBER Dürfte ich etwas einwerfen?

RICHARD Wie bitte?

OBER Dürfte ich mir einen Einwurf erlauben?

RICHARD Was zum Teufel soll das?

OBER Ich habe nur zufällig gehört, dass hier vorhin über die österreichisch-ungarische Monarchie gesprochen wurde, und da habe ich mich gefragt, ob diesen Leuten mein Großvater ein Begriff ist. Er war ein unglaublich enger Freund des Erzherzogs, und einmal hat er mit Benito Mussolini Tee getrunken. Sie haben alle zusammen Poker gespielt, Winston Churchill war auch dabei. Das Komische an meinem Großvater war, dass seine Handflächen immer zu brennen schienen. Aber seinen Augen entging nichts. Sein Leben verlief wirklich sonderbar. Er war mal verliebt, hat er mir erzählt, verliebt in die Frau, die dann meine Großmutter wurde, aber er hat sie irgendwo verloren. Sie verschwand, in einem Sandsturm, glaube ich. In der Wüste. Mein Großvater war der Inbegriff dessen, wie Männer damals sein wollten. Er war groß, dunkelhaarig und attraktiv. Voller guter Absichten. Sogar einem beinlosen Krüppel, der auf seinem Bauch durch den Matsch und Schlamm einer Landstraße kroch, hat er unter die Arme gegriffen. Er zog ihn hoch, er zeigte ihm den Weg, er wies ihm die richtige Richtung. In dieser Hinsicht war er wie Jesus Christus. Und er war gesellig. Er liebte die Gesellschaft seiner Kumpel, W. B. Yeats, T. S. Eliot, Igor Strawinsky, Picasso,

Ezra Pound, Bertolt Brecht, Joe Louis, der Andrew Sisters, der Inkspots, Franz Kafka und der Marx Brothers. Bei diesen Menschen wusste er genau, wo sie isoliert waren, wo sie allein waren, wo sie gegen brutale und erbarmungslose Mächte kämpften, wo sie ungeheure Verletzungen davontrugen an ihren Körpern, ihren Bäuchen, ihren Beinen, ihren Rümpfen, ihren Augen, ihren Kehlen, ihren Brüsten, ihren Eiern –

LAMBERT (steht) Also, Richard – ein großartiges Essen!

RICHARD Das freut mich.

LAMBERT klappt die Brieftasche auf und entnimmt ein Bündel 50-Pfund-Noten. Er gibt RICHARD zwei Scheine.

LAMBERT Das ist für Sie.

RICHARD Nein, ich bitte Sie –

LAMBERT Nein, nein, das ist für Sie. (Zu SONIA) Und das ist für Sie.

SONIA Nein, nicht doch –

LAMBERT lässt die Geldscheine über ihrem Dekolleté baumeln.

LAMBERT Soll ich sie da reinstecken?

SONIA kichert.

Nein, wissen Sie was – tragen Sie Strapse?

SONIA kichert.

Stecken Sie's in die Strapse. (Zum OBER) Für dich, Kleiner. Und immer schön sauber bleiben.

Er steckt ihm einen Geldschein in die Tasche.

Großartiges Essen. Großartiges Restaurant. Das beste im Land.

MATT Das beste der Welt, würd ich sagen.

LAMBERT Genau. (Zu RICHARD) Die Rechnung der zwei übernehme ich.

RUSSELL Nein, nein, kommt nicht in Frage –

LAMBERT Heute ist mein Hochzeitstag! Stimmt's? (Zu RICHARD) Die Rechnung der zwei schicken Sie mir.

JULIE Und seine eigene.

LAMBERT Schicken Sie mir beide Rechnungen. Jedenfalls …

Er umarmt SUKI.

Schon um der alten Zeiten willen, was?

SUKI Ja.

RICHARD Also bis bald?

MATT Unbedingt.

SONIA Bis bald.

PRUE Unbedingt.

SONIA Zur nächsten Feier?

JULIE Unbedingt.

LAMBERT Gibt noch jede Menge zu feiern. Keine Angst.

MATT Feiern ohne Ende.

LAMBERT Aber immer.

MATT schlägt sich auf die Schenkel.

MATT Zum Beispiel – vorwärts marsch. Vorwärts marsch.

LAMBERT stimmt in das Lied ein und klopft sich im gleichen Takt wie MATT auf die Schenkel.

LAMBERT & MATT Vorwärts marsch!

Vorwärts marsch!

LAMBERT Verpiss dich bloß,
Du blöder Arsch!

LAMBERT und MATT lachen.

SUKI und RUSSELL gehen zu ihrem Tisch und holen Handtasche und Jackett usw.

SUKI Ist doch süß von ihm, dass er unsere Rechnung übernimmt, oder?

RUSSELL Er hat dich wohl sehr gern gehabt.

SUKI Ach, so gern nun auch wieder nicht. Er mochte nur meine … ach … du weißt schon …

RUSSELL Deine was?

SUKI Ach … meine … du weißt schon …

LAMBERT Fabelhafter Abend.

JULIE Fabelhaft.

RICHARD Dann bis bald.

SONIA Bis bald.

MATT Ich steh hier morgen zum Frühstück auf der Matte.

SONIA Prima!

PRUE Bis bald.

SONIA Bis bald.

JULIE Schön, Sie zu sehen.

SONIA Bis bald hoffentlich.

RUSSELL Bis bald.

SUKI Bis bald.

Sie gehen hinaus.

JULIE (im Off) Schön, dass wir uns mal kennen gelernt haben.

SUKI (im Off) Ja, wirklich schön.

Schweigen.

Der OBER steht allein auf der Bühne.

OBER Als ich ein kleiner Junge war, ist mein Großvater immer mit mir an den Rand der Klippen gegangen, und wir schauten hinaus aufs Meer. Er hat mir ein Teleskop gekauft. Ich glaube, Teleskope gibt es heute gar nicht mehr. Ich habe durch das Teleskop geschaut, und manchmal sah ich ein Boot. Durch die Linse des Teleskops wurde das Boot immer größer. Manchmal sah ich Leute in dem Boot. Einen Mann, manchmal, und eine Frau, oder manchmal zwei Männer. Das Meer glitzerte.

Mein Großvater weihte mich in das Geheimnis des Lebens ein, und ich stecke da immer noch mittendrin. Ich finde die Tür nicht, die hinausführt. Mein Großvater hat den Ausgang gefunden. Er ist hinausgegangen. Er hat es hinter sich gelassen, und er hat nicht zurückgeschaut.

Damit hatte er völlig Recht.

Und dann möchte ich mir noch einen Einwurf erlauben.

Er steht reglos da.

Das Licht erlischt langsam.

Über den Autor

Harold Pinter wird am 10. 10. 1930 als Sohn von Jack Pinter, einem Damenschneider, und seiner Frau Frances (geborene Moskowitz) in Hackney/East London geboren. Seine Großeltern, osteuropäische Juden, waren um die Jahrhundertwende nach London gekommen. Pinter verbringt seine Kindheit in Hackney, einem Arbeiterviertel, bis er 1939 bei Kriegsausbruch mit wechselnden Stationen aufs Land evakuiert wird. Erst 1944 kehrt er zu seinen Eltern nach London zurück.

1948 beendet Pinter die Hackney Downs Grammar School, wo er erste Rollen im Schultheater gespielt hatte. Er erhält im Herbst ein Stipendium für sein Schauspielstudium an der renommierten Royal Academy of Dramatic Art in London, das er nach einem Jahr abbricht.

Aus Gewissensgründen verweigert er den Wehrdienst und muss seinen Antrag 1948/49 zweimal vor der militärischen Prüfungskommission und danach zweimal vor dem Zivilgericht verteidigen. Die Verweigerung wird zwar nicht anerkannt, das Verfahren aber schließlich eingestellt.

In Poetry London erscheinen 1950 erstmals Gedichte von Pinter, und er bekommt erste Engagements als Sprecher/Schauspieler im BBC-Hörfunk.

1951 nimmt er von Januar bis Juli an der Central School of Speech and Drama für zwei Semester seine Schauspielausbildung wieder auf. Im Herbst schließt er sich dem Ensemble des irischen Prinzipals Anew McMaster an, dem er später in seinem autobiographischen Text Mac, der 1968 erscheint, ein Denkmal setzt. Fünf Spielzeiten lang tourt er als Schauspieler mit McMaster durch Irland, bis er 1953 für eine Saison ein Engagement am King's Theatre, Hammersmith/London erhält. Anschließend spielt er unter dem Namen »David Baron« bis 1957 an diversen Provinzbühnen.

1956 heiratet er die Schauspielerin Vivien Merchant, mit der er bis 1975 zusammenlebt; 1958 wird ihr Sohn Daniel geboren.

1957 wird Pinters Kurzdrama *Das Zimmer* (*The Room*) uraufgeführt. Um die gleiche Zeit entstehen auch *Der stumme Diener* (*The Dumb Waiter*) und *Die Geburtstagsfeier* (*The Party*, später umbenannt in *The Birthday Party*), Pinters erstes abendfüllendes Stück. Bei der Uraufführung von *Die Geburtstagsfeier* 1958 sind die Londoner Kritiken so vernichtend, dass das Stück dort bereits eine Woche nach dem Transfer aus Cambridge wieder abgesetzt wird. Erst mit *Der Hausmeister* (*The Caretaker*) gelingt ihm 1960 der Durchbruch: Die Uraufführung in London wird auf Anhieb ein Erfolg, wechselt nach einem Monat ins West End und hat insgesamt 444 Vorstellungen.

In den folgenden Jahren schreibt Pinter Stücke, Drehbücher und Hörspiele und gilt schon bald als einer der bedeutendsten englischen Dramatiker. Er arbeitet auch als Regisseur und Schauspieler und wird 1973 für zehn Jahre Mitglied der künstlerischen Leitung am Londoner National Theatre. 1980 wird die Ehe mit Vivien Merchant geschieden, im gleichen Jahr heiratet Pinter Lady Antonia Fraser.

Von jeher ein Gegner der Apartheid und Befürworter einseitiger atomarer Abrüstung, äußert sich Harold Pinter 1973 erstmals offen politisch und protestiert gegen die Mitwirkung der USA beim Sturz des chilenischen Präsidenten Allende. In den 80er Jahren verstärkt sich Pinters Engagement und manifestiert sich auch unmittelbarer als zuvor in seinem Werk. Zusammen mit Arthur Miller reist er 1985 als Vize-Präsident des englischen PEN-Clubs in die Türkei, um auf deren politisch verfolgte Autoren aufmerksam zu machen. Er protestiert vehement gegen die dortigen Polizeistaat-Methoden, die Kurden-Verfolgung, die Folterung Gefangener und besonders die Unterstützung des türkischen Regimes durch die USA. Außerdem setzt sich Pinter für die Verteidigung der Menschenrechte in Nicaragua ein und attackiert auch hier scharf die US-Unterstützung der Contras. 1986 gründet er zusammen mit Lady Antonia die «June 20th Society», ein intellektuelles Forum, zu dem u. a. Salman Rushdie, Germaine Greer, Ian McEwan, David Hare und Margaret Drabble gehören, das sich als Opposition zur Tory/Thatcher-Politik begreift und bis 1992 besteht. In den folgenden Jahren veröffentlicht Pinter zahlreiche politische Essays, engagiert sich nachhaltig gegen Unterdrückung und Menschenrechtsverletzungen in allen Teilen der Welt, arbeitet für Amnesty International und spricht sich später u. a. gegen den ersten Golfkrieg und die Bombardierung Serbiens aus. Als er 2002 den Ehrendoktor der Universität Turin erhält, kritisiert er in seiner Dankesrede den Irakkrieg und die amerikanische Außenpolitik aufs schärfste und erregt damit weltweit Aufmerksamkeit.

Im Laufe der Jahrzehnte inszeniert Pinter nicht nur seine eigenen, sondern ebenso die Stücke anderer Autoren, darunter James Joyce' *Exiles* (was 1970 zur Wiederentdeckung des Stückes führt), mehrere Uraufführungen von Simon Gray, u. a. Butley (1971, und 1973 auch dessen Verfilmung), *Close of Play* (1979), Quartermaine's Terms (1981), The Common Pursuit (1984), *Life Support* (1997), *The Late Middle Classes* (1999) und *The Old Masters* (2004), Noël Cowards *Blithe Spirit* (1976), Tennessee Williams' *Sweet Bird of Youth* (1985, mit Lauren Bacall), Donald Freeds *Circe and Bravo* (1986, mit Faye Dunaway), David Mamets *Oleanna* (1993) und Reginald Roses *Die zwölf Geschworenen* (1996).

Auch als Schauspieler kann man ihn immer wieder sehen, zumeist in Neu-Inszenierungen seiner eigenen Stücke, aber auch in Filmen wie *Mojo* (1997), *Mansfield Park* (1999) und *Der Schneider von Panama* (2000).

Im *New Shorter Oxford English Dictionary* findet man unter «Pinteresque» den Eintrag: «of, pertaining to, or characteristic of the British playwright, Harold Pinter, or his works.»

Weitere Informationen zu Harold Pinter finden sich unter anderem in Mel Gussows Interview-Band *Conversations with Pinter* (Nick Hern Books, 1994), in Michael Billingtons umfassender Biographie *The Life and Work of Harold Pinter* (Faber & Faber, 1996) und auf Harold Pinters Homepage www.haroldpinter.org. Seit 1987 erscheint zudem jährlich die Zeitschrift Pinter Review (University of Tampa Press/The Harold Pinter Society; Hg.: F. Gillen, S. H. Gate; Pinter-Bibliographie: S. H. Merritt).

Auszeichnungen (Auswahl)

Verleihung des CBE (Commander of the Order of the British Empire) durch Königin Elizabeth II. (1966); Hamburger Shakespeare-Preis (1970); Österreichischer Staatspreis für Europäische Literatur (1973); Pirandello-Preis (1980); Donatello-Preis (1982); David-Cohen-Preis (1995); Laurence-Olivier-Award (1996); Molière d'Honneur (1997); Ernennung zum Companion of Literature durch die Royal Society of Literature (1998); Critics Circle Award (2000); Brianza-Lyrik-Preis (2000); S. T. Dupont Golden PEN Award (2001); Premio Fiesole ai Maestri del Cinema (2001); World Leaders Award (2001); Hermann Kesten Medaille für besondere Verdienste um verfolgte Autoren (2001); Ernennung zum Companion of Honour durch Königin Elizabeth II. (2002); Lyrikpreis der Wilfred-Owen-Stiftung (2004); Franz-Kafka-Literaturpreis (2005)

Harold Pinter ist Ehrendoktor der folgenden Universitäten:
Reading (1970); Birmingham (1971); Glasgow (1974); East Anglia (1974); Stirling (1979); Brown (Rhode Island) (1982); Sussex (1990); East London (1994); Sofia (1995); Hull (1996); Bristol (1998); Goldsmiths University of London (1999); Aristoteles-Universität von Thessaloniki (2000); Florenz (2001); Turin (2002); National University of Ireland (2004).

Abendfüllende Stücke

(**U:** Uraufführung; **DSE:** Deutschsprachige Erstaufführung)

Die Geburtstagsfeier (The Birthday Party)
U: 28.4.1958 Arts Theatre, Cambridge (R: Peter Wood)
Verfilmungen:
22.3.1960 ITV (R: Joan Kemp-Welch)
USA 1968 (R: William Friedkin)
BBC Television 1987 (R: Kenneth Ives)
Deutsch von Willy H. Thiem
DSE: 10.12.1959 Staatstheater Braunschweig (R: Helmut Geng)

Neuübersetzung von Michael Walter
DSE: 24.1.1998 Bayerisches Staatsschauspiel/Residenztheater, München (R: Gerd Heinz)

Das Treibhaus (The Hothouse)
geschrieben im Winter 1958
U: 24.4.1980 Hampstead Theatre, London (R: Harold Pinter)
Ursendung als Fernsehspiel 27.3.1982 BBC Television (R: Harold Pinter)
Deutsch von Heinrich Maria Ledig-Rowohlt
DSE: 8.3.1981 Schloßpark Theater Berlin (R: Klaus Emmerich)

Der Hausmeister (The Caretaker)
U: 27.4.1960 Arts Theatre, London (R: Donald McWhinnie), anschließend Transfer ins West End.
Evening Standard Award als Bestes Stück des Jahres 1960
Verfilmung GB 1963 (R: Clive Donner, Drehbuch: Harold Pinter)
Silberner Bär und Spezialpreis der Jury auf der Berlinale 1963
Deutsch von Willy H. Thiem
DSE: 29.10.1960 Düsseldorfer Schauspielhaus (R: Friedhelm Ortmann)
1961 für den HR als Hörspiel eingerichtet von Martin Walser
Neuübersetzung von Michael Walter
DSE: 9.6.2001 Staatstheater Stuttgart (R: Erich Sidler)

Die Heimkehr (The Homecoming)
U: 3.6.1965 Royal Shakespeare Company/Aldwych Theatre (R: Peter Hall)
Verfilmung GB 1965 (R: Peter Hall)
Tony Award in der Kategorie «Bestes Stück» und Preis der New Yorker Theaterkritiker 1967
Deutsch von Willy H. Thiem
DSE: 11.10.1965 Schloßpark Theater Berlin (R: Hans Schweikart)
Erstausstrahlung als Hörspiel: 1965 NDR (R: Hans Schweikart)
Neuübersetzung von Michael Walter

Alte Zeiten (Old Times)
U: 1.6.1971 Royal Shakespeare Company/Aldwych Theatre, London (R: Peter Hall)
Ursendung von Harold Pinters Fernsehadaption: 26.10.1991 BBC Television
Deutsch von Renate und Martin Esslin
DSE: 29.4.1972 Thalia Theater Hamburg (R: Hans Schweikart)

Niemandsland (No Man's Land)
U: 23.4.1975 Old Vic Theatre/National Theatre, London (R: Peter Hall), anschließend Transfer ins West End
Deutsch von Renate und Martin Esslin
DSE: 29.11.1975 Thalia Theater Hamburg (R: Boy Gobert)

Betrogen (Betrayal)
U: 15.11.1978 National Theatre, London (R: Peter Hall)
Verfilmung: GB 1983 (R: David Jones)
Ursendung als Hörspiel: 3.10.1990 BBC (R: Ned Chaillet)
Deutsch von Heinrich Maria Ledig-Rowohlt
DSE: 17.12.1978 Burgtheater (Akademietheater) Wien (R: Peter Wood)

Party Time
U: 31.10.1991 Almeida Theatre, London (R: Harold Pinter)
Ursendung als Fernsehspiel: 17.11.1992 Channel 4 (Bearbeitung und Regie: Harold Pinter)
Deutsch von Heinrich Maria Ledig-Rowohlt
DSE: 5.12.1991 Schauspielhaus Zürich (R: Peter Palitzsch)

Mondlicht (Moonlight)
U: 7.9.1993 Almeida Theatre, London (R: David Leveaux), anschließend Transfer ins West End
Ursendung als Hörspiel: 8.10.2000 BBC (R: Janet Whitaker)
Deutsch von Elisabeth Plessen und Peter Zadek
DSE: 20.4.1995 Thalia Theater Hamburg in Koproduktion mit dem Berliner Ensemble (R: Peter Zadek)

Asche zu Asche (Ashes to Ashes)
U: 19.9.1996 Royal Court Theatre, London (R: Harold Pinter)
Deutsch von Michael Walter
DSE: 15.3.1997 Theater Basel (R: Peter Palitzsch)
Ursendung als Hörspiel: 2000 NDR (R: Beate Andres)

Celebration
U: 16.4.2000 Almeida Theatre, London (R: Harold Pinter)
als Doppelabend mit *Das Zimmer*
Deutsch von Michael Walter
DSE: 28.3.2001 Thalia Theater Hamburg (R: Stephan Kimmig)

Kurzdramen

Das Zimmer (The Room)
U: 15.5.1957 Drama Department der Universität Bristol
(R: Henry Woolf)
Londoner Premiere: 21.1.1960 Hampstead Theatre
(R: Harold Pinter), Doppelpremiere mit *Der stumme Diener*
Deutsch von Willy H. Thiem
DSE: 6.4.1965 Kleines Theater Bad Godesberg/Bonn
(R: Carlheinz Caspari)

Der stumme Diener (The Dumb Waiter)
Deutsch von Willy H. Thiem
U: 28.2.1959 Schauspiel Frankfurt (R: Anton Krilla)
Ursendung als Fernsehspiel: 4.2.1963 ARD (R: Wolf Vollmar)
Neuübersetzung von Michael Walter
Englische Premiere: 21.1.1960 Hampstead Theatre (R: Harold Pinter), Doppelpremiere mit *Das Zimmer*
Verfilmung von *Das Zimmer* und *Der stumme Diener* unter dem Titel *Basements,* USA 1987 (R: Robert Altman, Drehbuch: Harold Pinter)

Ein leichter Schmerz (A Slight Ache)
Hörspielproduktionen:

Ursendung: 29.7.1959 BBC (R: Donald McWhinnie)
Zweitproduktion: 13.10.2000 BBC (R: Ned Chaillet)
U: 18.1.1961 Arts Theatre, London (R: Donald McWhinnie)
Deutsch von Willy H. Thiem
Erstausstrahlung als Hörspiel: 4.10.1959 NDR
(R: Fritz Schröder-Jahn)
DSE: 12.4.1962 Kammerspiele Düsseldorf
(R: Hansjörg Utzerath)

Eine Nacht außer Haus (A Night Out)
Ursendung als Hörspiel: 1.3.1960 BBC (R: Donald McWhinnie)
Ursendung als Fernsehfilm: 24.4.1960 ABC TV (R: Philip Saville)
U: 17.9.1961 Gate Theatre, Dublin (R: Leila Blake)
Deutsch von Willy H. Thiem
Erstausstrahlung als Hörspiel: 7.11.1960, HR (R: Fränze Roloff)
DSE: 22.10.1962 Stadttheater Konstanz (R: Klaus Schrader)

Abendkurs (Night School)
Ursendung als Fernsehspiel: 21.7.1960 Associated Rediffusion-TV
(R: Joan Kemp-Welsh)
Deutsch von Willy H. Thiem
Erstausstrahlung als Fernsehspiel: 13.7.1966 ZDF
(R: Rainer Wolffhardt)
Ursendung als Hörspiel: 24.10.1967 SWR Baden-Baden
(R: Martin Esslin)

Die Zwerge (The Dwarfs)
Ursendung als Hörspiel: 2.12.1960 BBC (R: Barbara Bray)
U: 18.9.1963 Arts Theatre, London (R.: Harold Pinter und
Guy Vaesen), Doppelpremiere mit *Der Liebhaber*
Deutsch von Willy H. Thiem
Erstausstrahlung als Hörspiel: 4.1.1964 SWF
DSE: 21.12.1980 Theater im Weinhaus, München

Die Kollektion (The Collection)
Ursendung als Fernsehspiel: 11.5.1961 Associated Rediffusion-TV
(R: Joan Kemp-Welsh)
U: 18.6.1962, Aldwych Theatre (R: Peter Hall und Harold Pinter)

Deutsch von Willy H. Thiem
Erstausstrahlung als Fernsehspiel 2.5.1962 ARD
(R: Klaus Wagner)
Zweitproduktion: 16.6.1967 BR (R: Rainer Geis)
DSE: 2.10.1962 Schiller Theater Berlin/Berliner Festspiele
(R: Boleslaw Barlog)

Der Liebhaber (The Lover)
Ursendung als Fernsehspiel: 28.3.1963 Associated Rediffusion-TV
(R: Joan Kemp-Welsh)
Prix Italia sowie Preis der Guild of British Television Producers and Directors (für Drehbuch und Darsteller) 1963
U: 18.9.1963 Arts Theatre, London (R: Harold Pinter und Guy Vaesen), Doppelpremiere mit *Die Zwerge*
Deutsch von Willy H. Thiem
DSE: 8.5.1965 Kammerspiele München (R: Franz Peter Wirth)
Neuübersetzung von Michael Walter

Teegesellschaft (Tea Party)
Radiolesung am 2.6.1964 BBC (gelesen von Harold Pinter)
Ursendung als Fernsehspiel: 25.3.1965 BBC Television
(R: Charles Jarrott)
U: 10.10.1968 Eastside Playhouse, New York (R: James Hammerstein), Doppelpremiere mit *Tiefparterre*
Deutsch von Willy H. Thiem
Erstausstrahlung als Fernsehspiel: 20.4.1968 NDR
(R: Rainer Wolffhardt)

Tiefparterre (The Basement)
Ursendung als Fernsehspiel: 20.2.1967 BBC Television
(R: Charles Jarrott)
U: 10.10.1968 Eastside Playhouse, New York (R: James Hammerstein), Doppelpremiere mit *Teegesellschaft*
Deutsch von Willy H. Thiem
DSE: 18.10.1972 Schauspiel Frankfurt (R: Peter Palitzsch)
Erstausstrahlung als Fernsehspiel: 18.11.1968 WDR
(R: Imo Moszkowicz)

Landschaft (Landscape)
Ursendung als Hörspiel: 25.4.1968 BBC (R: Guy Vaesen)
U: 2.7.1969 Aldwych Theatre, London (R: Peter Hall),
Doppelpremiere mit *Schweigen*
Deutsch von Renate und Martin Esslin
Hörspielproduktionen:
19.3.1969 NDR/SDR (R: Fritz Schröder-Jahn)
14.8.1969 DRS-Studio Basel (R: Hans Hausmann)
21.10.1969 ORF-Studio Kärnten
DSE: 10.1.1970 Deutsches Schauspielhaus Hamburg
(R: Hans Schweikart), Doppelpremiere mit *Schweigen*
Ursendung als Fernsehspiel: 12.4.1971 WDR
(R: Johann-Richard Hänsel)

Schweigen (Silence)
U: 2.7.1969 Aldwych Theatre, London (R: Peter Hall),
Doppelpremiere mit *Landschaft*
Deutsch von Renate und Martin Esslin
DSE: 10.1.1970 Deutsches Schauspielhaus Hamburg
(R: Hans Schweikart), Doppelpremiere mit *Landschaft*
Hörspielproduktionen:
4.10.1971 DRS-Studio Basel (R: Hans Hausmann)
9.4.1972 ORF-Studio Salzburg

Monolog (Monologue)
Ursendung als Fernsehspiel: 13.4.1973 BBC Television
(R: Christopher Morahan)
Ursendung als Hörspiel: 3.12.1975 BBC (R: Guy Vaesen,
Sprecher: Harold Pinter)
Deutsch von Renate und Martin Esslin
Erstausstrahlung als Hörspiel: 2.2.1976 DRS-Studio Bern
DSE: 24.11.1979 Schauspiel Frankfurt

Familienstimmen (Family Voices)
Ursendung als Hörspiel: 22.1.1981 BBC (R: Peter Hall)
U: 13.2.1981 National Theatre, London (R: Peter Hall)
Deutsch von Heinrich Maria Ledig-Rowohlt

Erstausstrahlung als Hörspiel: 2.7.1981 WDR (R: Dieter Carls)
DSE: 5.6.1984 Düsseldorfer Schauspielhaus (R: Peter Palitzsch)

Victoria Station
U: 14.10.1982 National Theatre, London (R: Peter Hall) zusammen mit *Familienstimmen* und *Eine Art Alaska* unter dem Gesamttitel *An anderen Orten (Other Places)*
Verfilmung: 2003 Präsentation beim Kurzfilmfestival *Best of British 2* (R: Douglas Hodge)
Deutsch von Heinrich Maria Ledig-Rowohlt
Ursendung als Hörspiel: 17.12.1983 WDR (R: Klaus Mehrländer)
DSE: 5.6.1984 Düsseldorfer Schauspielhaus (R: Peter Palitzsch)

Eine Art Alaska (A Kind of Alaska)
U: 14.10.1982 National Theatre, London (R: Peter Hall) zusammen mit *Familienstimmen* und *Victoria Station* unter dem Gesamttitel *An anderen Orten (Other Places)*
Deutsch von Heinrich Maria Ledig-Rowohlt
DSE: 5.6.1984 Düsseldorfer Schauspielhaus (R: Peter Palitzsch)
Ursendung als Hörspiel: 12.9.1984 DRS-Studio Basel

Genau (Precisely)
U: 18.12.1983 Apollo Victoria Theatre, London (R: Harold Pinter)
Deutsch von Heinrich Maria Ledig-Rowohlt
DSE: 8.5.1986 Schauspiel Bonn (R: Peter Palitzsch)
Ursendung als Hörspiel: 22.10.1987 WDR (R: Klaus Mehrländer)

Noch einen Letzten (One for the Road)
U: 13.3.1984 Lyric Theatre, London (R: Harold Pinter)
Deutsch von Heinrich Maria Ledig-Rowohlt
Ursendung als Hörspiel: 2.4.1985 als Koproduktion von WDR und DRS-Studio Basel
DSE: 18.1.1986 Staatstheater Stuttgart (R: Dieter Giesing)

Berg-Sprache (Mountain Language)
U: 20.10.1988 National Theatre, London (R: Harold Pinter)
Ursendung als Fernsehspiel: 11.12.1988 BBC Television (R: Harold Pinter)

Deutsch von Heinrich Maria Ledig-Rowohlt
DSE: 3.12.1988 Bayerisches Staatsschauspiel/Residenztheater, München (R: Hans-Ulrich Becker)

The New World Order
U: 19.7.1991 Royal Court Theatre, London (R: Harold Pinter), als Prolog zu Ariel Dorfmans *Der Tod und das Mädchen*

Pressekonferenz (Press Conference)
U: 8.2.2002 National Theatre, London (R: Gari Jones)
Deutsch von Michael Walter

Drehbücher (außer Stückverfilmungen)

Der Diener (The Servant)
GB 1963 (R: Joseph Losey, nach einem Roman von Robin Maugham)
Preis der British Screenwriters' Guild für das Drehbuch 1964

Schlafzimmerstreit (The Pumpkin Eater)
GB 1963 (R: Jack Clayton, nach einem Roman von Penelope Mortimer)
British Film Academy Award für das Drehbuch 1965

Das Quiller Memorandum (The Quiller Memorandum)
GB 1966 (R: Michael Anderson, nach einem Roman von Adam Hall)

Accident – Zwischenfall in Oxford (The Accident)
GB 1966 (R: Joseph Losey, nach einem Roman von Nicholas Mosley)
Grand Prix der Jury in Cannes

Der Mittler (The Go-Between)
GB 1971 (R: Joseph Losey, nach einem Roman von L. P. Hartley)
Goldene Palme in Cannes 1971, Auszeichnungen von der britischen Society of Film and Television Arts, u. a. in den Kategorien «Bester Film» und «Bestes Drehbuch»

Auf der Suche nach der verlorenen Zeit
(Remembrance of Things Past)
1972 (für Joseph Losey, nach dem Roman von Marcel Proust)
Der Film wird nicht verwirklicht.
Buchveröffentlichung des Drehbuchs unter dem Titel *The Proust Screenplay* 1978
Ursendung als Hörspiel: 1995 BBC 3 (adaptiert von Michael Blakewell)
Uraufführung als Theaterstück: 23.11.2000 Royal National Theatre (Bearbeitung: Harold Pinter und Di Trevis, R: Di Trevis)
Deutsch von Ingrid Rencher
DSE: 8.11.2003 Theater Dortmund (R: Hermann Schmidt-Rahmer)

Der letzte Tycoon (The Last Tycoon)
USA 1975 (R: Elia Kazan, nach dem Roman von F. Scott Fitzgerald)

Langrishe, Go Down
Geschrieben 1970
Erstausstrahlung: 20.9.1978 BBC Television (R: David Jones, nach einem Roman von Aidan Higgins)

Die Geliebte des französischen Leutnants
(The French Lieutenant's Woman)
GB 1981 (R: Karel Reisz, nach dem Roman von John Fowles)

Victory
1982 (für Richard Lester, nach dem Roman von Joseph Conrad)
Das Projekt wird nicht verwirklicht.

Ozeanische Gefühle (Turtle Diary)
GB 1985 (R: John Irvin, nach einem Roman von Russell Hoban)

Der wiedergefundene Freund (Reunion)
F/BRD/GB1989 (R: Jerry Schatzberg, nach einem Roman von Fred Uhlman)

Die Geschichte der Dienerin (The Handmaid's Tale)
BRD/USA 1989 (R: Volker Schlöndorff, nach dem Roman von Margaret Atwood)

Der Trost von Fremden (The Comfort of Strangers)
I/USA 1989 (R: Paul Schrader, nach dem Roman von Ian McEwan)

Einer zuviel (The Heat of the Day)
GB 1989 Granada TV (R: Christopher Morahan, nach einem Roman von Elizabeth Bowen)

Was vom Tage übrig blieb (The Remains of the Day)
1990 (für Mike Nichols, nach dem Roman von Kazuo Ishiguro)
Das Projekt scheitert, der Film wird 1992 mit verändertem Buch von James Ivory gedreht.

Der Prozess (The Trial)
GB 1992 (R: David Jones, nach Franz Kafkas Roman)

Lolita
1994 (für Adrian Lyne, nach Vladimir Nabokovs Roman)
Das Drehbuch wird schließlich, ebenso wie eine zweite Fassung von David Mamet, für den Film (1997) nicht verwendet.

The Tragedy of King Lear
2000 (für Tim Roth, nach Shakespeares *King Lear*)
Das Projekt wird nicht verwirklicht.

Filmessays

Oh, Superman
31.5.1990 Channel 4

Counterblast – Against War
11.5.1999 BBC Television

Andere Publikationen

Die Zwerge (The Dwarfs)
Roman
Entstanden in den frühen 1950er Jahren,
erschienen 1990 bei Faber & Faber

Ursendung als Fernsehspiel: 7.11.2002 BBC Television (Bearbeitung: Kerry Lee Crabbe, R: Christopher Morahan)
Uraufführung als Bühnenfassung: 17.4.2003 Tricycle Theatre, Kilburn (Bearbeitung: Kerry Lee Crabbe, R: Christopher Morahan)
Deutsch von Johanna und Martin Walser,
Rowohlt Taschenbuch Verlag, 1994

Collected Poems and Prose
Methuen, 1986; Faber & Faber, 1991

Ten Early Poems
Greville Press Pamphlets, 1992

Various Voices
Faber & Faber, 1998

Krieg (War)
Faber & Faber, 2003
Deutsch von Elisabeth Plessen und Peter Zadek,
Rogner & Bernhardt bei Zweitausendeins, 2004